啄木鸟文丛(2024)

新媒体时代的文学书写

师力斌 著

中国文联出版社

图书在版编目（CIP）数据

新媒体时代的文学书写 / 师力斌著. -- 北京：中国文联出版社, 2025.5. —（啄木鸟文丛）. -- ISBN 978-7-5190-5875-3

Ⅰ. I206-53

中国国家版本馆 CIP 数据核字第 2025FX9031 号

作　　者	师力斌
责任编辑	张凯默
责任校对	秀点校对
封面设计	孔未帅

出版发行	中国文联出版社有限公司
社　　址	北京市朝阳区农展馆南里 10 号　邮编：100125
电　　话	010-85923025（发行部）010-85923091（总编室）
经　　销	全国新华书店等
印　　刷	廊坊佰利得印刷有限公司

开　　本	880 毫米 ×1230 毫米　1/32
印　　张	9.375
字　　数	270 千字
版　　次	2025 年 5 月第 1 版第 1 次印刷
定　　价	68.00 元

版权所有·侵权必究
如有印装质量问题，请与本社发行部联系调换

2024年《啄木鸟文丛——文艺评论家作品集》编委会

主　编　　徐粤春

副主编　　袁正领

编　辑　　都　布　　王庭戡　　何　美　　张利国

　　　　　　陶　璐　　陈　思　　杨　婧　　蔡　明

　　　　　　艾超南　　薛迎辉

总　序

　　文艺评论是党领导文艺工作的重要手段和方式，是社会主义文艺事业的重要组成部分，是引导创作、推出精品、提高审美、引领风尚的重要力量。中国文艺评论家协会（以下简称"中国评协"）作为文艺评论界的桥梁和纽带，在团结引领文艺评论组织和人才队伍建设、繁荣发展社会主义文艺事业方面肩负重要职责。重任在肩，使命光荣。近年来，中国评协在习近平新时代中国特色社会主义思想特别是习近平文化思想的指引下，紧紧围绕学习贯彻党的二十届三中全会精神、习近平总书记关于文艺工作重要论述特别是关于文艺评论的指示批示精神，以落细落实中宣部等五部门《关于加强新时代文艺评论工作的指导意见》和中国文联《加强新时代文艺评论工作实施方案》为重点，坚持以人民为中心的创作导向，坚持出成果和出人才相结合、抓作品和抓环境相贯通，聚焦"做人的工作"与"引导文艺创作"两大核心任务，锚定中国文艺评论正面、坚定、稳重、理性的正大气象，建体系、强制度、树品牌、立标杆、展形象，在理论建设、示范引领、人才培养、行业评价、平台阵地等方面取得明显成效。我们欣喜地看到，在习近平文化思想的引领下，一支组织有力、架构完整、门类齐全、规模可观的文艺评论人才队伍正在茁壮成长。

为进一步提升中国评协会员服务能力和水平，坚持出成果、出人才、出思想协同发展，激励文艺评论工作者发扬"啄木鸟"精神，涵养褒优贬劣、激浊扬清的品格，经中国文联批准，中国评协、中国文联文艺评论中心、中国文联出版社于2023年联合启动《啄木鸟文丛——文艺评论家作品集》（以下简称《文丛》）出版计划，被评论家们誉为"暖心工程"，期待"加强引导引领，不断向上向好"。首批有10部作品集列入出版计划，如《以中华美学精神的名义》《高扬以人民为中心的文艺评论导向》《曲艺的嫁衣给谁穿》《云游于艺：网络时代的文艺评论》等，覆盖文学、戏剧、影视、美术、曲艺、书法等多个艺术门类，还包括网络文艺这一新类型，推出后受到广泛好评。2024年是《文丛》出版计划推进的第二年，《文丛》得到中国文学艺术基金会的资助。面向中国评协会员征集作品，经资格审查、专家评审、会议研究、公示等程序，最终确定10部作品集纳入2024《文丛》，涵盖文学、戏剧、影视、美术、舞蹈、摄影、书法等多个艺术门类，还包括文艺理论、文化产业等领域。作者多为长期活跃于业界的优秀文艺评论家，他们学术视野宽广、理论功底扎实、治学态度严谨、艺术洞察力精准，在各自领域内具有较好的专业声望和行业影响力。相信2024《文丛》的出版将会有力促进作者学术研究与专业评论的双向互动，持续赋能文艺评论界乃至文艺评论事业的发展，更是对新时代文艺理论与实践探索的有力呼应。

此次《文丛》出版，得到各单位的积极推荐、中国评协会员的踊跃申报，体现了广大文艺评论工作者对于强化文艺理论评论建设的主体意识和切实履行文艺评论使命的专业素养。收入2024《文丛》的10部作品集具有以下共性特征：一是突出主流价值引导，坚定正确评论方向。作者们坚持以马克思主义文艺理论指导学术研究和评论实践，注重同中华优秀传统文化相结合，传承和弘扬中华美学精神，致力于中华优秀传统文化的创造性转化和创新性发展。二是紧跟新时代步伐，聚焦行业发展实践。《文丛》的作者们关注当下的艺术探索和行业现状，立足作品与现象，注重发挥文艺评论的价值引导、精神引领和审美启迪作用，彰显实践品格。三是评论有力有效，论述专业权威。《文丛》所收作品集尊重学术民主、遵循艺术规律、体现多元审美，注重开展建设性文艺评论，坚持以理立论、以理服人，努力营造百家争鸣的学术氛围和评论生态。四是文章文质兼美，文风雅正质朴。积极回应了中国文艺评论家协会发出的"转作风、改文风、树新风"倡议。总之，《文丛》的出版，集中展示优秀文艺评论工作者的评论成果，有助于推动构建理论扎实、多元共生的新时代中国文艺评论话语体系。我们期待《文丛》的作者队伍继续壮大，涌现更多文艺评论工作者。

《文丛》出版工作得到中国文联党组的有力指导，也得益于中国文联文艺评论中心、中国文联出版社的通力合作。同时，也要感谢中国评协各团体会员、各专业委员会等积极推荐，感谢踊跃申报的中国评协会员，以及为书稿的征集、评审和出版付出辛劳的专家和工作人员。希望以《文丛》出版为契机，在习近平文化思想引领下，会聚更多优秀文艺评论人才，推出更多文艺评论佳作，推动新时代新征程文艺评论事业高质量发展。

是为序。

夏　潮

2025 年 3 月

目录

上编 总体论

如何评价新诗大众化 / 3

新诗如何取标题 / 11

不废江河万古流
  ——杜甫诗歌对新诗的启示 / 24

从古典诗学传统看新诗批评的建构 / 35

新诗的音乐性及形式创造 / 39

自由诗的自由与难度
  ——兼谈吴思敬的新诗自由观 / 70

网络诗歌与生活
  ——以余秀华走红和伊沙《新世纪诗典》为例 / 87

杜甫与新诗的现代性 / 93

三十年来有好诗

　　——读诗刊社编《青春诗会三十年诗选》/ 108

新媒体时代的诗歌奇观

　　——2015年诗歌综述 / 129

北漂一族的文化想象和精神地图

　　——《北漂诗篇》序 / 146

"80后"的两种取向及其启示

　　——《人民文学》2009年第8期《新锐作品专号》

　　读后 / 162

下编　作品论

思想力和小说的可能性

　　——从石一枫、蒋峰看"70后""80后"小说 / 173

一个人想说出时代

　　——论徐则臣《耶路撒冷》/ 192

打开一座村庄呈现中国

　　——读梁鸿《中国在梁庄》《出梁庄记》/ 205

非职业化写作与冯骥才的意义

　　——读冯骥才先生四部自传《无路可逃》《凌汛》

　　《激流中》《漩涡里》想到的 / 219

《宝水》为什么宝
　　——读乔叶长篇小说 / 229

娜夜：那些危险而陡峭的分行 / 233

锻制文学的"金蔷薇" / 241

飞得起来落不下
　　——读欧阳江河长诗《凤凰》/ 249

离开风暴
　　——读安琪长诗集《你无法模仿我的生活》/ 270

后　记 / 286

上编 总体论

如何评价新诗大众化

新诗大众化是 21 世纪以来诗歌的一个大潮，与百年新诗的发展一脉相承。"五四"时期的白话诗、抗战时期国统区和解放区的街头诗和朗诵诗运动、20 世纪 50 年代末的新民歌运动、20 世纪 90 年代后期以来兴起的网络诗歌，都是百年新诗大众化不同阶段的表现。21 世纪以来，新诗大众化潮流汹涌，出现了许多网红诗人，成为新诗大众化的典型。

如何评价大众化诗歌，一直争议颇大，是诗歌难题。其牵扯新诗成就的评价，同时也涉及新诗标准，既涉及文化社会问题，又包含写作技术问题。以往争论的一个误区，就是将文化问题和审美专业问题混在一起，纠缠不清。现在看来，要合理评价新诗大众化，不妨采用一种辩证的思维——既在文化上全面考量新诗大众化的成就，也在审美专业上认真面对新诗写作的问题。

首先，合理评价新诗大众化，应当从社会文化的角度来正视新诗能量，考量其成就，而非急于否定、贬低和嘲笑。

新诗大众化是现代事物，是由现代政治、教育和传媒等多种因素共同作用的文化结果。新诗大众化带来诗人数量和诗歌产量的急剧增长，造成了诗歌史大变局。新诗人数量今非昔比。新诗早期，朱自清选编的《中国新文学大系·诗集》，收入现代第一个十年间的新诗，满打满算只有59人。而21世纪以来的新诗选本成群结队，诗人多得选不过来。近年来出版的五卷本《北漂诗篇》，收入近500位诗人，而这仅是北漂诗人的一部分。诗人伊沙通过网易微博开设"新诗典"栏目，进行诗歌推荐点评，并且每年出版一本诗选，十多年来推出4000多首作品。各家出版社推出的年度选本也有很多。女性诗人急剧增加，是千年诗歌史的新现象。研究者周瓒估计，新世纪十年中活跃的女诗人总数超过了20世纪后半叶（亦即当代文学五十年）的女诗人总数。娜仁琪琪格主编的《诗歌风赏》丛书，会聚了20世纪60年代到当下各年龄段女诗人100多位。而在中国古代，女诗人比例非常小。有学者统计，《全唐诗》900卷中女诗人的作品有12卷，占约1.33%。笔者根据胡文楷《历代妇女著作考》提供的女性名录进行了统计，自汉代以来各代的女作家如下：汉魏六朝32人、唐23人（包括五代蜀的花蕊夫人）、宋46人、元16人、明238人、清3571人。清代3000多人平均到300年中，每年也就10位。

全面覆盖、迅速快捷的新媒体造就了全新的诗歌奇观。抗战时期，军事封锁、交通不便。20世纪50年代，传媒尚不够发达。20世纪90年代以来，网络新媒体为新诗插上了翅膀。网上的诗群、诗社等虚拟社区数量巨大。网上读诗成为民众的主要读诗方式。一首诗从写作到发表到评价反馈，分分钟就可以实现。这是李白、杜甫、陶渊明时代完全不可想象的。

诗歌生态发生革命性改变。秀诗、秀图、秀生活，成为诗歌特别是女性诗歌的新常态。诗歌生活化是大众化诗歌的重要特征。照片+简历+诗歌+才艺，是网络诗歌的标配。写诗是一种生活方式、社交方式，也是自我主体的建构方式。诗人安琪的一句诗"当我死时，诗是我的尸体"就是最极端的说明。

诗歌功能发生革命性变化。大众化诗歌率先提供一种民主开放的想象性文化空间。不计其数的微博、微信诗歌平台，扮演着公民诗歌素质训练场的角色，进行着有关社会公平、正义、民主、自由等现代意识的塑造。网络诗歌爆发出巨大的文化能量。在此，自由被置换为文学表达的自由，公正被表达为诗歌发表的公正。"五四"时期如此，20世纪80年代如此，今天的打工诗歌、女性诗歌也如此。如今，新诗借助新媒体，如虎添翼，大幅度跨越经济差别、身份界限和社会区隔，向"诗歌面前人人平等"的文化想象快速推进。想写就写，不必考虑住房条件、经济收入，也不用顾及专业与否，写完手指一点，就进入了公共传播领域。正如谢冕所说"渗入民众"，新诗真正走进了大众，其意义远远超出文学范畴。一些颇具代表的口水诗的流行，打碎新诗专业门槛，去除新诗的神秘外衣和权威限制，为大众注入了兴奋剂和推动力。以诗歌为投枪也好，为啤酒也好，为选票、话筒也好，都不外乎一种文化策略。如果网络停止运行，我相信，至少会有一半的诗人灵感消失。

许多人批评"口水诗"粗制滥造，这当然有诗歌专业方面的道理，但忽略了口语诗在文化社会层面的积极作用，掩盖了新诗大众化带来的文化民主和文化公平的巨大成就。举个例子，北京皮村新工人文学小组的四位诗人范雨素、小海、孙恒、苑伟，走上中央电视台"朗读者"舞台，朗诵他们的诗歌。对于几位进城务工的新工人朋友来说，这是他们生活中具有特殊意义的经验。俞平伯在"五四"初期主张诗的平民化，设想"诗的共和国"，在当时是梦想，在今天已经是现实。

学者李怡认为，新诗"总体成就不宜估价过低"，这一观点在学界很有代表性，值得重视。越来越多的人热爱新诗，以新诗抒发感情、交友互动，甚至以新诗表达对时事的看法，进行日常生活的诗意构建。

百年新诗大众化带来的这些创造性的现代性功能，令人鼓舞骄傲，其成就也无法否认，正如人们无法否定广场舞带给千千万万民众的健康生活和快乐幸福一样。

其次，合理评价新诗大众化，要区分大众化和专业化两个问题，二者应当分开来谈，以免陷入片面否定新诗的泥淖中去。大众化诗歌的文化功能和社会功能是一回事，以专业化来要求新诗专业水准是另一回事。这里所谓的专业化也就是审美化。每年新诗产量那么多，专业水准高的诗虽不多，但不能就此判定新诗专业成就低，正如近5万首唐诗中，相当多诗歌水准平平，并不能因此否定李白、杜甫、白居易的专业水准一样。谈新诗的大众化时，我们在谈诗的文化功能、社会功能。而谈新诗的专业化时，谈的是新诗经典化，是从那些数量少、水准高的优秀诗歌中挑选佳作加以讨论，聚焦那些出类拔萃者，甚少涉及大众化问题。大众化和专业化的标准、目的都不一样，不能混为一谈，否则就会陷入常见的尴尬境地——随意从网上看一些诗，便得出新诗不好的结论，或者总是用水准平平的诗来贬低新诗的成就：这也是诗？新诗就这种水平？我们经常见到这样的情况：一个人很少读新诗，或者仅随意读了一些新诗，就跟你愤愤不平或热情满满地讨论新诗、指责新诗的粗俗、抱怨新诗的水准。事实上，这个时候，他要么是个诗歌的外行，要么是在讨论新诗的文化功能、文化权力和文化态度等问题，而不是讨论新诗的专业成就。类似街头吵架式的非专业的诗歌争论非常多，消耗了新诗批评的大量精力，对提高新诗专业水平甚无裨益。

当然，并不是说大众化与专业化截然对立、水火不容。恰恰相反，专业化的写作常常需要大众化的养育，大众化的潮流拓宽专业化的河床。这种关系对于优秀诗人来说是顺理成章的事，就好比杜甫可以从流行的公孙大娘剑器舞中获得灵感，余光中也非常乐意受到大众口语的熏陶。

再次，合理评价新诗大众化的成就，既需要平等民主的文化态度，还需要广博精深的专业眼光。我们常遇到的就是新诗经典问题，众说纷纭，各执一词，争论不休。我不赞成生搬硬套的古诗形式和规范，比如拿对仗、押韵，甚至平仄等旧律来要求新诗，这其实又回到了古诗的老路上，只能是死路一条。我也不同意"大众的就是经典的"或"流行的就是经典的"评价思路，不认为只要走红就是好诗。比如，"口水诗"作为一种新的大众意识的表达，拥有一些粉丝，也有其文化上的积极意义，但在形式上，并没有提供新东西，甚至是保守的。开个玩笑，如果"口水诗"是蹩脚的古诗，古代的歌行体反倒像优秀的自由体新诗。不信，我们可以参看李白《蜀道难》《将进酒》、《诗经·王风》中的《扬之水》、汉乐府中的《东门行》《妇病行》《孤儿行》。

在此，引入陈超的"历史想象力"概念，作为讨论新诗经典化的一个尺度。陈超在《重铸诗歌的"历史想象力"》一文中指出，"历史想象力"不仅是一个诗歌功能的概念，同时也是有关诗歌本体的概念。"写什么"和"怎么写"，在历史想象力的双重要求下，是无法两分的。简单地说，"历史想象力"要求诗人具有历史意识和当下关怀，对生存、个体生命、文化之间真正临界点和真正困境的语言有深度理解和自觉挖掘意识，能够将诗性的幻想和具体生存的真实性作扭结一体的游走，处理时代生活血肉之躯上的噬心主题。"历史想象力"，应是有组织力的思想和持久的生存经验深刻融合后的产物，是指意向度集中而锐利的想象力，它既深入当代又具有开阔的历史感，既捍卫了诗歌的本体依据又恰当地发展了它的实验写作可能性。这样的诗是有巨大整合能力的诗，它不仅可以是纯粹的和自足的，还会把历史和时代生存的重大命题最大限度地诗化。它不仅指向文学的狭小社区，更进入广大的有机知识分子群，成为影响当代人精神的力量。

如果放在古代，我觉得符合这一"历史想象力"标准的典范就是杜甫。"历史意识和当下关怀的统一""诗性幻想和具体生存的扭结""有组织力的思想和持久的生存经验的深刻融合""把历史和时代生存的重大命题最大限度地诗化"，在这些标准面前，一切口水和书面，学院和民间，女性和男性，下半身和上半身，打工诗歌和女性诗歌，草根写作和神性写作，是不是会一碰即退？如果我们讨论新诗，为了避免不必要的浪费，可能首先要区分讨论新诗的什么。如果是讨论新诗写作的专业成就而不是文化成就、社会成就，就需要讨论优秀的新诗，而不是泛泛地拿一些平庸的诗歌来说事。套用陈超的思路来看，对于真正优秀的诗人来讲，新诗专业化写作面临的真正问题是，如何动用历史想象力，如何将历史碰撞我们身心的火花擦痕艺术地呈现于诗美的天空。比如在郭沫若、艾青、穆旦、何其芳、余光中、洛夫等现代优秀诗人的诗歌中，历史是不是一个在场因素，他们处理得怎么样？有什么成就？又有什么样的经验和教训？在当代诗人北岛、多多、昌耀、于坚、欧阳江河、西川等人的诗歌中，也可作如是观。当我们这样来谈新诗成就时，就会发现，此时的新诗比彼时街头争论时的新诗多了相当多专业化的要求，它需要讨论者对百年新诗的阅读量、需要对诗歌史的掌握、需要诗歌理论的储备，甚至还需要一定时间的诗歌写作训练，并非随便就可以对新诗发言。

最后，回顾既往，一些典型的大众化诗歌体式、流派所创造的，多文化能量，少专业成就。这些诗歌的文本都可以叫诗，但要说新诗的成就依赖这些诗歌，恐怕难以服人。我们谈论余秀华《穿过大半个中国去睡你》，更多是在谈大众化的欲望，是在惊叹网络的传播能量和当今的诗歌奇观。同样，我们谈"梨花体"、谈"下半身"、谈"垃圾派"，也主要是在谈文化潮流、文化姿态、文化选择，而非谈新诗专业成就。如果再往深处反思，谈白话诗、抗战诗、新民歌、天安门诗、朦胧诗、第三代诗、后新潮诗、盘峰论争、地震诗、奥运诗、抗疫诗，是否也不同程度地存在同样的理论区别？在我看来，百年新诗的考量，特别是有关大众化诗歌的考量，文化论争多，专业讨论少，特别是有益于新诗发展的专业化反思还有待加强。

总结百年新诗评价历史，一个重要的经验，就是要将新诗文化问题和新诗专业问题适当加以区分。文化问题随着时代变化而变化，专业问题则相对稳定。文化问题可以包含在随便什么样水平的诗歌之中，但专业问题则需要就好诗展开讨论，需要职业素养和专业储备。新诗是一门专业，入门很低，但其后道路漫长，高手林立，佳作众多，标准森严。是的，标准森严，我确实认为标准森严。比如，一首新诗，不能有一个字多余，不能随便用词，不能随便用韵，不能随便转行，不能随便设行，不能随便设小节，不能随便用标点符号，不能随便写标题。杜甫的诗能随便多一个字吗？苏轼的词能随便转行吗？一旦我们进行诸如此类的专业对照，就会发现我们在专业上存在古诗和新诗的双重标准。百年新诗存在一种集体无意识，即新诗没有标准，新诗可以随便。这是需要剔除的。恰恰相反，字数、行数、节数远比古诗丰富复杂的新诗，其规则应当远比古诗多且严。但这些专业问题并没有被深入全面地讨论。所以，在新诗讨论前，最好能问一个问题：我们是在谈论诗，还是好诗？诗和好诗之间的距离非常大。白话口语的大规模运用对于五四文学革命和思想解放，无疑功德无量。同时，我们也需要反思，口语的无节制使用，是否也给新诗的专业化写作带来负面影响？新诗大众化作为新诗的巨大成就，确立了诗歌的零门槛、零审查、零成本、低起点的合法性，带来新诗规模空前的普及，激发大众参与热潮，是诗歌"祛魅""去神秘化""去权威化""介入现实""合为事而作"进而建设"诗的共和国"的有功之臣，但它绝对不能代替或取消"历史想象力""人间要好诗""晚节渐于诗律细""语不惊人死不休""清词丽句必为邻"等一系列诗歌专业化标准。正如谢冕提到的，新诗大众化激发的"渗入民众"的现代公民的平等意识、参与意识、自由意识，在文化社会成就上无疑是巨大的、积极的、令人鼓舞的，但并不能直接兑换成专业化的新诗成就。文艺评价的维度是多元的，可能是当下现实，也可能是整个文学史。优秀的诗歌，特别是经典的诗歌，恐怕最终需要在文学史里进行评价，甚至根据不同的层次目标，需要放在新诗一百年、诗歌三千年、世界诗歌史的场域中进行估量比对。这个时候，谈论新诗成就绝不能坐井观天。人们就会要求优秀诗歌必须处理好个人与社会、当下与历史、现实与想象、介入与超脱、继承与创新、语言与实在、形式规范与艺术创造等诸多维度之间的复杂关系，并最终以优秀的诗歌文本赢得读者、赢得历史。

（原载《文艺报》2022年7月6日，第3版）

新诗如何取标题

古人重视诗歌标题,有不少研究。东汉许慎在《说文解字》中将"题"字解释为"额也",将"目"字解释为"人眼"。唐代诗人贾岛《二南密旨》说:"题者,诗家之主也;目者,名目也。如人之眼目,眼目俱明,则全其人中之相,足可坐窥万象。"中国新诗已诞生百余年,新诗标题有哪些具体形式?规律怎样?与古诗诗题有哪些联系和区别?

标题即面目

一般而言,诗歌阅读的起点是标题,创作构思恐怕也常常如此。道理很简单,一首诗的标题,就像一个人的面目,关系到给人的第一印象,传递作者的情感姿态、社会身份、文化取向以及诗人性格特点等信息,担负着主体识别的功能。像贺敬之《雷锋之歌》、艾青《大堰河——我的保姆》、舒婷《祖国啊,我亲爱的祖国》等诗,一望便知是传统抒情性的,田间《赶车传》分明是纯正叙事口吻,而像朱湘《哭孙中山》、杜运燮《给永远留在野人山的战士》则显然是悼念诗。

仔细琢磨,标题的信息量很大,常带有时代信息。像《穿牛仔裤的男子》（昌耀）、《美国妇女杂志》（陆忆敏）、《中文系》（李亚伟）、《计划经济时代的爱情》（欧阳江河）、《事件：停电》（于坚）等标题，由于使用的概念只能来自现代社会，一望便知是现代诗。

更多地，新诗标题可传达个性化的审美信息。如果你读多了新诗，就会注意到一个现象，不少新诗的标题起得富有韵味，本身就是好诗句。"90后"诗人刘浪的标题令我印象深刻，《万物扎根于我》《雪是一个向下的、使世界安静的手势》。画家诗人沈亦然的《活得简直就像一件艺术品》、安琪的《父母国》、小布头的《养猫的人，要有养虎的心》，这些标题，或想象奇特、或出人意料，不同于文学教材经常提到的《女神》《雨巷》《再别康桥》《回延安》等写人、咏物、记事的新诗标题，也不同于《咏柳》《望岳》《送元二使安西》等古诗诗题。从总体上来看，这些新诗标题不太注重说明性，而强调审美性，显示了一种新的制题思路。也就是说，读者不必看正文，光看标题，就能捕捉到扑面而来的诗意。

再举几例。柯岩《周总理，你在哪里》，完全以口语方式制题，悼念的人已经离世，却用了"在"字，以"在"反衬"不在"，可谓别出心裁，苦心经营。读者如果不了解时代背景，仅从标题看，很可能会以为诗人写诗时周总理还活着。同样是悼念，牛汉《悼念一棵枫树》沿用了传统的制题法，有点像杜甫《别房太尉墓》《八哀诗》、李白《哭晁卿衡》等古诗题，用语明确，情感节制，遵循惯例，一看便知主题。

标题即面目，有区分古今之用。王士禛《带经堂诗话》卷二十七曾言："予尝谓古人诗，且未论时代，但开卷看其题目，即可望而知之。"为什么王士禛说古诗"望而知之"？因为大部分古诗的标题都有遵循的惯例，且说明性强。相比之下，新诗标题日渐丰富多元，其中一个趋势是，说明性逐渐减弱，审美性日渐增强。宋词不必说了，是按照既定的词调（词牌）来写的，多少句，每句几字，押什么韵，都有定制。表面上长短不一，实际上规矩严谨。唐诗的标题也有规律。由于诗歌在科举、社交中所占的重要地位，制题就比较讲究社交功能，以说明性为要旨。送给皇帝和高官看的，要礼节庄重；送给亲朋好友的，要传达情谊。游历诗常用"游""登""望""过"，送别诗常有"送""别"标示，如《送元二使安西》《别董大》。讲究的还须细分，如"宴别""赠别""送别""饯别""寄别""留别"等，以区别不同的告别方式。情形再复杂点，以加前缀后缀详加说明，如杜甫《船下夔州郭宿，雨湿不得上岸，别王十二判官》《冬晚送长孙渐舍人归州》《公安送韦二少府匡赞》。总之，古诗题突出的说明性，是出于实用目的的。吴承学在《论古诗制题制序史》一文中有详尽的讨论，他指出，"从晋代开始，诗题创作逐渐走向规范化，到初唐、盛唐时期，古诗制题已经完全规范化，诗题成为诗歌内容的准确而高度的概括，成为诗歌的面目"。吴承学进而认为，"制题的自觉是诗歌艺术发展的必然结果，也是诗歌创作进入自觉与成熟时代的标志之一，这意味着诗人对于诗歌艺术形态开始有了规则与法度的观念。于是诗题的功能，也就从单纯称引符号，转化而成诗歌的有机部分。它不但成为诗歌的眉目，而且起了一种对于诗歌内容加以说明、制约和规定的特有的重要作用"。也就是说，诗人们对诗题越来越重视，标题功能越来越发达。

中国百年新诗的标题，同样也反映出这一规律。强调社交功能和说明性的干谒诗没有了，因为没有科举，不再有人写诗以求官职。诗的功利性越来越弱。诗歌传播途径的多元化，也导致了诗的实用性功能降低，审美性功能增强，言志抒情的成分日益增多。

有题与无题

一般人都会认为,诗都有标题。这是个错觉。我国最早的诗歌总集《诗经》所收诗歌,原来均无标题,现在人们看到的标题都为后人所加。历史地看,诗并非从来就有题,无题也是我们诗歌的传统。在诗歌史上,对无题诗的学术评价很高。清代诗人袁枚《随园诗话》卷七说:"无题之诗,天籁也;有题之诗,人籁也。天籁易工,人籁难工。《三百篇》《古诗十九首》,皆无题之作,后人取其诗中首句之一二字为题,遂独绝千古。汉、魏以下,有题方有诗,性情渐漓。至唐人有五言八韵之试帖,限以格律,而性情愈远。且有'赋得'等名目,以诗为诗,犹以水洗水,更无意味。从此,诗之道每况愈下矣。"清代乔亿《剑溪说诗》卷下说:"论诗当论题。魏晋以前,先有诗,后有题,为情造文也;宋齐以后,先有题,后有诗,为文造情也。诗之真伪,并见于此。"王国维《人间词话》说:"诗之《三百篇》《十九首》,词之五代北宋,皆无题也。非无题也,诗词中之意,不能以题尽之也……诗有题而诗亡,词有题而词亡。"把诗题之有无与先后说成是"诗之真伪"之区别,未免极端,以之论证诗歌创作之每况愈下的趋势,当然也不足取,但几位前贤都把题之先后作为古今诗歌演变的一大关键,则是相当有艺术眼光的。有题诗后来居上,顺应历史潮流,占据了诗歌史的绝大部分。新诗亦然。

百年新诗,大部分有题,一部分无题。无题诗尽管比例较小,但数量还是可观的。新诗开山鼻祖胡适写有9首无题诗。以小诗著名的宗白华也写过无题诗。20世纪30年代,曹葆华专注于此,创作热情远在他人之上。1937年5月,他的自选诗集《无题草》由巴金主编的《文学丛刊》出版。他的另一些无题诗散见于《北平晨报·诗与批评》《大公报·文艺副刊》《文季月刊》《水星》《新诗》与《文丛》等报刊上。《无题草》的诗描绘的几乎都是超现实的梦境。林庚是古诗研究名家，新诗理论也颇有建树，他的几首无题诗是偶然为之的结果，或是描述"爱的滋味"，或是记录其在日常的生活场景中感悟到的刹那的理趣。

现代无题诗分两种情形，一种是真无题，深得李商隐无题诗三昧。一种是假无题，诗人对无题诗并无真正了解，徒有其名而已，正如宋代诗人陆游所说："唐人诗中有曰'无题'者，率杯酒狎邪之语。以其不可指言，故谓之'无题'，非真无题也。近岁吕居仁、陈去非亦有曰'无题'者，乃与唐人不类。或真无其题，或有所避，其实失于不深考耳。"

真正的无题诗，是有所寄托又不便明示。

现代诗人的无题是在有意之后的无意，有题之后的无题。原因是多种多样的，可能是诗人没有合适的标题以概括全诗，也可能基于爱情或某种私密性的考虑不适合明确诗题，还可能出于现实的压力不能够明确标题。总之，作为一个传统，无题诗仍然存在于新诗创作当中。与汉魏之前的无题不同的是，现代新诗的无题是有意为之。他们表明了一种公开的私密性，这是一种非常矛盾的心态。这种诗不属于要社交的诗歌，只想给自己留下一段记忆。即使公开，也很可能只是指向那些想象中的远方知音。

以无题命名的爱情诗理解起来相对容易。卞之琳的爱情诗受李商隐影响，他1933年邂逅一位女子，产生爱恋，写下了5首无题诗，即属于向恋爱对象倾诉的私密性很强的爱情诗。如《无题四》：

隔江泥衔到你梁上，
隔院泉挑到你怀里，

海外的奢侈品舶来你胸前；
你想要研究交通史。
昨夜付出一片轻唷，
今朝收你两朵微笑，
付一支镜花，收一轮水月……
我为你记下流水账。

无题诗尽管是诗人自我的选择，比较个人化，但一旦发表，有时不免引起议论，反而多了一点儿公共性的味道。

长题与短题

我曾经认为，现代新诗的标题一定长于古诗。事实并非如此。

在诗题的字数上，古今短题诗的差异不大。如一字诗，李商隐《蝉》《柳》、罗隐《雪》《蜂》、舒婷《船》、周梦蝶《囚》《蜕》《疤》。2至9字的诗题，多如牛毛，多有名篇。古诗如杜甫《望月》、李白《赠汪伦》、陶渊明《归园田居》、张若虚《春江花月夜》、杜甫《江南逢李龟年》、李贺《金铜仙人辞汉歌》、刘长卿《逢雪宿芙蓉山主人》、韩愈《左迁至蓝关示侄孙湘》。新诗2至5字诗题如冰心《繁星》《春水》、戴望舒《雨巷》、卞之琳《中南海》、贺敬之《回延安》、阮章竞《漳河水》、郭小川《望星空》、郭沫若《凤凰涅槃》、徐志摩《沙扬娜拉》、洛夫《边界望乡》、汪国真《热爱生命》、卞之琳《距离的组织》、郑敏《献给贝多芬》；6字诗题，如牛汉《悼念一棵枫树》、李季《王贵与李香香》、席慕蓉《一棵开花的树》；7字诗题，如舒婷《会唱歌的鸢尾花》、李少君《反对美的私有制》；8字诗题，如田间《假如我们不去打仗》、何其芳《我为少男少女歌唱》、海子《面朝大海，春暖花开》、张枣《灯芯绒幸福的舞蹈》、梁小斌《中国，我的钥匙丢了》；9字诗题，如艾青《雪落在中国的土地上》、于坚《一枚穿过天空的钉子》、多多《语言的制作来自厨房》；10字诗题，如朵渔《生活在泪水中的利与弊》、黄礼孩《放荡的心应了天穹的蓝》；10字以上的标题逐渐减少，15字以上者更少，20字以上的新诗标题罕见。从前边几个7字和8字诗标题发现一个规律，7字标题较少，而8字标题较多，也许是新文化运动以来，现代汉语的双音节词增加的缘故，使得偶字数的标题似乎比奇字数标题更灵活、更方便一些。

新诗标题一般都在12字以下，超过12字的标题不多见。习惯了短题，遇到新诗长题觉得扎眼。比如，臧棣《你就没有开过鸿沟的玩笑吗入门》《我从未想过时间的洞穴已变得如此漂亮入门》《我们的沉默细得像一颗白色的子弹丛书》、白连春《在庄稼地里松土时我发现一小节骨头》、沉河《与老尹、洁岷、江雪、修远由杨柳堤上汉江边散步得句》。

但跟唐诗长题相比，简直是"小巫见大巫"。王维《菩提寺禁裴迪来相看说逆贼等凝碧池上作音乐供奉人等举声便一时泪下私成口号诵示裴迪》39字、《同卢拾遗过韦给事东山别业二十韵给事首春休沐维已陪游及乎是行亦预闻命会无车马不果斯诺》41字，李商隐《韩冬郎即席为诗相送，一座尽惊。他日余方追吟"连宵侍坐徘徊久"之句，有老成之风，因成二绝寄酬，兼呈畏之员外》45字，李白《玩月金陵城西孙楚酒楼，达曙歌吹，日晚乘醉著紫绮裘乌纱巾，与酒客数人棹歌秦淮，往石头访崔四侍御》42字、《张相公出镇荆州，寻除太子詹事，余时流夜郎，行至江夏，与张公相去千里，公因太府丞王昔使车寄罗衣二事，及五月五日赠余诗，余答以此诗》56字。有学者统计，白居易2800多首诗歌中，题目20字以上者140余首，如《木莲树生巴峡山谷间巴民亦呼为黄心树大者高五丈涉冬不凋身如青杨有白文叶如桂厚大无脊花如莲香色艳腻皆同独房蕊有异四月初始开自开迨谢仅二十日忠州西北十里有鸣玉溪生者秾茂尤异元和十四年夏命道士毋丘元志写惜其遐僻因题三绝句云》107字，几同诗序。宋代诗人苏轼、黄庭坚也喜欢长题，其诗作中长题诗占很大比例。有的不单叙述作诗缘起，还详细介绍创作的来龙去脉。这种诗题已经小序化或者小品文化了。但历来的诗论家对此评价并不高，如清人方南堂《辍锻录》云："立题最是要紧事，总当以简为主，所以留诗地也。使作诗意义必先见于题，则一题足矣，何必作诗？然今人之题，动必数行，盖古人以诗咏题，今人以题合诗也。"

古长题诗佳者不多，新诗亦然，没见哪首长题诗受欢迎。内容为王，标题相衬，也可算是新诗题的一个重要历史经验。

精致型与漫与型

与古诗相比，新诗标题可分为两大类型，一类是说明型，旨在向读者传达与诗歌内容、主题、情感、写作背景等相关的信息，留有古诗社交功能的痕迹，与古诗的实用性、规范性一脉相承；另一类是审美型，突出表达个人情感，弱化实用性、规范性传统，强调审美性、个人性。

先看说明型标题。大量的咏物诗采用这类标题，如闻一多《红烛》《死水》、臧克家《老马》、艾青《手推车》《鱼化石》、郑敏《金黄的稻束》、欧阳江河《手枪》；咏人诗，如卞之琳《地方武装的新战士》《抬钢轨的群众》、顾城《一代人》；山水地域诗，如贺敬之《桂林山水歌》、李瑛《敦煌的早晨》、郭小川《团泊洼的秋天》、丁芒《江南烟雨》、郑小琼《黄麻岭》；记事诗，如陆志韦《破晓自马府街步行至花牌楼》《又在苏州城上见蒲公英》、徐志摩《西伯利亚道中忆西湖秋雪庵芦色作歌》、穆旦《轰炸东京》、食指《这是四点零八分的北京》、西川《在哈尔盖仰望星空》。

吴承学讨论杜甫诗题，将杜诗中"承六朝而来"讲究规范、实用的标题称为精致型标题，而将突破规范、体现诗人独特审美追求的标题称为漫与型标题。新诗不妨借用这一说法，将咏物、写人、记事以及种种社会交往、赠酬唱和、望而知之的诗题，划为精致型标题，而将追求个性、标新立异、望而新颖或难知的诗题，划为漫与型标题。新诗诗题与古诗有一脉相承处，如咏物诗、山水诗、酬唱赠和诗，特别是写实记事的传统。同唐代新乐府运动的取向相同，"因事立题""即事名篇"的观念依然是许多新诗标题遵循的原则。如此一来，新诗百年的标题中，像《再别康桥》《雨巷》《吹号者》《乡愁》《致橡树》一类说明性诗题可归为精致型标题，而《万物扎根于我》《周总理，你在哪里》一类审美性标题可归为漫与型标题。

漫与型标题弱化实用性传统，突出审美独立性。标题本身讲究诗意，创造了一种新的传统，标题不再是配角，甚至可能像"标题党"一样成为主角。比如，《向太阳》《面朝大海，春暖花开》《去雅典的鞋子》《黄河大合唱》《假如我们不去打仗》，都有相似的性质。

爱情诗从"五四"时期已经有了根本的变化，在标题上大做文章，而非简单地说明一下就完事。刘半农《尽管是》写于巴黎，是对住在其对面的一个女子的观察，对她的悲喜的观察、与她一同的悲喜，是青春萌动的回应和表现。刘大白《心上的写真》，写青年对女性的爱慕和思念，与古典诗题完全不同。

鲁迅的散文诗《野草》是一组标题的创新之作，如《影的告别》《失掉的好地狱》。此外，如汪静之《蕙的风》、俞平伯《春水船》，从这些审美性极强的标题来看,"五四"初期,新诗对诗题审美的重视和强调是革命性的。诗的内容可能平淡,但标题却诗意盎然。王统照不是名气很大的诗人,但他《小的伴侣》这首诗,情真动人,标题富有诗意:

> 瓶中的紫藤,
> 落了一茶杯的花片。
> 有个人病了,
> 只有个蜂儿在窗前伴他。
> 虽是香散了,
> 花也落了,
> 但这才是小的伴侣啊!

有的标题和正文构成互动关系,有的构成游戏关系,有的制造悬念。与讲究实用的说明型、精致型标题不同,审美型、漫与型标题无法让你明了诗的内容,却能引起你的好奇和阅读欲。

只看徐志摩的诗歌标题,浪漫气息就扑面而来,《这年头活着不易》《这是一个懦怯的世界》《我有一个恋爱》《我等候你》,一个解放了的新式青年形象在标题里就可呈现。

艾青的诗歌标题是其诗歌文本的重要一环。像《雪落在中国的土地上》本身就是一句诗,而且是一个有故事情节的诗句,完整,独立,富于审美性。《大堰河——我的保姆》同样是一种漫与型的标题,不是"大堰河",也不是"大堰河颂""大堰河赞",更不是"我的保姆",而是采用一个判断句式,抒发独特的情感,呈现了新的命题思路。《煤的对话》,将拟人化手法运用在标题里,托物言志在新诗这里有了新的面貌，不再像古人那样含蓄，而是直抒胸臆，打开窗户说亮话。《黎明的通知》是当时的名篇，如春风般扑面而来，带给战乱的中国以些许清新和慰藉。《我爱这土地》以"为什么我的眼里常含泪水，因为我对这土地爱得深沉"一句而著名，这名句太耀眼，使我们忽略了标题的创造：强有力的诗人主体，加强有力的感情表白。《鱼化石》这样的标题，尽管与古典诗歌的春花秋月一样属于咏物诗，但这是诗歌史上的咏物新类型，就像康德借助牛顿力学和卢梭的社会学新论找到了德国哲学革命的灵感来源一样，艾青借助现代以来的科学新风，找到了新诗的创新灵感，也找到了新诗标题的灵感。《鱼化石》的鱼，包含着地质学的新发现和现代科学的视角，不同于杜甫《观打鱼歌》的鱼。可见，同为名词性诗题，古诗和新诗的文化含义大不相同。

步入新媒体时代，诗题的"额头"地位更加突出。总体而言，突破了古诗题的范围，千姿百态，五花八门，除了诗的说明性，审美成为诗题的内在要求。一大批诗将诗题看成自我的确认方式，力求增加辨识度。诗题已成为诗人标举个性风格的有效方式。诗题的自觉成为新诗的一个新传统。

诗题的个性

新诗标题审美化的一大特点是个性的张扬。标题即个性，比如，李元胜《我有悬壶，只装白云不装酒》、戈麦《我要顶住世人的咒骂》、黑大春《伤风感冒小调》《老喽》、陆忆敏《可以死去就死去》、巫昂《什么时候披头散发》《干脆，我来说》、李轻松《亲爱的，有话跟铁说吧》、麦城《用第一人称哭下去》、安琪《用一只手按住西风》、鲁西西《肯定：是》、宇向《你滚吧，太阳》、李小洛《这封信不寄给谁》《省下我》、阿吾《这两天看见人我就感到孤独》、代薇《我没有哭，只是在流泪》、盘妙彬《一座小镇不是小说里的那样，是我诗中的那样》《春风又吹，但春风不乱吹》。这些标题，或自信满满，或坚定决绝，或自我抚慰，或自我调侃，或气急败坏，或机智诙谐，七情六欲不加掩饰，诗人活生生的形象如在眼前。日常情绪中的某个瞬间、某种感悟、某种冲动或愿望、某种脾气或抱怨，都在标题中展露无遗。如此大尺度展露个性的标题，在李白、杜甫的诗中找不到。李白算是狂人，但他的标题却受时代所限，也受当时的诗歌规范约束。他自称"仰天大笑出门去，我辈岂是蓬蒿人"，标题却是《南陵别儿童入京》，平淡得若无其事。"停杯投箸不能食，拔剑四顾心茫然"，标题却是《行路难》，也就一个"难"字而已。李白尚且如此，更不用说内敛的王维、沉郁的杜甫。杜甫与李白一样具有动荡的人生遭遇、激烈的思想感情，但其诗歌的标题，至多也就是"悲""哀""思""喜"而已，最激烈的算是"哭"字。杜甫《喜达行在所》表达的是死里逃生的感受，标题也只一"喜"字。

个性解放是五四新文化运动的重要主题。"五四"以来，以诗题彰显个性者大有人在，除了郭沫若、徐志摩等知名诗人，还有一批。邵洵美是一个例子，《永远想不到的诗句》《你以为我是什么人》《绿逃去了芭蕉》《死了有甚安逸》，这些标题放到当下，仍然不失前卫。个性解放是新诗百年的一条重要线索。从"五四"到抗战，到 20 世纪 80 年代，直至新世纪，在诗中彰显个性者不乏其人。有些新诗标题引发了广泛争议和关注，甚至成为诗歌事件。

根据我有限的阅读，很多诗人喜欢在标题上用力，常语怪力乱神，追求奇险怪诞，力图语出惊人，使得新诗的"额头"多了二郎神般的面貌。制造悬念者有之，出语刺激者有之，造语新奇者比比皆是，常见小说、影视的笔法，给新诗标题带来了新质。有时看到这些标题，像看一场前卫的艺术展,现代派、后现代派的五彩斑斓炫人眼目,体现了当代诗人强烈的个体意识和个性追求。但是,这些"额头"闪亮、面貌新奇的诗歌,阅读效果往往不尽如人意,雷声大,雨点小,偶尔还伴有虚张声势之嫌。总结一下历史经验就能明白,好诗不光要有好标题,还要有好内容。

(原载《光明日报》2021年3月5日,第13版)

不废江河万古流

——杜甫诗歌对新诗的启示

21世纪初,诗人王家新曾说,"这时再回过头来重读杜甫、李商隐这样的中国古典诗人,我也再一次感到20世纪的无知、轻狂和野蛮。我们还没有足够的沉痛、仁爱和悲怆来感应这样的生命,就如同我们对艺术和语言本身的深入还远远没有达到他们那样的造化之功一样……我们的那点'发明'或'创新',从长远的观点来看,也几乎算不了什么"。

我特别认同王家新"回过头来重读杜甫"的说法。"古来磨灭知几人,此老至今元不死",宋代陆游说出了诗人的一个重要心理,杜甫仍活在许多诗人的心中。除了大量旧诗界的"杜粉",新诗界"杜粉"也不在少数。

20世纪20年代,诗人李金发表达过这样的想法,"余每怪异何以数年来关于中国古代诗人之作品,既无人过问,一意向外采辑,一唱百和,以为文学革命后,他们是荒唐极了的,但从无人着实批评过,其实东西作家随处有同一之思想、气息、眼光和取材,稍为留意,便不敢否认,余于他们的根本处,都不敢有所轻重,惟每欲把两家所有,试为沟通,或即调和之意"。李金发这种想法不知道有多少新诗人有过,但都没有真实表达过。"五四"以后,新诗好不容易从古诗樊笼中挣脱出来，说再见还来不及呢，哪有心思再谈旧诗，特别是再谈旧诗的"总头目"杜甫。仔细阅读就会发现，百年新诗有一个"避杜"情结。新诗人中，学李白者有之，学李商隐者有之，学温庭筠、陶渊明、王维、姜夔者皆有之，唯独少谈或不谈杜甫。冯至热爱杜甫，可是从冯至一生的诗歌创作中，很难感受到杜甫诗艺的影响。闻一多崇拜杜甫，本来最有希望在继承传统和吸收外来方面，获得新诗现代性的平衡，并结出大成果，却选择了一条颇为可疑的道路：回到格律诗。我个人认为，闻一多学杜甫、学古典，非但没有学对，反而学偏了。他仅仅看到了形式规范、法度森严的杜甫，没有看到天马行空、自由自在的杜甫。这不能不说是新诗继承传统的一个偏差。

杜甫为新诗准备了丰富而珍贵的藏品，百年来鲜有用者，殊为可惜。在我看来，百年中国新诗史上有些问题反复出现，或许杜甫的诗歌能给予启发。

诗与好诗

人间要好诗。诗可以没有标准，但好诗一定要有标准，尽管这种标准是相对的、历史化的。口水诗，"乌青体"，相当数量的"梨花体"，绝大多数的网络诗歌，可以叫诗，但不能叫好诗，因为"诗圣"杜甫正穿透历史的眼光看着我们。

胡适在《谈新诗》一文中提到"好诗"概念："凡是好诗，都是具体的；越偏向具体的，越有诗意诗味。凡是好诗，都能使我们脑子里发生一种——或许多种——明显逼人的影像。这便是诗的具体性。"他举了几个例子，"绿垂风折笋，红绽雨肥梅""芹泥随燕嘴，蕊粉上蜂须""四更山吐月，残夜水明楼"，都是杜甫的诗句。他还特别表扬了杜甫《石壕吏》，"寥寥一百二十个字，把那个时代的征兵制度、战祸、民生痛苦、种种抽象的材料,都一起描写出来了,这是何等具体的写法!"新诗中好诗的例子,胡适又举沈尹默的两首作比,认为《赤裸裸》"是一篇抽象的议论,故不成为好诗",而《生机》"是一个很抽象的题目,他却能用最具体的写法,故是一首好诗"。

　　胡适提出的"好诗"概念值得重视。从他反复以杜甫为例就能看出,他心目中的好诗标准就是杜甫的诗。在胡适之前,千年历史中,一大批诗人都持这样的态度,从元稹、白居易,到韩愈、李商隐,再到苏轼、王安石、黄庭坚以及江西诗派,到南宋文天祥,元明清诸诗人,一边倒地认同于杜甫。近现代以来,从康有为、梁启超、陈独秀、钱锺书,到叶嘉莹、吴小如等学者,以及洪业、宇文所安等海外汉学家,也全部认同于杜甫。这个名单可能是比任何一个文学评委会、专家委员会都要权威十倍的阵容。

　　我们不要求一首新诗像杜甫其诗那样格律严谨、形式整齐,但可以对照其思想境界的高下,可以对照诗歌技术的优劣。杜甫有宏阔的宇宙意识,新诗有没有?杜甫有浓重的家国情怀,新诗有没有?杜甫有深切的人道主义和草根情结,新诗有没有?杜甫每诗必炼字,用字精当新奇恰切,新诗有没有?杜甫有非常精炼的句子,新诗有没有?杜甫有高妙的时空技术,新诗有没有?如果说思想是虚幻的,思想境界无法复制,那么这些技术是硬指标,不可不谈。新诗绝不可拿新诗旧诗的区别来搪塞。若言新诗无标准,只能说这样的论者是坐井观天、底弱心虚。

正大与细小

　　新诗关于"大和小"的争论一再出现:新诗应该介入历史现实的"大"呢,还是独抒性灵的"小"?诗歌有宏大之美,也有细小之美。

杜甫《登高》《江汉》《望岳》可谓宏大，《舟前小鹅儿》《客至》《见萤火》当属细小。他的诗，无论介入还是超脱，无论关心国家还是隐入山林，为何总令人感动？他是如何处理大与小的关系的？诗可以微小、细小，但不能狭小、渺小；诗可以重大、宏大，但不能空大、疏大。诗无论大小，都要植根于诗人自我的生命体验之上。

正大是杜甫诗歌的重要特点。他的诗被称为"诗史"，就是因为其与天下兴亡密切相关，写社稷安危的、天下大事的、皇帝大臣的、边关战事的，这些叙述不可谓不大，但又绝不超出他个人的生命体验。"国破山河在""烽火连三月"大，但"泪""心""家书""白头""不胜簪"这些都是切切实实的小。杜诗不管走多远、看多广、探多深，最后都回落到灵与肉。他那些隐逸的、非介入的抒写，小黄鹅、小萤火、蚂蚁、桃树、古柏、新松，不可谓不小，但它们与诗人的生命密切联系在一起，物中有人，融入自己的感情，这是他能以小见大的秘密。因此，诗的大小并不以题材论。并非写民族、写国家、写社会、写世界就大，也并非写个人、写身体、写日常生活、写吃喝拉撒、写梦境幻想就小。诗的大小关键还在思想境界。

载道与言志

周作人在《中国新文学的源流》中将中国文学的传统分为载道派与言志派。新诗似乎有这样一个怪圈：载道就不可能言志，言志就会抵触载道。讲政治，艺术就会受影响；重艺术，政治就会退居一旁。杜甫则超越了这个怪圈，他的实践证明，对优秀诗人来说，载道并不必然影响言志抒情。载道是他骨子里的东西，与生俱来，每一首诗自然都是载道，所谓"每饭不忘君""致君尧舜上""虽乏谏诤姿，恐君有遗失"，并非咸吃萝卜淡操心，也并非故意而为，而是自然而然。新诗史上曾经提过"文章下乡,文章入伍",有过"抗战诗"热潮,要求诗歌载道。于杜甫而言,他已经下乡,已经入伍,已经抗战。《三吏》《三别》《北征》就是最好的抗战诗。于他而言,家国情怀就是他的个人情怀,个人感受就是他的天下感受,载道与言志,自然而然,没有冲突。杜甫诗歌的政治关怀,只比一般诗人多,不比一般诗人少。叶嘉莹发现杜甫的道德感同"昌黎载道之文与乐天讽喻之诗的道德感不同",韩愈、白居易"往往只是出于一种理性的是非善恶之辨而已,而杜甫诗中所流露的道德感则不然,那不是出于理性的是非善恶之辨,而是出于感情的自然深厚之情"。

杜甫诗歌的实践说明,载道是一种政治情怀。当诗人真正拥有了这种政治情怀,与言志的冲突自然就得到了解决。只不过载道的难度要远远大于言志的难度,因为它要求思想更丰富、视野更开阔、思考和关心的问题更复杂、面对和处理的经验也更深广。处理一个时代的复杂心理远比处理一己之感受要困难复杂得多。

真实与时代

我经常会觉得许多新诗写得假——假隐士、假田园、假教徒、假美学。这些诗所呈现的时代感与我们这个时代脱节,不像现代,像古代;不像华北平原,像陶渊明的桃花源;不像道观庙宇里的高僧大德,倒像是书画店里急等顾客上门的文化掮客。

1917年,胡适在《历史的文学观念论》一文中提出:"一时代有一时代之文学","此时代与彼时代之间,虽皆有承前启后之关系,而决不容完全钞袭;其完全钞袭者,决不成为真文学。"胡适对唐宋古文运动的理解,非常能帮助我们理解今天的文学。胡适指出,古文运动并非我们今天理解的古文,而是当时的新文学,"古文家又盛称韩柳，不知韩柳在当时皆为文学革命之人。彼以六朝骈骊之文为当废，故改而趋于较合文法，较近自然之文体。其时白话之文未兴，故韩柳之文在当日皆为'新文学'"。这个难度恐怕正像当下我们难以理解杜甫的七律正是唐代的新文学一样。胡适对李白、杜甫的七言歌行新体诗的肯定，也与我们今天的成见不同，"李杜之歌行，皆可谓创作"，"故李杜作'今诗'，而后人谓之'古诗'；韩柳作'今文'，而后人谓之'古文'"。我们今天该有多少人把杜诗看成"古诗"，而不敢看成"新诗"！

胡适批判"钞袭"，否定了简单复古，指出了文学发展屡屡遭遇的困境。这个困境的实质是其时代性要求：文学的历史惯性必须适应新鲜生动的现实，文学内在的稳定性必须适应文学外部的变化。那么，手机时代呢，网络呢？若杜甫活着，该怎样写诗？

杜诗被称为"诗史"，除了超强的技术，对时代的真实把握和丰富呈现是核心因素。诗贵真。新诗又何尝不该如此。

继承与创新

书法需要继承，绘画需要继承，戏剧需要继承，连建筑都需要继承，何况传统深厚的诗歌艺术。杜甫诗歌的成就是继承的结果。他继承了前人几百年的精华，这个功夫是千古以来公认的。李白戏言，"借问别来太瘦生，总为从前作诗苦"（《戏赠杜甫》）。元稹为杜甫撰写的墓志铭说杜诗"上薄风骚，下该沈宋，言夺苏李，气吞曹刘，掩颜谢之孤高，杂徐庾之流丽，尽得古今之体势，而兼人人之所独专"，也就是说，杜甫把《诗经》《楚辞》以来的诗歌艺术精华吸收遍了。王安石说，李白诗只是"豪宕飘逸"，至于杜诗，则有"平淡简易"的，有"绵丽精确"的，有"严重威武"的，有"奋迅驰骤"的，有"淡泊闲静"的，也有"风流蕴藉"的，这些都不是夸大的话。杜诗风格，确是"贺奇同癖，郊寒岛瘦，元轻白俗，无所不有"（《杜诗详注·诸家论杜》引明人王世懋语）。特别是在艺术技巧方面，杜甫总结了自《诗经》以来的一切重要的创作经验并有所发展。精研杜甫诗歌技术的台湾学者吕正惠说："杜甫所活动于其中的盛唐是一个集大成的时代，集合了汉魏六朝诗人在诗歌形式与内容上的一切试验，而融合成一个整体。这种集大成的工作表现得最为具体的就是：在这个集大成的时代，出现了集大成的诗人，他的整体作品就是集大成的最好的例子，而杜甫正是这样一个集大成的诗人。"

杜甫这样的天才尚且如此注重学习前人，遑论我辈。对于新诗人而言，诗歌史了解多少，学习过哪些诗人的技巧，掌握了多少，这些问题应当成为问题。学习前人的诗歌技术，绝对是一门必修课。我相信天才，但不相信不学习、不继承的天才。优秀的诗人可以反对古典诗歌，但一定要明白古典诗歌的技术；可以看不上前人的成就，但一定要了解前人的成就。连古人创造了什么样的绝技都不知道，何言创新？

格律与自由

学习杜甫，须把他作为自由诗人，而非单纯的格律诗人。杜甫不仅善于继承、遵守严格的形式，而且善于创新、打破既有形式。

字数变幻莫测，无拘无束。许多歌行体，三言、五言、七言、九言错杂，有的一句多达10言："君不见左辅白沙如白水，缭以周墙百余里"（《沙苑行》）。《桃竹杖引，赠章留后》四言、七言、九言、十言、十一言并用，猛看上去，几乎就是一首新诗。

诗歌忌重字，杜诗故意用重字，如"南京久客耕南亩，北望伤神坐北窗"(《进艇》)、"舍南舍北皆春水，但见群鸥日日来"(《客至》)、"汝书犹在壁，汝妾已辞房"(《得舍弟消息》)。

叠字是杜甫的长项，为杜诗一大特色，如："时时开暗室，故故满青天"(《月》)、"年年非故物，处处是穷途"(《地隅》)、"湛湛长江去，冥冥细雨来"(《梅雨》)、"冉冉柳枝碧，娟娟花蕊红"(《奉答岑参补阙见赠》)、"农务村村急，春流岸岸深"(《春日江村五首》其一)、"野日荒荒白，春流泯泯清"(《漫成二首》其一)。

据我粗略的估计，约四分之一的杜诗出现过叠字，量大惊人。

杜甫的用韵极其灵活自由，可以一韵到底，也可以转韵；可以很严格地用本韵，也可以宽松地用通韵。

体裁上，杜甫是先锋派。唐代五古上有所承，而七古、七律、七绝，于当时则相当于现在的新诗，形式新颖。若无七言的创新，全是上承汉魏的五古，那么也就没有《秋兴八首》这样的绝作，没有《茅屋为秋风所破歌》中为"天下寒士"担忧的炽热情感。

题材上，杜甫更是领风气之先。学者葛晓音说："杜甫的新题乐府借鉴汉魏晋古乐府即事名篇的传统，自创新题，不仅在反映现实的深度和广度上远远超过同时代诗人，而且在艺术上也极富独创性。"

在一些人眼中，诗歌散文化似乎是新诗的一大"罪状"。然而，从唐诗的历史来看，杜甫可谓是诗歌散文化的先行者和倡导者，开启了宋诗以议论为诗的先河。在杜甫的古风中，"有些句子简直就和散文的结构一般无二。尤其是在那些有连介词或'其、之、所、者'等字的地方"，如"人有甚于斯，足以劝元恶"(《遣兴五首》)，新诗人艾青、王小妮、臧棣的诗又何尝不是如此？臧棣诗句"森林的隐喻，常常好过／我们已习惯于依赖迷宫"是否神似杜甫的"人有甚于斯"？

百年新诗争论最大的就是自由与格律问题。我对杜诗和新诗研读的体会是，新诗一定要走自由的道路，决不能重回格律的老路。新诗一定是自由诗，好的自由诗一定要注重音乐性，音乐性绝不限于格律。

现代学者顾随说，"对诗只要了解音乐性之美，不懂平仄都没有关系"。钱基博说李杜之诗，"是律绝之极工者，不拘于声律对偶。而铿锵鼓舞，自然合节，所以为贵也"。这些都是内行话，讲出了诗歌音乐性的要害，更讲出了诗歌自由的根本重要性。

到 20 世纪 50 年代，那些受过"五四"影响的新诗人，几乎无一例外，全部走向了半格律化，以卞之琳、冯至、郭沫若、何其芳、艾青等为代表。百年新诗这一重要现象，不能不说是新诗思想史上的一个误区，即，新诗的音乐性等同于格律。现在看来，新诗要发展，这个束缚首先应当挣脱。

百年新诗的音乐性形式已经有了丰富探索，取得了重大创新。主要有以下几方面：一、从单一格律向节奏、押韵、韵律、旋律等综合性、多样化发展。注重起伏、长短、节奏、韵律等综合性音乐性效果；二、突破了古典诗歌僵硬的句尾押韵模式，韵脚的位置更加灵活，形式更加多样；三、创造了一些比较鲜明的现代音乐形式，以余光中的三联句为代表，新诗已经创造出了适合现代诗歌的新的音乐性形式。只不过，这些形式远未在理论和实践上得到重视。

实验与分寸感

新诗自诞生起就携带一个重要的基因，那就是实验。胡适谓之"尝试"。有了这个基因，百年新诗的尝试性实验接连不断。早期的白话诗，后来的象征主义诗歌、现代派诗歌、格律诗、半格律诗、十四行诗、楼梯体、鼓点诗、街头诗、朗诵诗、新民歌、信天游，直到 20

世纪80年代的朦胧诗，90年代的口语诗，21世纪以来的口水诗、网络图像诗，不一而足。百年新诗实验为新诗注入了活力，但废品多，成品少，优质产品更少，代价巨大。

杜甫是当时的实验诗人，比如他自创《兵车行》《石壕吏》等乐府新题，明末清初诗人冯班在《钝吟杂录·古今乐府论》中评价道："杜子美作新题乐府，此是乐府之变。盖汉人歌谣，后乐工采以入乐府，其词多歌当时事，如《上留田》《霍家奴》《罗敷行》之类是也。子美自咏唐时事，以俟采诗者，异于古人，而深得古人之理。"相比于新诗实验，杜甫实验诗的回报率要高得多。当然有他个人的天赋，但实验的分寸感，是一个需要注意的方面。杜甫在律诗中尽量避免重字，在排律里却随便得多。《上韦左相二十韵》两用"此"字，两用"才"字；《赠特进汝阳王二十韵》两用"不"字，两用"天"字。杜甫能够守规矩，但在需要的时候，也可以破规矩。比杜甫小40岁的孟郊以苦吟著称，同样有不避重字的实验，甚至走向了极端，其《古结爱》诗云："心心复心心，结爱务在深。一度欲离别，千回结衣襟。结妾独守志，结君早归意。始知结衣裳，不如结心肠。坐结行亦结，结尽百年月。"几乎句句用"结"字。其《秋怀》十四云："忍古不失古，失古志易摧。失古剑亦折，失古琴亦哀。夫子失古泪，当时落灌灌。诗老失古心，至今寒皑皑。古骨无浊肉，古衣如藓苔。劝君勉忍古，忍古销尘埃。"这样的写作虽然革命性很强，但观念性太明显，反而有伤诗歌的审美效果。

还有诸多方面的实验都涉及分寸感，如表达情感时复杂与晦涩的分寸；比喻的本体和喻体间的距离，到底多远才恰如其分；意象使用上的新奇与怪诞之间的分寸；等等。实际上，新诗各方面的实验创新都存在一个分寸感问题。实验的方向是正确的，大胆实验并无过错，但如果为实验而实验，为打破而打破，把诗歌审美的分寸感弃置一旁，就会走向诗歌的反面。

实验的分寸感，可能是每一个有抱负的诗人时刻都要面对的难题。

（原载《光明日报》2018年7月20日，第13版）

从古典诗学传统看新诗批评的建构

新诗已过百年，数量庞大，实绩蔚为可观，但与古诗相比，新诗经典的认同度却不那么理想。没有经典，就没有说服力。哪些新诗可以称为经典，新诗到底有无评价标准？对于这个问题的深入讨论，会有助于淘汰新诗中的垃圾与泡沫，有助于新诗经典的建构。进入网络时代，新诗的生产力巨大无比，其中不乏平庸之作、滥竽充数的伪作劣作，这导致新诗批评的压力非常大。因此，在当下探讨新诗批评的中国形态建构，尤为迫切。

寻找现代新诗经典

首先应当确立寻找伟大诗歌的批评目标。新诗批评有很多目标，比如，跟踪最新诗歌形态和诗歌潮流，诸如那些描述网络诗歌、图像诗歌、有声诗歌等新样式的批评；再比如，关注地域、流派、性别、阶层等文化问题的批评。这些都有其存在的合理性和重要意义，但始终没有解决的是新诗经典的标准问题。建构新诗经典的标准、寻找经典诗歌，应当成为新诗批评的应有之义。没有新诗经典标准，就没有公认的新诗经典，认同危机就会一直存在。

西渡在《新诗为什么没有产生大诗人？》一文中说："尽管新诗已有众多优秀的作者和作品，但对于那些怀疑新诗的读者和批评家，这些都不够。他们会用不屑的语气反问道：'新诗有李白吗？有杜甫吗？'——当然如此反问的时候，他们忘了旧诗在更长的时间内也没有贡献出另一个李白，或者另一个杜甫。但无论如何，没有公认的大诗人要算是新诗的软肋之一。"西渡看到了一种集体无意识，即如果在中国谈诗，必谈李白、杜甫，就像谈书法，必谈"二王"和颜、柳、欧、赵。说一个人的字好，人们会将其和颜、柳、欧、赵相比；说谁的诗好，人们会将其和李白、杜甫相比。无论新诗怎样辩解，怎样试图摆脱与古诗的关联，古诗都会作为新诗的标杆而存在。这就是文化的活的灵魂。说新诗不同于古诗，不等于不可以拿古诗来和新诗作比较。同理，新诗批评不同于古诗批评，也不等于不能拿对李白、杜甫的批评标准来批评新诗。

如果说新诗缺乏相对意义上的伟大诗人，那么我们可以暂且从古诗中"借"一个伟大诗人来观察。近年来，笔者试图探讨杜甫与新诗的关联，发现杜甫诗学可以为新诗的创作与批评提供丰富的启发。

现代新诗批评的中国形态建构，离不开向古诗学习。学什么呢？肯定不是照搬过去的方式。新诗批评必须有新的视角、新的方法。新诗批评的思路，必须立足现代，重新发现传统。重读杜甫，就可以发现有很多传统可资借鉴，比如用字的传统、炼句的传统、谋篇布局的传统、创新与继承的传统、自由与规则辩证关系的传统等，都可以为新诗批评提供极具价值的启示。

重新发现古诗传统

围绕建构新诗经典的目标，新诗批评可以从技术和思想两个方面确立新的标准。技术标准，如词的标准、句的标准、谋篇布局的标准，这方面杜甫能为我们提供很多启发。

首先是名词意识。杜甫之所以是"诗圣"，与他遣词造句方面的精湛技术密不可分。所谓"语不惊人死不休""清词丽句必为邻"，杜甫甚至讲，"诗是吾家事"，这样近于苛刻的诗歌标准，完全可以为新诗批评所用。新诗必须讲究语言艺术。如果诗是一座建筑，那么语言就是砖瓦。砖瓦如果是劣质产品，那么建筑质量就不会好到哪里去。一些诗人拿新诗的诗体自由做挡箭牌，诗句语言却粗糙随意，几乎不讲究语句的诗意，却还常常以口语诗、散文诗自我标榜。中国形态的新诗批评，首先应当谈字法、词法，这是新诗的根基。拿杜甫的炼字来说，杜甫诗歌的名词、动词、形容词等各类词汇的运用，均独具匠心。杜甫有强烈的名词意识，单靠名词的排列就可以完成空间营造、意象呈现、事物铺陈等多项任务，用法之新奇令人叹为观止，语言之精炼登峰造极。像"即从巴峡穿巫峡，便下襄阳向洛阳"这样的地理名词运用技术，也应该被新诗批评借鉴，成为评价新诗写作技术的指标。

其次是名句意识。杜甫的经典诗歌，往往伴有经典名句。名句意识也可以成为新诗批评的指标。百年新诗在这方面成就斐然，"金句"是新诗打破古典格律限制以后成就突出的领域。虽然说新诗缺乏唐诗那样整首的经典，但是，新诗中经典的句子却不少，像"面朝大海，春暖花开""为什么我的眼里常含泪水，因为我对这土地爱得深沉""爱也是世界上最好的避难所"等。但目前常见的情形是，新诗批评引用古诗名句乐此不疲，而对挑选新诗"金句"则用力不多。

杜甫令人称道、景仰的，不仅是他在字、词、句及谋篇布局方面的整套诗歌技术，还有其极高的思想境界。思想境界的高下也应当成为新诗批评的维度。一个优秀诗人在作诗时可以靠才情、靠灵感，甚至靠技术，但到"伟大诗人"必然由其思想境界决定。就杜甫而言，他有四个方面的思想维度可为新诗批评借鉴，即宇宙意识、家国情怀、人道主义、草根情结。这几个维度构成杜甫思想金字塔的坚实底座，与其精湛的字、词、句、篇技术完美融合，最终让他成为一位伟大的诗人。他入世的宇宙意识不同于李白出世的宇宙意识，他的家国情怀不同于现代新诗常见的空洞抒发，他的人道主义超越小我"大庇天下寒士"，他的草根情结切切实实与他潦倒的人生血肉相连。也就是说，杜甫的宏大可用于对照新诗流行的自我、小我、私人、肉身等狭小的思想观念，使之成为解决新诗中诸种问题的一个镜鉴。

细读杜甫，还有助于我们重新理解百年新诗的系列难题，如自由与格律的问题、传统与现代的问题、先锋实验与大众化的问题。实际上，新诗走向伟大的过程中所遇到的一系列问题，从杜甫诗歌那里或多或少都可以得到启示。

简言之，现代新诗批评的中国形态建构不能照搬古诗批评格律、对仗、平仄的旧框架，也不能完全脱离古诗批评自说自话，而是要从新诗的创作和接受出发，重新发现古诗传统，打破古诗、新诗界限，以"诗意"为核心探讨新诗批评的路向，这样才有可能发展出真正意义上的中国形态的新诗批评，担负起挑选新诗经典的任务，完成寻找伟大诗歌的使命。

（原载《中国社会科学报》2020 年 8 月 31 日）

新诗的音乐性及形式创造

新诗百年，音乐性形式有了丰富的创造，如比格律更为复杂的音乐性建造，三联句，顿、韵脚的灵活运用，大量新的音乐性形式需要理论总结和肯定。

一、问题的提出

谈到新诗的音乐性，许多人马上会想到古典诗歌。新诗缺乏音乐性几成共识。2016年的一则报道说，"著名文学评论家谢冕认为，音乐性是诗歌之所以成为诗歌的内在品质，或者说，音乐性也是诗歌的一个底线。包括新诗在内的所有诗歌都必须包含音乐性，但缺少音乐性是中国新诗的最大软肋。南开大学中华古典文化研究所所长、博士生导师叶嘉莹认为，诗歌和音乐关系密切，但现在的年轻人对古典诗歌的传统不大了解，写诗填词平仄都不对，也不讲格律"，认为"诗歌没有了音乐性，就与其他的文体没有区别了。而中国新诗缺少的恰恰是音乐性"，这是谢冕关于新诗音乐性的基本看法。"当然，谢冕也不是一概否认新诗中的好作品，比如海子的《面朝大海，春暖花开》、艾青的《我爱这土地》等，都是不乏节奏感的好作品。"[1]

谢冕是新诗坚定的守护者、热情的旗手，但在新诗音乐性问题上，持保留态度，包含着深深的失望和渴望。他的观点代表了相当一部分人的看法。在理论界，主张新诗格律化、民歌化、半格律化的人不在少数。我认为，这是新诗最大的失误之一。新诗已经百年，是在理论上彻底割断与格律纠葛的时候了。

好诗不一定非要音乐性，音乐性不等于格律。好诗不能单纯依赖某一种形式或技巧。新月派的格律诗未见得多高明，反而有时拘束、牵强。与此相反，绝对的散文化，如于坚《0档案》、西川《小老儿》等实验性诗作，也不太能够引起阅读的兴趣。也就是说，刻意追求格律节奏和刻意悖逆格律节奏，效果都不理想。

格律论已经进入一个死胡同。以格律为核心，期待一种定型化的音乐性模式，其结果只能是走向新诗自由的对立面。张桃洲《声音的意味》是目前国内研究新诗格律问题的代表性著作，对百年来的格律理论做了详尽扎实的梳理，富有启发性。张桃洲深刻地认识到新诗格律论的局限性。尽管他承认"新诗格律问题的探讨，显示了迄今为止关于新诗与现代汉语之关系的最具深度的思考，它具有严密、系统的理论传承性。格律被视为新诗重返文学中心、重温古典'辉煌'的一条切实可靠的途径"，但他同时也认识到，"从现有的表述来看，诗人和学者们"的"精致分析"，"易于滑入'唯格律是问'和繁琐的纯技艺操作的窠臼"[2]，"新诗要想完全靠语言外在的音响效果来促成诗意的产

---

[1] 高慧斌：《谢冕、叶嘉莹等谈新诗音乐性：缺少音乐性是新诗的软肋》，《辽宁日报》2016年7月12日。
[2] 张桃洲：《声音的意味：20世纪新诗格律探索》，北京：人民文学出版社，2014年，第9页。

生已不大可能"[1],"现代汉语的这些特点,一定程度上制约了某种'固定'格律的确立"[2]。也就是说,张桃洲通过对百年新诗格律论的梳理讨论,否定了一劳永逸的、"定型化"的格律形式存在的可能。他进而提出新诗格律内在化的观点。所谓内在化,是指一种"诗的转换"过程,即诗人根据现代汉语特点,对其(特别是各种日常语言)进行剔除锤炼,根据内在情绪的律动,形成既贴合情绪,又符合现代汉语特性的形式。这种形式"不是靠外在的音响引人注目,而是以其内在的律感(节奏)而撼动魂魄"。张桃洲举了三个内在化格律的例子[3]:

从屋顶传过屋顶,风
这样大岁月这样悠久
我们不能够听见,我们不能够听见
——穆旦《在寒冷的腊月的夜里》

要开作一枝白色花——
因为我要这样宣告,我们无罪,然后我们凋谢
——阿垅《无题》

在白头的日子我看见岸边的水手削制桨叶了
如在温习他们黄金般的吆喝
——昌耀《冰河期》

---

[1] 张桃洲:《声音的意味:20世纪新诗格律探索》,北京:人民文学出版社,2014年,第7页。
[2] 张桃洲:《声音的意味:20世纪新诗格律探索》,北京:人民文学出版社,2014年,第11页。
[3] 张桃洲:《声音的意味:20世纪新诗格律探索》,北京:人民文学出版社,2014年,第8页。

我能够感受到这些诗的节奏和韵律感,但是与其说这是内在化的格律,不如说是新的音乐性形式。张桃洲已经意识到新诗格律论的局限性,他提出的"音响效果""声音的意味""内在化格律""内在情绪的律动"等概念,都已经触及新诗音乐性理论变革的边界,但他最终还是退回到格律论框架。

在保守的理论视野下,大量好诗的音乐性建树,无法得到及时的理论肯定和总结,这是需要讨论的地方。

二、音乐性不等于格律:《槐花》的音乐性创造

先来看一首诗,桑克的《槐花》:

1

不管多么脏,一个人的灵魂
也总会有那么一丁点儿干净的地方
像这座我重新返回的京城
它混乱的腥臭的体味中也有这淡淡的
几乎不能分辨的槐花的芳香。
最难得的,它不是来自回忆
而是来自被命运的长相反复折磨而
变得挑剔的我的眼睛。

2

指甲盖大小的槐花在我的头顶
像夜晚繁星。
她柔软的枝条在我身边,遥望着
那清瘦的少年怎样在她的怀抱里安眠

怎样醒来,怎样找不到身边的亲人;
又是怎样的软弱地痛哭,又是怎样
躲到棉胎的黑暗中构思虚拟的欢乐人生。
当韶光尽去,他才明白那竟是幸福。

3
那竟是幸福……
他重复着自己伤感的结束语。
仿佛他从另一个尘世旅行归来,戴着草帽
还有满身尘土,还有模糊的照片
他和山水的合影,他和寺庙的合影
他和坟墓的合影,他和年轻的姑娘的合影
他和一个时代的合影:
电线杆林立,妖风四起,坏话……啊,槐花满地。

4
我曾想象——如果我是一个瞎子
我不会在大街上吟咏自度的哀歌。
或许会变成巨大的鼻孔,搜集那些散落的
越来越干瘪的槐花的唏嘘。
我闻得见她,她活着让我伤心。
即使干净的小刀重新在眼前跳起孔雀舞
即使她透过楼板,没入楼上的房间。
我在她灵活的双关语中也能抓住她俏皮的小辫子。

这首诗使我念念不忘，想在某个场合朗诵，就像朗诵杜甫的诗歌一样。它切入当下生活的质感，它捕捉时代的总体性视野，它有节制的但又有不可遏制的汹涌的抒情，它的语言精炼和准确、形象生动，具有亲切的人生感悟、高度的概括力，它在日常生活中不着痕迹地带入历史感，它有熔批判与淡淡的忧伤于一炉的温柔敦厚，还有高低起伏的节奏感……众多新诗的美德在这首诗里都体现出来。这是一首理想的新诗，而最让我陶醉的，是这首诗的音乐性。相信再固执的人，读到第二遍、第三遍，也会感觉到它的旋律和节奏，也就是它的音乐性。既不是新月派的格律，也不是十四行诗的格律，还不是《乡愁》那样明显的押韵，为什么有如此强烈的音乐性？这首诗逼迫我重新思考新诗的音乐性问题。

传统意义上的音乐性基本一韵到底。从新月派到1949年后的民歌体，不外古典和民歌两途。20世纪50—60年代的大部分诗歌都是如此。谢冕、孙玉石、洪子诚主编的一套大型诗丛曾说："在60年代初两三年的短暂时间里，民歌的影响自然广泛存在，对古典诗歌（尤其是词赋小令）在体制、句式、韵律和境界的模仿，也成为部分诗人的写作风尚。上述的种种变化，在张志民的《西行剪影》、严阵的《江南曲》、李瑛的《红柳集》、沙白的《杏花·春雨·江南》等诗集中得到体现。"[1] 70年代末期依然。雷抒雁纪念张志新的著名诗歌《小草在歌唱》是典型的外在节奏，从头至尾押ang韵，大多为十字以下短句，以七八字句为主。类似的形式，能体现节奏明朗、情绪激昂、语调高亢的音乐效果，曾经风行一时。80年代，舒婷的《致橡树》继承了70年代的抒情节奏和方式。很多代表性的朦胧诗同样如此，如北岛的《回

---

[1] 谢冕、孙玉石、洪子诚：《百年中国新诗史略》，见《中国新诗总系》导言集，北京：北京大学出版社，2010年，第198页。

答》、食指从60年代到后来的作品，基本都是这个路子。

在这种观念束缚下，新诗音乐性走进了死胡同。要么散文化的自由，要么格律、半格律，中间部分该怎么认定？谢冕在谈论这个问题时用了"音乐性"一词，没有用"格律"，包含理论用意。音乐性和格律两个概念有很大区别。音乐性的内涵远大于格律。音乐性是灵活的，格律是模式化的；音乐性是包容性的，格律是排斥性的。如果用格律标准，田间的《假使我们不去打仗》、贺敬之的《放声歌唱》、桑克的《槐花》都不算音乐性。如果用音乐性标准，那么，鼓点节奏可以是音乐性，楼梯式短促咏叹可以是音乐性，《槐花》的长短变化、高低起伏更是音乐性。格律有严格的模板，如字数限制、韵脚限制、节的整齐，这些规矩把人们的思维束缚了、僵化了。

格律限制自由，音乐性包容自由。桑克《槐花》的音乐性正是这样的典型，是多样音乐性手段的灵活运用。它不是完全押韵，也不是僵硬的句末押韵，更不像许多民歌体一根筋似的一韵到底，而是宽韵、换韵灵活运用。第一节表面上完全散文化，但"脏""芳""香"三个韵字，将韵味传达出来。第二节又换至另一个韵，"顶""星""生"。事实上，第二节的节奏感不是由字韵产生的，而是由排比产生的，五个"怎样"的连用传达了节奏感。第三节又如法炮制，连用五个"他和"，和第二节的五个"怎样"对称，产生了一种节与节之间的复沓效果，呈现了旋律感。最后一节依然是散文句式，长短不一，但长短变化中自有节奏，加之几个长句尾词"瞎子""哀歌""散落的""唏嘘""伤心""小辫子"的近韵，同样延续了原有的韵律感。长短句式变化中的节奏感，是这首诗的音乐性方面的重要技术。全诗起句是个短句，"不管多么脏"，紧接着是四个长句，第六句安排一个短句"最难得的"，在连续快速冲刺的长句中制造了缓步而行的喘息，这样，第一节在快速之中有放松的缓行，很明显的节奏感就产生了。第二节的节奏反了一下，先一个长句子，接一个短句子，使一、二节之间产生小小的变化，不致呆板僵硬，有点儿类似于李白、杜甫歌行体中加入的感叹词。这一节几乎是一长配一短，节奏感更加明显，有一种独白式自言自语的况味，一疾一徐，你来我往。第三节开头又是一个短句，与第一节隔水相望，这是整体上的构思，也是情绪的回旋。到"电线杆林立，妖风四起，坏话……啊，槐花满地"，由前边的长句子迅速转入四字一句的短句，急促，急切，急不可耐，千言万语化作一句感叹，情绪与形式高度一致，节奏感更加强烈。最后一节又以长句子为主干，回到悠长回旋的调子，令人回味，并在整体上和第一节相呼应，产生了完整的韵律感。

现在，是该跳出格律和自由二元模式的时候了。新诗已经在崭新的地方与音乐会师，而我们依然停留在格律的老地方苦苦等待。新月派走格律的老路，戴着镣铐跳舞，使新诗的思想自由和活力受到极大限制。北岛的创作中仅《回答》等少数疑似格律诗，绝大部分是自由诗，更准确地说是介于自由与格律之间的中间派诗歌。21世纪以来，大量流传较广的好诗，也都离格律诗很远，更不用说颇受网上受众热捧的各种口语诗了。口语诗纵有千般罪过，但在思想自由方面抓住了诗歌根本。中间派诗歌好的原因在哪儿？他们都没有走格律老路，但绝不能说没有音乐性——有的突出旋律感，有的注重韵律，有的强调节奏，有的关注起伏，有的则用心于长短变化。这些音乐性元素，并没有在新诗理论中获得合法性。

下面再举一些桑克《槐花》式的中间派新诗的音乐性例子。

张定浩《我喜爱一切不彻底的事物》可以看作桑克的《槐花》的通俗版：

我喜爱一切不彻底的事物。
细雨中的日光，春天的冷，
秋千摇碎大风，
堤岸上河水荡漾。
总是第二乐章
在半开的房间里盘桓；
有些水果不会腐烂，它们干枯成
轻盈的纪念品。

我喜爱一切不彻底的事物。
琥珀里的时间，微暗的火，
一生都在半途而废，
一生都怀抱热望。
夹竹桃掉落在青草上，
是刚刚醒来的风车；
静止多年的水，
轻轻晃动成冰。

我喜爱你忽然捂住我喋喋不休的口
教我沉默。

  非常容易感受到，"我喜爱"作为主旋律句式在该诗中发挥的无可替代的作用，整体对称是其音乐性的着眼点，"细雨中的日光，春天的冷，秋千摇碎大风"这种宋词般的局部节奏，也表达得恰到好处。
  张执浩《高原上的野花》也尝到了主旋律句的甜头，但看"我愿

意"这三个字的位置排列与变化,即可体会新诗的音乐性用心:

>我愿意为任何人生养如此众多的小美女
>我愿意将我的祖国搬迁到
>这里,在这里,我愿意
>做一个永不愤世嫉俗的人
>像那条来历不明的小溪
>我愿意终日涕泪横流,以此表达
>我愿意,我真的愿意
>做一个披头散发的老父亲

孙文波的《城市,城市》情感丰富,节奏起伏回旋,跟桑克的《槐花》有异曲同工之妙:

>沉重的推土机推倒了这个城市最后一座
>清朝时代的建筑。灰尘在废墟上飘动。
>古老的夕阳。血样的玫瑰。像
>我曾经知道的那样。我听见微弱的
>声音在天空中回响:"消失消失。扩充扩充。"
>长长的尾音,就如同一条龙划过天空。
>
>用不着寻找任何苍白的古董来证明。
>也不用古老的灵魂来比较。那些镀铬的门柱,
>褐色的玻璃,带着精神的另外的追求;
>是在什么样的理性中向上耸立?

偶然地让我们看到欲望的快乐;只是,
快乐。当它们敞开,犹如蛤蚌张开的壳。

啊!我们,随着它的节奏,运动。
肉体的身上伸出机械的脚。喉咙,
吐出重音节的烟雾;在大街上竞赛马力,
只有当血液里的汽油成分消耗完,
才会停止。那时候,肉体才会
重新是肉体的保姆。上帝才会露出他的面容。

但他并不把我们带走。宽阔无边的
建筑已阻止了他。这层嶂叠恋的建筑是
伟大的迷宫:不怜悯、不宽恕。
假如我们还存在幻象,那是假的。
当打夯机用它的巨锤使大地颤动,
它扎入的不是别的地方,只能是我们的心脏。

郑敏的《世纪的脚步》,是老诗人2000年写的一首诗,隐藏着一个世纪的诗歌形式追求,这就是自由的思想和明显的节奏感的综合运用。世纪老诗人运用了多种音乐性手法,顿的长短搭配,"远去,留下"句式的隔节对称,"去""迹""恶"等大致相近的韵的使用。

上面所引的诗都不是格律诗或半格律诗,但都有明显的音乐性。粗略看,基本上就是散文化的自由诗,但仔细阅读会感受到强烈的音乐性效果。这类诗在新诗百年中所占的比重相当大。傅天琳从未被视为格律派诗人,但她的《我们》包含了明显的音乐性,旋律感是由四组相同句式和两组变式产生的。以句式重复产生音乐性，是新诗音乐性的一个重要方法，在大量好诗中得到运用。昌耀的韵律感靠长句子，有明显的节奏。他的绝笔《一十一枝红玫瑰》两行一节，每行19字以内，大多为每行16字，大致押韵，大致均齐。"人之将死，其言也善"，其情也真。一个痛苦万分的癌症病人，临死写诗依然讲究音乐性，与其说是有意为之，毋宁说是高手偶得。

应当承认，我们普遍认识到的音乐性是押韵加均齐，可以称之为汪国真式。汪国真式是新诗最多的一种音乐性形式，也是运用最广、技术最为成熟的音乐性。徐志摩、闻一多、戴望舒、冯至、卞之琳、何其芳、郭小川、北岛、食指、舒婷、江河，都是这方面的强手。新诗虽已百年，新诗音乐性的欣赏却相当滞后，桑克《槐花》那样优秀的抒情诗，常常被我们忽视，更遑论理论上的肯定。

三、余光中的三联句

余光中虽以《乡愁》名世，但并不以格律诗著称。他的大多数诗是自由诗。然而，自由诗并不影响他追求音乐性。三联句是其音乐性创造的重要形式，是古典诗歌格律在新诗中的创造性转化，既继承了古典诗歌格律的优秀基因，也避免了格律带来的僵硬死板，在保持新诗自由的前提下，促进了音乐性的融合。

江萌《论三联句》是一篇很有启发性的文章。该文认为余光中创造了一种新诗的对仗，那就是三联句。所谓三联句，就是三句，比律诗原有的两句多一句，不同之处在于，其对仗处不在第二句，而在第三句才完成，时间上又延长了一拍。这个新的节奏就是余光中的创造，韵律感依然，但节奏更舒缓、更绵长、更悠远。

看你的唇，看你的眼睛

把下午看成永恒

——《那天下午》

"前两句要等第三句的出现才有了完全的意义、较深的意义。第三句虽也只是'看',却不是平列的第三条'看'。它从'唇',从'眼睛'跳到新的层次,转向无形,走入时间,和超越时间。飞来蜻蜓,飞去蜻蜓/飞来你。"[1]

江萌写道:"通常情形下,第三句是较舒较畅的长句,字数多于第一、二句。这里例外,只一个'你'字来代替被预期的一组字。由于这反规律,'你'字仿佛是用高压机压缩起来的,或者载重过多了的,而产生了特殊的分量、力量。"

不仅是对仗,江萌还发现了余光中三联句的韵律和节奏。他说,三联句"重复或部分重复的两个诗句造成半偏的情形:在语意上,造成'悬案'的感觉;在音律上则造成显明的节奏。'汴水流,泗水流''思悠悠,恨悠悠'。我们可以打着拍子歌唱""但是,乐曲只有海波击岸,周而复始的节奏是不够的,于是有待于第三句带来旋律。第三句较长,较舒缓,抑扬跌宕,和第一、二句的明板击节成为对照。在语意上,我们曾说三联句的一个特性是'跳级性',从一、二两句到第三句有一'层次'的跃进。表现在音乐方面,即是从'节奏'转为旋律"。

他举例说,《第七度》中的几个句子:

月在江南,

月在漠北,

月在太白

---

[1] 余光中:《余光中集》第二卷,天津:百花文艺出版社,2004年,第77—78页。

的杯底。

这是同字在句首的例子。三个"月"虽不落脚在韵脚,却仍发生节拍的效果。有趣而值得指出的是,第三句同样以"月在"起首,接承第一、二句的节拍,而诗人有意在"白"字上换行,使第三句也截成四言,在"北""白"更暗暗相韵,读到"的杯底"时,才发现这是一个模拟节奏,把前半装扮为节奏的旋律。

> 古代隔烟,未来隔雾,现代
> 窄狭的现代能不能收容我们?
> ——《第七度》

> 云里看过,雨里看过
> 隔一弯浅浅的淡水,看过
> ——《观音山》

再回头看余光中的《乡愁》《乡愁四韵》等作,就能体会到其中的技巧之丰富、来源,是其创造性的呈现,而非沿袭格律的证明。

类似的句子比比皆是:

> 落在易水,落在吴江
> 落在我少年的梦想里
> 也落在宋,也落在唐
> 也落在岳飞的墓上
> ——《枫和雪》

> 佛在唐,佛在敦煌

诺，佛就坐在那婆罗树下
　　——《圆通寺》

写我的名字在水上？不！
写它在云上
不，刻它在世纪的额上
　　——《狂诗人》

我的瞳眸
是江湖而至小
我的诗呢
是江湖而至渺
你的小名，水仙啊
则是那笛声
　　——《水仙乡》

灯有古巫的召魂术
隐约向可疑的阴影
一召老杜
再召髯苏，三召楚大夫
一壶苦茶独斟着三更
幢幢是触肘的诗魂
　　——《夜读》

　　余光中的《腊梅》是叙述性的，显然为《乡愁四韵》的艺术准备，后者更简洁、概括，也更紧凑、精练，节奏感和韵律感更强。将《腊梅》与《乡愁四韵》做对比（《在冷战的年代》也是一首达到一定艺

标准的诗),就可知道新诗的艺术技巧与构思、炼字、节奏旋律等音乐性、综合性的艺术手段是多么重要了。特别是这一句:

想古中国多像一株腊梅
那气味,近时不觉
远时,远时才加倍地清香

再看余光中的《江湖上》:

一双眼,能燃烧到几岁?
一张嘴,吻多少次酒杯?
一头发,能抵抗几把梳子?

余光中谙熟三联句的秘籍,但并不依赖,他能根据不同主题、思想、情绪,灵活运用多种音乐性方式。《等你在雨中》或许是最能展现他音乐性综合技法的作品之一:

等你,在雨中,在造虹的雨中
蝉声沉落,蛙声升起
一池的红莲如红焰,在雨中

你来不来都一样,竟感觉
每朵莲都像你
尤其隔着黄昏,隔着这样的细雨

永恒，刹那，刹那，永恒
等你，在时间之外，在时间之内，等你，
在刹那，在永恒

如果你的手在我的手里，此刻
如果你的清芬
在我的鼻孔，我会说，小情人

诺，这只手应该采莲，在吴宫
这只手应该
摇一柄桂桨，在木兰舟中

一颗星悬在科学馆的飞檐
耳坠子一般的悬着
瑞士表说都七点了　忽然你走来

步雨后的红莲，翩翩，你走来
像一首小令
从一则爱情的典故里你走来
从姜白石的词里，有韵地，你走来

　　三句一节相对工整又富于变化的结构形式，"等你，等你，你走来，你走来，永恒，刹那，刹那，永恒"，这些词复沓、回环且变化莫测的节奏，隔行用韵，如"雨中，清芬，舟中，吴宫"，都是这首诗的音乐性特点。这首诗建立了现代新诗的一个模型，即缓缓流淌、步步深入、回环往复、起伏跌宕、一唱三叹的音乐模型，像一部小型的小提琴协奏曲。"顿"的娴熟运用也是本诗一大亮点。"等你，永恒，刹那，黄昏，细雨，红莲，翩翩，小令"等二字顿，"在雨中，竟感觉，在刹那，在永恒，科学馆，在吴宫，我会说，小情人，有韵地，你走来"等三字顿，"蝉声沉落，蛙声升起，隔着黄昏，隔着细雨，你的清芬，我的鼻孔，一柄桂桨，木兰舟中"等四字顿，以及这些"顿"的变幻组合，如八仙过海，各显其能。可以说，这首诗从词到句、到节、到整首，从押韵到节奏，从节奏到旋律，从长短变化到转行分行，运用丰富的音乐性手法，将环境与人，现在、历史与永恒，个我与大宇宙，空间和时间，诸多元素之间的关系完美融合，构成一个音乐流淌、淡雅清芬的立体音乐世界。

四、新诗音乐性举例

纵观百年新诗，好诗往往有创新的音乐性，与原来人们熟悉的格律相去甚远。好诗的音乐性是对押韵、换韵、邻韵、宽韵（这些概念都借自王力《汉语诗律学》）、隔句用韵、复沓、排比、跨行对仗、隔节对称、句式长短节奏、字顿（逗）等多方面音乐性元素的综合运用。这些新的音乐性可以在诵读中明显感到，但不是严格的格律，不是简单的对仗、押韵。这些新的音乐性正是新诗的骄傲。

娜夜《在这苍茫的人世上》以"什么"句式为主干，辅之以"碎""贝"两个末字韵，产生了强烈的节奏感：

寒冷点燃什么

什么就是篝火

脆弱抓住什么
什么就破碎

女人宽恕什么
什么就是孩子

孩子的错误可以原谅
孩子可以再错

我爱什么——在这苍茫的人世啊
什么就是我的宝贝

大解的《百年之后》,是一首超越爱情的爱情诗:

百年之后　当我们退出生活
躲在匣子里　并排着　依偎着
像新婚一样躺在一起
是多么安宁

百年之后　我们的儿子和女儿
也都死了　我们的朋友和仇人
也平息了恩怨
干净的云彩下面走动着新人

一想到这些　我的心

就像春风一样温暖　轻松

一切都有了结果　我们不再担心

生活中的变故和伤害

聚散都已过去　缘分已定

百年之后我们就是灰尘

时间宽恕了我们　让我们安息

又一再地催促万物重复我们的命运

一位网友评论此诗：

"大解的这首诗，无疑是至情至性之作——情不漫溢飞扬而含蓄内敛；性不放纵骄奢而沉静涵容；貌似一己之亲爱，实则胸怀草木天下。在其短短 16 行诗句间，万物皆寂然无意而又潜然有情——""一个'退'字、一个'躲'字，既有凄然又有坦然，所承载的力量可谓重若千钧""'并排着　依偎着／像新婚一样躺在一起／是多么安宁'，这样的细节多么朴素温暖而又触目惊心！""笔法松弛而结构谨严，形制精短却意味绵长，在浩如烟海、良莠不齐的中国现代诗作品中，堪称精品"。[1]

这位网友的解读非常准确，把该诗在字词、细节、情绪、结构章法方面的优点都指出来了，但仍感觉不尽意，原因何在？他忽略了该

1　见新浪博客"编剧导演鲁克"《好诗精鉴（九）：大解〈百年之后〉》，http://blog.sina.com.cn/s/blog_4ca57e6601009sss.html。

诗明显的音乐性、节奏感、旋律感。

这个案例可以视为批评理论界对于新诗音乐性盲视的经典个案。理论上的裹足不前和思想上的保守僵化，造成了新诗音乐性批评的滞后。一旦谈论音乐性，必先是古典格律论，再解放一点儿是新格律论、民歌论，其核心思维仍然是古典格律论模式，千方百计、绞尽脑汁想找出一种类似于七律、五绝一类的新诗音乐性模板，以为新诗批评之用，也以对抗大众中的古典格律情绪，最终为新诗的成就剪彩。这种用心特别可敬，努力了近一百年，但是效果实在不佳。在业已出现的优秀诗歌当中，那些无法用固定格律模板框套的自由诗所占比例很大。说它们是格律诗吧，不像《死水》《乡愁》《回答》，说它们是完全散文化的自由诗吧，似乎又不尽然，还有点隐隐约约的节奏感、抑扬感、旋律感之类的东西。我觉得关键之点在于，新诗理论到了解放思想的时候了，到了用音乐性范畴代替格律范畴的时候了，到了具体诗歌具体分析的时候了。必须承认，新诗音乐性的创造已经超越了古典诗歌格律的范畴，其手法技术远为丰富，无法用简单的格律来框套。

宋渠、宋炜的《流年清澈》婉转低回，全诗 an 音的运用，创造了整体的旋律感，三字顿与二字顿的交替使用、长短搭配，与心情的起伏低昂相配合，优雅哀伤，将诗人深入时代的精神之旅充分表达出来，显示了新诗语言的能量。

西川对音乐性很讲究。他的《夕光中的蝙蝠》是以四行为一节的相对整齐的半格律诗，有不大严格的韵。《远方》也是如此。代表性的是《广场上的落日》，除去主题和意义上的意蕴之外，形式相对工整，四行一节，一唱三叹，复沓的运用、少见的感叹词的加入、长短句的搭配使用，都服务于强烈的音乐性。

谢湘南《蟑螂》的节奏感，更多地体现在一句之中，即林庚所谓的半逗律，排比、重复、换韵、句中的半逗，都是节奏感的来源。对仗的局部使用增强了节奏感："我在卧室里放圆舞曲，你在厨房里跳华尔兹"，"我繁殖文字而悲哀，你咀嚼隐喻而身亡"。

五、位置灵活的韵脚

韵脚不全在句末，也出现在句中，这是新诗音乐性的又一特点。转行和强行分行的广泛运用，增加了韵脚的隐秘性。肖开愚的《塔》是一首写性的好诗，音乐性为之加分不少：

> 一分钟的风刮来三分钟雨，
> 随后四分钟放晴，他和她
> 奔跑着穿过朦胧的柳荫大道，
> 忽然停下，一会儿，又缓慢前行。
> 他们在旁边的低地上挖掘，
> 开动新式钻探机向黑暗的，但也许
> 是被迫黑暗的深处挺进，钻头嗡鸣着
> 穿过蠕动的岩层；可能，有一个子宫。
>
> 他们俩已经走到防波堤的尽头。
> 一具注射器耸立在前面的山顶。
> "塔是一个委婉的名称"，他说，
> "实际是想让天空繁殖一些儿女。"
>
> "我们的暴力就是把深深的
> 给深深地刺破，给顶峰再加高，

就像一些女人给男人戴帽子"
她开始相信他是一个梦游者。
风久久地刮,雨越下越大。
他带着梦,她带着疑惑,走掉了。
钻井的人群像蝙蝠贴在墙壁上。
塔骄傲地坚持着孤独的性。

这首诗不是一韵到底,但有明显的韵脚 eng,如"(放)晴""(前)行""(嗡)鸣(着)""(岩)层""山(顶)""(名)称""梦""性",晴、层、称、梦这四个韵字是句中韵,如果要放在句末,则原诗需要变成如下形式:

一分钟的风刮来三分钟雨,
随后四分钟放晴,
他和她奔跑着穿过朦胧的柳荫大道,
忽然停下,一会儿,又缓慢前行。
他们在旁边的低地上挖掘,
开动新式钻探机向黑暗的,但也许是被迫黑暗的深处挺进,
钻头嗡鸣着穿过蠕动的岩层,
可能,有一个子宫。
他们俩已经走到防波堤的尽头。
一具注射器耸立在前面的山顶。
他说,"塔是一个委婉的名称",
"实际是想让天空繁殖一些儿女。"
"我们的暴力就是把深深的给深深地刺破,

给顶峰再加高,
就像一些女人给男人戴帽子"
她开始相信他是一个梦游者。
风久久地刮,雨越下越大。
她带着疑惑,走掉了。他带着梦,
钻井的人群像蝙蝠贴在墙壁上。
塔骄傲地坚持着孤独的性。

句子变动后,韵脚显露出来,但原来均齐的节奏感被打乱了,长短句搭配产生的节奏感在三个长句处消失。这个时候,本诗出现了多种可能性:一、保持原面貌,牺牲韵脚的明显性,保全全诗句式的均齐;二、牺牲全诗的均齐,迁就韵脚;三、再进行改动,使句式和韵脚均得以保全。我们采用第三方案尝试下:

三分钟雨刮来(自)一分钟的风,
随后四分钟放晴,
他和她奔跑着穿过柳荫大道的朦胧,
忽然停下,一会儿,又缓慢前行。

他们在旁边的低地上挖掘,
[开动] 新式钻探机向黑暗 [的,但也许是被迫黑暗] 的深处挺进,
钻头嗡鸣着穿过蠕动的岩层,
可能,有一个子宫。

他们俩已经走到防波堤的尽头。
一具注射器耸立在前面的山顶。
他说,"塔是一个委婉的名称",
"实际是想让天空繁殖一些儿女。"

"我们的暴力就是把深深的给[深深地]刺破,
给顶峰再加高,
就像一些女人给男人戴帽子"
她开始相信他[是一个](在)梦游[者]。

风久久地刮,雨越下越大。
她带着疑惑,走掉了。他带着梦,
钻井的人群像蝙蝠贴在墙壁上。
塔骄傲地坚持着孤独的性。

方括号内的字删掉,圆括号内的字增加,就会基本上变成一首末字押韵的诗,与我们熟悉的汪国真式离得近了一步。"穿过柳荫大道的朦胧"或许比原诗更富诗意,但未必全部都好,比如,"也许是被迫黑暗"句所表达的重要思想就被取消了,而这句诗的地位是非常重要的。"我们的暴力就是把深深的给刺破",也没有原句"把深深的给深深地刺破"那样更精确、更巧妙和更富有诗意,因此,原诗牺牲了音乐性,照顾了自由。由此可见新诗的取舍和难度。

此例表明,押韵有押韵的长处,也有弊端。如果牺牲思想,单纯地为了押韵而无限拉长句子,直到韵脚出现方才罢手,实在有些勉为其难。黑大春的《圆明园酒鬼》就是一例,试看第一节:

这一年我永远不能遗忘

这一年我多么怀念刚刚逝去的老娘

每当我看见井旁的水瓢我就不禁想起她那酒葫芦似的乳房

每当扶着路旁的大树醉醺醺地走在回家的路上我就不禁这样想

我还是一个刚刚学步的婴儿的时候一定就是这样紧紧抓着她的臂膀

如今我已经长大成人却依然摇摇晃晃地走在人生的路上而她再也不能来到我的身旁

六、顿的运用

音顿说是现代诗音乐性理论中较有创造性的地方。音顿在新诗中的运用打破了古典格律的字韵限制。不仅句末字可以产生韵感，句末词也可以产生韵感，两字、三字、多字，都可以。

如果从韵脚来讲，郑愁予的《错误》不是押韵的格律诗。但是，在朗读中可以感到明显的节奏，原因在于它的四字顿：

我打江南走过

那等在季节里的容颜如莲花的开落

东风不来，三月的柳絮不飞

你的心如小小的寂寞的城

恰若青石的街道向晚

> 跫音不响，三月的春帷不揭
> 你的心是小小的／窗扉紧掩
>
> 我哒哒的马蹄是美丽的错误
> 我不是归人 是个过客……

二字顿、三字顿、四字顿、多字顿，用得好都可能产生音乐性。现代汉语的三字词、四字词、五字词很常见，不可能再像古典诗歌那样基本由单音字或双音字组成，更不可能为了句子工整人为地压缩，而牺牲口语自然、生动的特点。这也是当下口语诗流行的一个重要原因。比如，常见的三字词：蝴蝶兰、蒲公英、活雷锋、计算机、避雷针、新浪网、笔记本、高速路、快餐店、麦当劳、定心丸、跑龙套、敲门砖、替罪羊、高大上、富二代、课外班、微电影。四字词：影子银行、股市风险、养老保险、卡迪拉克、生日派对、婚妙摄影、自由民主、法治社会、新闻联播、人民日报、阿里巴巴、美国总统、舆论环境、博士学位；五字词：小米黑科技、美白润肤霜。

姜涛的《慢跑者》有意识地尝试三字顿的用法，诗中的"工程师""高压塔""旧电池""邮电局""家具店""绊脚石""排污河""供热厂"等词，构成一个市民的日常生活环境。"他跑过邮电局，又经过家具店／其间被一辆红夏利阻隔"，连用三个三字顿，显然产生了某种节奏感。

四字词加"的"字，是一个意义整体，依然可以看作四字顿。请看刘春《命运》：

> 她的脸，让我想起／坡上的草莓
> 当风吹过，／嫩绿的衣衫／掀起／桃色的隐私

体会一下下面一首现代诗名作中四字顿产生的节奏感：

常常是夜深人静，倍感凄清，
辗转反侧，好梦难成，
于是披衣下床，摊开禁书，
点起了公元初年的一盏油灯
——绿原《重读圣经》

网友"瀚墨-515"曾以余光中《戏李白》为例来说明新诗转行所产生的不同节奏：

你曾是黄河之水天上来
阴山动
龙门开
而今黄河反从你的句中来
惊涛与豪笑
万里滔滔入海
那轰动匡庐的大瀑布
无中生有
不止不休
可是你倾侧的小酒壶？
黄河西来，大江东去
此外五千年都已沉寂
有一条黄河，你已够热闹的了
大江，就让给苏家那乡弟吧
天下二分
都归了蜀人

你踞龙门

他领赤壁

余光中的这首《戏李白》却有着不同的风格，一个"戏"字，道出了调侃的意味。用了大量的三字句、四字句和长句的相互配置。在长句中，隐藏了大量的七字句，暗合律绝的节奏，比如"黄河之水天上来""反从你的句中来""轰动匡庐（的）大瀑布""五千年都已沉寂""让给苏家那乡弟（吧）"等。这些构成了古风的阅读节奏，其他的句子又有着词的韵味，长长短短，欢快通畅。如果我们改动一下，那么作者需要的节奏就变了：

你曾是黄河之水天上来……

这样整个速度都发生了变化，离调侃的书写目的就有了距离。[1]

这位网友的七字句、四字句、三字句，就是我所说的七字顿、四字顿、三字顿。这个例子生动地说明字顿不同的搭配，其节奏效果是不同的。

优秀的诗歌常常有复杂的因素，而题材、主题、内容、情感、思想等，贡献率很大，比如当年的田间的《假使我们不去打仗》、贺敬之的《回延安》、余光中的《乡愁》、雷抒雁的《小草的歌》、叶文福的《将军你不能那样做》、北岛的《回答》、舒婷的《致橡树》、西川的《广场上的落日》、谷禾的《宋红丽》、刘红的《名字》、侯马的《苍蝇》、杨克的《人民》、李师江的《一生》、杨键的《母爱》等，但不可否认，音乐性在这些作品中并非可有可无。

---

[1] 瀚墨-515：《诗歌建行的一些想法》，参见新浪博客"姬和脖 gnRu 的博客" http://blog.sina.com.cn/s/blog_49d764d60100d4j5.html。

七、小结：何其芳主张及其改造

何其芳在 1958 年曾主张，"批判地吸取我国过去的格律诗和外国可以借鉴的格律诗的合理因素，包括民歌的合理因素在内，按照我们的现代口语的特点来创造性地建立新的格律诗，体裁和样式将是无比地丰富，无比地多样化的"[1]。将何其芳的主张稍稍改造一下，就是新诗音乐性的前途：批判地吸取我国过去的格律诗和外国可以借鉴的格律诗的合理因素，包括民歌的合理因素在内，按照我们的现代口语的特点来创造性地建立新的诗歌音乐性，其体裁和样式将是无比地丰富，无比地多样化的。将"格律"改造为"音乐性"，我认为是个变革。

从百年新诗的音乐性探索，可以归纳出音乐性的四个层次：节奏，格律，韵律，旋律。以田间、贺敬之为代表的鼓点诗和楼梯诗，有强烈的鼓点式节奏，虽不一定押韵，但以短句和二字顿、三字顿为主打，产生高亢、响亮、明快、急促的节奏感，是闻一多所谓的鼓手诗人，可为第一层次。当下一些口语诗可划入此类。以徐志摩、闻一多为代表的新月派诗歌，可视为第二层次——格律层次，这个类型的诗人注重诗歌外形直观的均齐、字行的大致相近，以及末字的押韵。20 世纪 50—70 年代流行的民歌体，大致可划入这个层次，其典型就是汪国真式的诗。格律类型的音乐性技术最接近古典格律诗，韵脚明了，容易操作，效果明显，但很难出新，有时候思想自由会受到新格律的束缚，也容易滑入模式化和平庸。第三层次的音乐性，即韵律诗，以余光中、北岛、西川等为代表的自由诗，形式上比新格律诗自由，句子长短有变，二字顿、三字顿、四字顿交错组合，末字未必全部押韵，但隔句

---

[1] 何其芳：《关于新诗的"百花齐放"问题》，《处女地》1958 年第 7 期，转引自张桃洲：《声音的意味：20 世纪新诗格律探索》，北京：人民文学出版社，2014 年，第 62 页。

韵、隔节对称等技法的使用，增加总体上的节奏感，节与节之间造成起伏，产生鲜明的节奏和韵律。第四个层次以桑克的《槐花》、孙文波的《城市，城市》为代表，句式、结构复杂，复沓、排比、重复、押韵、隔韵、邻韵、宽韵、换韵、隔节对称、长短句式交错、多字顿和少字顿的灵活搭配，局部变化与整体协调，多方面技术恰当地融合在一起，产生一种协奏曲、交响乐般的音乐效果。

（原载《中国文艺评论》2017年第4期）

自由诗的自由与难度

——兼谈吴思敬的新诗自由观

本文所说的自由诗指新诗。讨论这个话题的动因是，多年来我的诗歌创作一直有一个困扰：新诗要不要格律？如果不要格律，韵律是不是必要？口水诗是不是一种革命性的主张？

关于要格律还是要散文化，新诗史上有很多争论，吵得一塌糊涂，最终好像都不能给我明确回答。闻一多、何其芳等人的格律体追求，不能让我信服。艾青、臧棣等人是主张新诗散文化最用力的，但他们只是论说了新诗自由的合法性，然后就袖手旁观了，至于新诗可以自由到什么程度，则未置一词。

三十年来，新诗承担了社会转型和艺术变革带来的巨大压力。一种背靠两千年传统的诗歌，频繁遭到来自文化保守主义者、审美懒惰的公众和充斥市场的功利主义者的包围和质疑。与此同时，不到百岁的影视仿佛包揽了全部的民族艺术精华和文化能力，并且以赢得市场的叫好为能事。这就是新诗的当代处境。

抛开头脑发热的诗歌青年对 20 世纪 80 年代或对历史上诗歌的黄金时代的盲目崇拜，单从新诗在表达世界的广度、深度上来讲，也并不逊于其他各个门类。只是由于社会想象中的"古典诗歌"这个庞然大物的虎视，以及市场化的四面包围，才导致了年龄很嫩的新诗的

"渺小"。一个基本不读诗歌的人，可以很轻率地指责当下没有李白、杜甫而不会遭人耻笑，但他却完全不会以同样的口吻指责电影电视，他很清楚汉唐宋元明清两千多年里，根本没有出过一个电影导演，也没有出过一个电视剧明星。连对"古典诗歌"一向保持高度警惕的臧棣也觉察到，"我们总能在对新诗进行总体评价的时候感觉到古典诗歌及其审美传统的徘徊的阴影"[1]。

对新诗的这种处境谁都没有办法，谁让我们有两千年之久的诗歌记忆呢。想打破两千年培养起来的审美惯性，不会轻而易举。新诗想以新形式代替唐诗宋词那样的旧形式，进而取而代之，成为诗歌主流，需要付出的努力不啻是一场革命。诗歌理论首先必须经历这样的革命性变革。吴思敬的新诗自由观或许可以在这种框架里得到理解。

一、自由诗面临的形式问题

刘慈欣在其科幻小说《诗云》中曾写道，克隆体李白已经将所有的诗歌写出，办法就是把所有汉字的所有排列形式写出来，杰作就包含在其中了。第一首是啊啊啊啊啊，啊啊啊啊啊，啊啊啊啊啊，啊啊啊啊啊。以此类推，以至无穷。困难在于，如何从这些所有的诗歌当中挑选出名作，这是个问题。

这个故事提出了一个诗歌理论问题，那就是，名作和普通作品的关系。普通作品可以有无数，但经典名作是有限的，是挑选的结果。这对新诗的启发是，新诗可以有无数，但好的新诗却是有限的。挑选好诗就成为问题。那么就有人问，到底什么样的新诗是好诗？

至少在当下，更多的人会倾向于下列名单：徐志摩《再别康桥》、闻一多《死水》、戴望舒《雨巷》、余光中《乡愁》、北岛《回答》、舒

---

[1] 臧棣：《现代性与新诗的评价》，《文艺争鸣》1998年第3期。

婷《致橡树》、海子《面朝大海，春暖花开》，等等。我们可以在学校教材、新诗选本、推介文章、朗诵会以及一些新媒体诗歌介绍中看到这些诗人或文本名字。这个名单绝不单纯是审美的结果，而是一系列文化生产、传播、评价机制长期运作的历史合力的结果。在这个名单中，可以非常明显地看到古典诗歌审美的影子，比如对于韵律的偏好。新诗尽管已经诞生一百年了，但看待它的眼光仍然是一千年前的，甚至更古老。要弄清这个问题，涉及对非常复杂的文化记忆和文化传统的清理，显然本文无此力量。除去审美的顽固古典羁绊，还有其他诸多因素，如政治、社会、经济等外在因素的影响。不要以为诗歌是能够脱离复杂的社会的纯文学的宠儿，其实它始终与中国社会紧密联系在一起。比如，《乡愁》所依赖的两岸分离的政治语境，以及总理级的政治人物引用该诗所产生的巨大社会效应；《回答》所赖以发生的20世纪80年代思想解放的文化大潮。众多的研究已经有力地证明，诗歌在80年代的走红不单单是文学本身的力量，其与意识形态的合拍是重要原因；《面朝大海，春暖花开》与房地产商的青睐等这些非文学的因素，都对于塑造这些新诗名作产生过不可忽视的推动作用。同样道理，21世纪前后的口水诗，"梨花体""乌青体"的网络走红，背后也牵涉一系列复杂的文化力量和文化机制的运作。

然而，这样的观点在大众中间基本没有市场。在其他艺术领域，可能还注重思想在作品中的比例，但在诗歌，古典式审美思维最顽固。来自读者大众的质疑集中在一个问题上，新诗没有像古诗那样形成自己的形式规范，拿不出令人信服的像唐诗那样的统一形式。这个要求似乎与人生来平等一样无比正确。这正是新诗合法性危机最核心的内容。

新诗是不是要追求韵律和形式的规范，与古诗不同的新规范形式，要不要成为新诗追求的目标？

我的答案是，不要。新诗绝对不可返回古诗的老路上去。新诗的本质是自由，这是新诗安身立命的本钱，因为自由，它才推翻了古诗的统治和束缚，因为自由，它才在新文化运动之后由小逐渐壮大，因为自由，它才吸引了一代代的年轻人的热爱；也因为自由，它才在图像文化充斥世界的今天在网络上占有了一席之地；还因为自由，新诗才保持了在当下文化商业时代里相对的洁身自好。

正是出于对自由的人性的向往和追求，新诗才在一百多年的历史进程中不断发展壮大，直至今天。尽管"自由"和"人性"是两个具有理论陷阱的词（这个话题当另文讨论），尽管对新诗的争论不断、看法不一，但不容质疑的是，新诗从古诗的藩篱中挣脱出来，独立了，生根了，成长了。现在的问题是：在发展上遇到了市场的瓶颈；在接受上备受大众的争议；在成就上缺少更有说服力的诗歌经典；在形式上在格律和自由之间摇摆不定，这是诗歌要解决的几大问题。

第一个问题不是问题。因为现在新诗基本上是无功利生存，非市场化。写诗不为赚钱，诗歌的传播基本免费，诗歌的阅读也基本免费。比起戏剧、影视、歌曲、书画、收藏等艺术领域，诗歌是当今最便宜的精神消费。无功利生存反倒使诗歌的生命力更加强盛，不会像艺术收藏市场那样随着行情的起伏而大起大落。从新诗诞生到今天的一百年，新诗的生存经历了革命、运动、战争、市场、全球化等多种历史环境的考验，也从一种青春的冲动、政治的附庸、革命的工具发展成为今天新媒体时代独特的交流和表达方式，而且也经历了复古与革新的反复较量，诗歌从青春期、骚动期进入了成熟期。在我看来，当今的诗歌正当年。

第二个问题，在接受方面备受争议，这不但是诗歌的问题，几乎所有的领域都存在这个问题。不过诗歌的特殊性在于中国诗歌历史的特殊记忆，这是影视、网络等新媒体艺术不存在的。新诗尽管是新事物，但毕竟从古诗化蝶而来，脱胎于传统，因此，无法不让大众将它与古诗作对比。争议并没有将诗歌彻底打倒。打了一百年，诗歌生存发展了一百年，而且还不时小有辉煌。世界上哪种东西没有争议？连美和民主都有争议，何况新诗。争议是前进的动力，没有争议才不正常。

第三个问题是经典的问题，与第二个问题紧密相连。古诗有将近两千年历史，从唐诗到现在也有一千年历史，这在世界文化史上都是罕见的。在这漫长的历史的文化创造中，留下的大量的经典，被历代民众广泛阅读，广泛接受，进而积淀为一种民族特色文化心理，它的强大犹如连绵的昆仑山，是谁都无法否认的。新诗只有一百年，你要求它产生和一千年、两千年那样多、那样高的经典，首先不公平，其次太着急。心情可以理解，事实上不可能。大众总抱怨新诗没有经典，但实际上，北岛的《回答》、余光中的《乡愁》、海子的《春暖花开》、徐志摩的《再别康桥》，这些诗的经典化程度应该说相当之高。即使新诗今后停下来不写作，以上这些经典也足够新诗骄傲，更何况，20世纪80年代以后的这三十年，中国新诗的数量、质量，反映时代的深度、广度，艺术形式之多样，技艺之精深，已经有了巨大的飞跃。这些问题待以后的章节再交代。许多当代诗人，如于坚、西川、欧阳江河、昌耀、沈浩波、王家新、多多、严力等，这些诗人的诗歌成就相当可观，只是还需要给公众一个认识和接受的过程。优秀的艺术往往是超越时代的。借助网络这一现代技术的中介，诗歌的接受目前正在经历一个大众化的过程，而这个过程既不是由政府推动，也不是由资本推动，而是由诗人和诗歌的读者推动的，它的平民化程度非常之高。

这是个非常独特的过程。这个过程也绝非一个诗歌的问题，而涉及文化民主化、社群意识的重新建构、社会交往方式和精神沟通方式的新变化等一系列复杂的社会重构。

第四个问题是新诗的形式问题。这是新诗面临的最突出的问题和挑战，也是最难以回答的问题。新诗边缘化、小众化的重要原因，就是新诗没有规范化的成熟的形式，这影响了大众的接受。新诗还没有像古诗一样创造出一种被广泛认可的规范的形式，也就是说还没有李白、杜甫意义上的经典。自由诗人面目各异。闻一多追求格律，卞之琳富于智趣，沈浩波相当肉感，西川超脱得出奇。余光中《乡愁》类似于民歌，于坚《0档案》无以类比。昌耀偏爱文字古奥，欧阳江河热衷矛盾修辞。有人押韵，有人散文，女诗人安琪将日记、碑文、会议记录全搬进了长诗，臧棣的丛书又迷宫一般回旋曲折。没有哪一种形式拥有绝对权威，也没有哪一种形式不合理。好像都可以，又好像都不太令人满意。这些感觉可能是阅读新诗的人的普遍感觉。新诗提供了大量新奇的艺术表达，但始终缺乏经典的阅读效果。经典让你不敢随便质疑，只能质疑自己。正如欧阳江河所说，大众对待古诗和新诗是不公平的，李商隐的诗也并非那么好懂，却很少有人会质疑李商隐的经典性，但是面对欧阳江河的诗则会问，"写的什么呀，不明白"。大众"欺侮"新诗的现象时有发生，只不过人们不在意罢了。总之，人们的感觉是，新诗由于缺乏成熟的形式规范，制约了新诗传播；反过来，新诗经典的缺乏又鼓舞了公众排斥和怀疑新诗。我认为，在新诗行进一百年的问题中，只有形式问题是需要解决的理论问题，这个问题不解决，新诗在形式方面的创造就不理直气壮，新诗仍然会受古诗和大众的夹板气。

二、自由诗的本质是自由

新诗区别于旧诗的最本质特点是形式自由。这是新诗被称为自由诗的理由。新诗自由的形式充分保证了诗人自由的表达。新诗通过"五四"以来一百年的实践，彻底破除了旧诗的形式束缚，诸如格律、对仗、押韵、平仄等。但百年实践并不足以成为理论上的依据。许多人仍然认为，形式自由并不构成新诗的充分条件，自由形式说白了就是没有形式。如何回应这种看法？

缺乏形式规范仿佛是新诗的伤疤。这是新诗认识上最大的误区。恰当的说法应该是，新诗本质是自由的，但这种自由对于形式有比旧诗更高、更难的要求。按照吴思敬的说法，旧诗是制服，是统一服装，新诗是个性化服装，需要因地制宜，因此要求更高，难度更大。每一首诗都要求最贴切、最恰当的形式。

过去一百年的实践新诗以自由诗为绝对主流且不说。近年来随着网络的勃兴，网络已经成为诗歌生产、传播、消费的重要媒介，新诗的自由特征体现得更为明显。旧体诗虽然也有点儿市场，但对现实的言说能力远不及自由诗。"走红"的都是自由诗。口水诗，"乌青体"，"梨花体"，五花八门，眼花缭乱。自由诗的大众化传播，代表了一种精神自由的追求，无拘无束，绝对自由。没有权威的看管，没有传统的束缚，没有经典的焦虑，我手写我口，诗言志。尽管这种"口"可能是后现代消费之口，这种"志"大部分都是资本和权力所污染的精神意志，但其中不乏鲜活的主体呈现和精神流露。诗歌成为最便宜、最便捷的文化生产、传播和消费方式，这是其他艺术形态所不具备的。在当代语境中，诗歌是最自由的文化表达方式。

吴思敬新诗理论最让我受启发的地方在于，他彻底解决了有关新诗自由的问题。在他看来，新诗本质是自由的，形式也是自由的，没有给格律诗和古典诗歌的当代迷恋留下任何余地。吴思敬总结了一百年的新诗创作，认为自由诗占到了主流。"与现代格律诗理论探讨和创作日稀的情况迥异，自由诗在诗坛则日趋繁荣。'五四'以来的重要诗人，如胡适、郭沫若、冰心、戴望舒、艾青，以及以牛汉、绿原为代表的'七月派'诗人，以穆旦、郑敏为代表的'九叶派'诗人，全是以自由诗为自己的主要创作形式的。新时期以后，北岛、舒婷等'朦胧诗人'，海子、西川、韩东、于坚等'第三代诗人'，直到90年代后涌现的'70后''80后'诗人，就更是以自由诗为主要的写作手段了。朱自清在新诗的第一个十年所构拟的'自由诗派'与'格律诗派'两军对垒的情况不复存在，自由诗成为新诗主流已是相当明显的了。"[1]

吴思敬在考察了新诗发生史之后认为，"辛亥革命推翻封建皇帝带来的一定程度的思想自由，外国'自由诗'的影响，是新诗产生的外部条件，而从内因来说，则是那个时代青年学子心灵中对自由的渴望与追求"[2]。他的两篇文章集中论述新诗自由观，《新诗：呼唤自由的精神》《心灵的自由与诗的超越性》。前者是对中国新诗史的回顾与总结，后者是对一些中外著名诗人的诗歌创作和诗歌观念的不完全归纳。他说，"重提七十年前废名'新诗应该是自由诗'的判断，意在阐明自由诗最能体现新诗自由的精神，最具有开放性与包容性。而新诗诞生九十余年的实践表明，现代格律诗之所以未能与自由诗相抗衡，是由于与传统格律诗相比，其公用性与稳定性的缺失。当下的诗坛，自由诗尽管占据着主流位置，但也为各种现代格律诗的实验，提供了最为广大的舞台。不过，解决当下新诗存在的问题，还是应该从诗性内

---

[1] 吴思敬：《新诗：呼唤自由的精神——对废名"新诗应该是自由诗"的几点思考》，《文艺研究》2010年第3期。
[2] 吴思敬：《吴思敬论新诗》，北京：中国社会科学出版社，2013年，第37页。

容入手，希冀设计出若干种新诗格律来克服新诗的弊端是不现实的"[1]。"新诗的创始者胡适是把'诗体的解放'与'精神的自由'联系在一起谈的：……形式上的束缚，使精神不能自由发展，使良好的内容不能充分表现。若想有一种新内容和新精神，不能不先打破那些束缚精神的枷锁镣铐。"胡适之后，"郭沫若讲'诗的创造就是要创造人……他人已成的形式是不可因袭的东西。他人已成的形式只是自己的镣铐。形式方面我主张绝端的自由，绝端的自主'。艾青则这样礼赞诗歌的自由的精神：'诗与自由，是我们生命的两种最可贵的东西'"[2]。在《心灵的自由与诗的超越性》一文中，通过对一些著名诗人，如叶赛宁、拜伦、波德莱尔、瓦雷里、英国诗人墨锐、郭小川、郑敏、徐复观、唐湜、卞之琳的例子，说明诗乃自由的结论。尽管是个不完全归纳，也是有相当说服力的。因为我们几乎看不到哪一个诗人是在心灵不自由的状态下创作出伟大诗篇的。吴思敬认为，"有了自由的心灵，诗人才能超越传统的束缚，摆脱狭隘的经验与陈旧的思维方式的拘囿，让诗的思绪在广阔的时空中流动，才能调动自己意识和潜意识中的表象积累，形成奇妙的组合，写出具有超越性品格的诗篇"[3]。这样的观念，无论是对于权力还是资本的批判，无论是对于矫正口水诗对诗歌艺术的简化，还是对于知识分子、学院派写作的复杂化，都仍然有效。《二十世纪新诗理论的几个焦点问题》是吴思敬对百年新诗理论的总结性思考，回答了诗歌现代化的若干理论问题，其中对诗歌是自由诗这一命题的论证占有突出位置。在我们的印象中，戴望舒是格律派诗歌的代表人物，应该对自由诗持怀疑态度，但吴思敬发现，戴望舒由格律转

1　吴思敬：《新诗：呼唤自由的精神——对废名"新诗应该是自由诗"的几点思考》，《文艺研究》2010年第3期。
2　吴思敬：《吴思敬论新诗》，北京：中国社会科学出版社，2013年，第38页。
3　吴思敬：《心灵的自由与诗的超越性》，《文艺争鸣》2012年第5期。

向自由的个案有力地说明，新诗是自由诗。"《雨巷》时代的戴望舒，也曾深受'新月派'诗人的熏陶，讲究诗的音乐性和画面美。但是当戴望舒接触了后期象征主义诗人果尔蒙、耶麦等人的作品后，他逐渐放弃了韵律，转向了自由诗。"[1] "格律派强调'音乐的美'，《望舒诗论》却认为'诗不能借重音乐，它应该去了音乐的成分'。格律派强调'绘画的美'，《望舒诗论》却说'诗不能借重绘画的长处'。格律派强调'格调''韵脚'和字句的整齐，《望舒诗论》却说'韵和整齐的字句会妨碍诗情，或使诗情成为畸形的。倘把诗的情绪去适应呆滞的、表面的旧规律，就和把自己的足去穿别人的鞋子一样'。格律派强调用均匀的'音尺'或'拍子'以及协调的'平仄'来形成诗的节奏，《望舒诗论》却说'诗的韵律不在字的抑扬顿挫上，而在诗的情绪的抑扬顿挫上，即在诗情的程度上'。"[2] 可以看到，吴思敬在总结新诗格律化实践的过程中，尽管对格律的追求给予肯定，但更重要的是指出了其中包含的消极因素，这为他坚决地主张新诗自由的理论打下了基础。吴思敬的结论是"对于新诗史上乃至今天，希望克服自由诗的散漫，想为新诗建立一套新格律的诗人和学者，我是充分理解的，并对他们的努力怀着深深的敬意。只不过我还看不出这种种现代格律诗方案对纠正当下新诗写作弊端有多大的可能性"[3]。我个人认为，自从吴思敬得出这一彻底的理论后，新诗人可以完全放弃在创作中夹带格律的机会主义努力了，可以将传统对新诗的最后一点儿束缚彻底抛开了。

心灵的自由比什么都重要，这是现代诗人一百年的历史体验的汇总，也是对未来新诗发展的最重要的告诫。新诗如果依然要依赖韵律，

1　吴思敬：《二十世纪新诗理论的几个焦点问题》，《文学评论》2002 年第 6 期。
2　吴思敬：《二十世纪新诗理论的几个焦点问题》，《文学评论》2002 年第 6 期。
3　吴思敬：《新诗：呼唤自由的精神——对废名"新诗应该是自由诗"的几点思考》，《文艺研究》2010 年第 3 期。

就像电影仅仅依赖画面、好的社会仅仅寄希望于吃喝一样，无疑是极其片面和狭隘的观念，是典型的文化保守主义和文化惰性。它反映了一种消极的、狭隘的艺术观念。

自由诗的形式自由，是人的精神自由的充分外化，是自由诗革命性发展的宪法，是其精神自由的制度性保障。

三、自由诗的难度：设计个性化的服装

自由诗能不能无限自由？换句话说，如何评价口水诗、"梨花体"？

在百度上搜索，可以看到以下条目的解释："梨花体"谐音"丽华体"，因女诗人赵丽华名字谐音而来，又被有些网友戏称为"口水诗"。自2006年8月以后，网络上出现了"恶搞"赵丽华的"赵丽华诗歌事件"，文坛出现了"反赵派"和"挺赵派"，引起诗坛纷争。

来看一首"梨花体"诗：

> 毫无疑问
> 我做的馅饼
> 是全天下
> 最好吃的
> ——《一个人来到田纳西》

不少人认为，赵丽华的诗歌在网上引起强烈反应的一个原因，就是"明显的口语化写作"，换句话说，"梨花体"起到祛魅的功能，把诗歌降低为一种随意可为的艺术，给大众参与创造了合法性。正如网上给出的"梨花体"写作秘密：1. 随便找来一篇文章，随便抽取其中一句话，拆开来，分成几行，就成了"梨花体"诗。2. 记录一个4岁

小孩儿的一句话，按照他说话时的断句罗列，也是一首"梨花体"诗。3. 当然，如果一个有口吃的人，他的话就是一首绝妙的"梨花体"诗。4. 一个说汉语不流利的外国人，也是一个天生的"梨花体"大诗人。[1]"梨花体"诗与芙蓉姐姐的网上走红分享了相同的逻辑，那就是对日益精英化的艺术的嘲讽，和大众分享文化话语权的强烈要求。这是在中国社会贫富分化越来越严重、文化资源的社会分配越来越不平等、网络新媒体提供的技术平等的支持越来越广泛的社会语境下发生的。网络上对"梨花体"的广泛戏仿，反映了大众层面对于新诗的大众化诉求，也是对20世纪90年代以来，以所谓的"知识分子写作"为代表的诗歌日益精致化的一种反拨。"知识分子写作"在很大程度上警惕大众对诗歌的要挟，其极端的主张是"献给最少的少数人"，这种说法自有其合理性，但却没能够征服大众，甚至引起了大众反感。口水诗的出现似乎提供了一种对精致文化矫枉过正的救治方式，它不惜抛弃新诗在艺术上取得的曲折成就。

"梨花体"式的口水诗提倡怎么写，没有什么问题，但是，将一种低低在下、唾手可得的写作方式作为新的规范加以确立，产生了非常消极的负面效应。口水诗重新激起了二元对立的思维模式：口水诗等于民主，复杂的诗歌写作等于反民主。"梨花体"在艺术上没有新的发现，它吸引眼球的地方在于，彻底去除了诗歌的神秘性，表达了大众对于文化消费的强烈诉求。它是一种新的大众主体意识的表征。放在后冷战时代社会主义在全球化、市场化转型的历史语境中，它是一种解构意义上的文化实践。它拒绝精英文化高高在上的姿态，转而呈现低低在下的草根姿态。"梨花体"以一种唾手可得的随意感和低低在下的草根感，从内容和形式上表达了大众对文化领导权的渴望。在20世纪90年代以来的文化脉络中，王朔、冯小刚、赵本山这些文化符号参

---

1 相关材料均引自百度百科。

与到新的文化主体意识的建构中去,即一种游戏的、消解的、有轻度嘲讽但又非常安全的文化表达方式。这当然不能算李大钊提到的"庶民的胜利",与毛泽东所描绘的工农兵文艺也相差甚远,而是一种新的社会意识的表达。我们当然要清醒地看到在资本和权力钳制下的意识形态痼疾,要警惕那些虚假的主体性表达,对于盲目乐观的民主化想象以及各种文化梦幻保持戒备,但必须看到这一声势浩大的草根化潮流所带来的思想解放和知识普及,以及公众参与意识的觉醒,社会交往的加强等积极层面。正因为我们这个国度艰难而漫长的求索,这些新呈现的现代化事物和现代化意识才显得尤为珍贵。

因此,"梨花体"诗歌作为一种新的大众意识的表达,自有其文化上积极的意义,但在思想上,没有提供更多的力量。在形式上,它甚至是保守的。一旦降低了新诗的形式难度,也就降低了新诗的思想。如果开个玩笑,"梨花体"是蹩脚的古诗,李白的歌行体倒是优秀的自由诗。

一千三百年前的李白,不单能写形式严整的格律体诗歌,也有大量形式自由的歌行体,如《行路难》《将进酒》《梦游天姥吟留别》《西岳云台歌送丹丘子》《少年行》《江上吟》等。郭茂倩选编的《乐府诗集》收集了李白多首形式自由的乐府诗。在这些诗歌中,李白式的抒情似急风暴雨,又似行云流水,感情洪流从胸中奔涌咆哮出来,形式已经完全不在考虑之中。"烈士击玉壶,壮心惜暮年,三杯拂剑舞秋月,忽然高咏涕四涟"。阅读这些诗歌可以感到,李白浪漫自由的性格完全受不了法度森严的近体诗的限制。他要自由抒写心灵,因此,相对自由的汉魏歌行体成了他的至爱。只需看一首距今两千年、距李白七八百年的两汉乐府诗,就能明白李白的选择:

有所思,乃在大海南。

何用问遗君，双珠玳瑁簪，用玉绍缭之。

闻君有他心，拉杂摧烧之。

摧烧之，当风扬其灰。

从今以往，勿复相思，相思与君绝！

鸡鸣狗吠，兄嫂当知之。

妃呼狶！

秋风肃肃晨风飔，

东方须臾高知之。

——《有所思》

形式上，谁也不敢相信这是两千多年前的诗歌，它与现在的自由诗有什么区别？袁行霈主编的《中国文学史》认为，"李白的歌行，完全打破诗歌创作的一切固有格式，空无依傍，笔法多变，达到了任随性情之所之而变幻莫测、摇曳多姿的神奇境界。不仅感情一气直下，而且还以句式的长短变化和音节的错落，来显示其回旋振荡的节奏旋律，造成诗的气势，突出诗的力度，呈现出豪迈飘逸的诗歌风貌"[1]。

本文引用李白有两层用意：一、把古典诗歌想象为完全的格律诗是一种常识性错误，古典诗歌也有它丰富多变的形式探索；二、李白形式探索的动力来自情感的涌动，服从于他自由的心灵。这又一次验证了吴思敬的理论。放在两千年诗歌史上，即使仅在形式的意义上，李白都是革命性的诗人。也是在这一意义上，古典诗歌完全可以成为新诗的思想源泉，并非只能引进西方。所谓传统，也是在这样的意义上来思考和继承的。因此，口水诗只是新诗大众化的权宜之计。将自

---

[1] 袁行霈主编：《中国文学史》第二卷，北京：高等教育出版社，2005年，第222页。

由诗的自由理解为艺术形式上的随意绝对是庸俗的,这不会让新诗真正赢得大众,只能让新诗沦为一种轻浮的玩物。

吴思敬辩证地回答了新诗的内容与形式的问题,具有一种理论上的彻底性。新诗在内容上是自由的,在形式上是高难度的。与古典诗歌的统一着装相反,新诗要求个性化的服装。"有人说,自由诗不讲形式,这是最大的误解。自由诗绝不是不讲形式,只是它没有固定的一成不变的形式。如果说格律诗是把不同的内容纳入相同的格律中去,穿的是统一规范的制式服装,那么自由诗则是为每首诗的内容设计一套最合适的形式,穿的是个性化服装。实际上,自由诗的形式是一种高难度的、更富于独创性的形式,从某种意义上说,比起格律诗来它对形式的要求没有降低,而是更高了。"[1] 在另一篇文章里,他从朱湘的诗歌创作得出结论,朱湘"几乎是每写一首诗都在探讨一种新的建行,精心地为自己的诗作缝制合体的衣裳"[2]。

通俗点说,每一首自由诗都像一个人,要求有合体的服装,不可以复制、山寨,只能独创。自由诗不是全裸体。好的自由诗可以是比基尼,也可以是唐装,可以是长袍马褂,也可以是西装革履,还可以是休闲运动服。总之,包裹的是一个自由的个体,展示的是各不相同的个性和风采,甚至不能复制自我和从前,这是自由诗形式的唯一要求。这就使新诗的形式创造不但不是随意而为、信手拈来那样的轻松和容易,反而是独一无二、别无分店般的艰难。形式上的要求与内容上的自由辩证地统一起来,成为新诗革命性的、创造性的、永葆青春的生长机制。吴思敬的自由观抓住了自由诗的先锋性和革命性,彻底

---

[1] 吴思敬:《新诗:呼唤自由的精神——对废名"新诗应该是自由诗"的几点思考》,《文艺研究》2010年第3期。

[2] 吴思敬:《吴思敬:"不定型"恰恰是新诗自身的传统》,《中国艺术报》2011年10月26日。

解决了自由诗形式与内容关系问题，它甚至启发新诗重新看待古典诗歌的传统。

吴思敬通过对早期白话诗的语言缺陷的反思，提出了新诗形式的难度观，对当下口水诗也有棒喝作用，"正如梁宗岱当年批判初期白话诗的问题一样：'所以新诗底发动和当时底理论或口号——所谓'建设明了的通俗的社会文学'，所谓'有什么话说什么话'——不仅是反旧诗的，简直是反诗的；不仅是对于旧诗和旧诗体底流弊之洗刷和革除，简直是把一切纯粹永久的诗底真元全盘误解与抹煞了'"[1]。他认为胡适提倡诗体大解放和白话诗，仅从语言文字的层面着眼，导致"诗人的主体性不见了，诗人的艺术想象不见了，而'有什么话，说什么话；话怎么说，就怎么说'则取消了诗与文的界限，取消了诗歌写作的技艺与难度，诗歌很容易滑向浅白的言情与对生活现象的实录"[2]。他严厉批评将自由诗随意化的写作观念："他们不知道，任何自由都是有限度的，自由诗中不仅有自由的形式，更重要的它还要有诗的内涵。自由诗绝非降低了诗歌写作的门限，而是把这一门限提得更高了。俞平伯早就说过'白话诗的难处正在他的自由上面。他是赤裸裸的，没有固定的形式的，前边没有模范的，但是又不能胡诌的；如果当真随意乱来，还成个什么东西呢！所以白话诗的难处，不在白话上面，是在诗上面；我们要紧记，做白话的诗，不是专说白话'。"[3]

因此，民众当拿到诗歌民主这个利器时并没有好好珍惜它，而是让民粹主义给毁了。诗歌口水化正是这种打着民主旗号的群盲运动，它让大众与好的精神艺术擦肩而过。这是本文反思口水诗的一个用意。

---
1 吴思敬：《二十世纪新诗理论的几个焦点问题》，《文学评论》2002年第6期。
2 吴思敬：《吴思敬论新诗》，北京：中国社会科学出版社，2013年，第43—44页。
3 吴思敬：《新诗：呼唤自由的精神，对废名"新诗应该是自由诗"的几点思考》，《文艺研究》2010年第3期。

提倡一种简单易懂的理论，是基于与足球普及一样的判断：只有当中国民众真正对诗歌在精神上的创造性具备了辨别力，诗歌的传统才能真正被激发出来。

（原载《湖南文学》2015 年第 5 期。后收入中国文联理论研究室、中国文艺评论家协会、中国文联文艺评论中心编《新形势下文艺评论的理论与实践：第八届全国中青年文艺评论家高级研修班论文集》，当代中国出版社，2015 年）

网络诗歌与生活

——以余秀华走红和伊沙《新世纪诗典》为例

今天的中国，并非只有娱乐电视节目《爸爸去哪儿了》《笑傲江湖》等，还有豆瓣小组这样诗意的空间，且数量可观。2015年五一期间，央视推出工人诗人邹彩芹、田力等的《工人诗篇》。走红的农民诗人余秀华只是沧海一粟。只要你有耐心和诚意，总有一款网络空间适合你。乱象与秩序齐飞，泥沙与珍珠同在，物质铜臭与精神芳香并存，这是当下网络空间的现状。网络不仅改变了国人的生活，也改变了文学的生态。网络的普及把诗歌带进了活跃期。有人说，诗歌与旅游、登山一样，正在成为文化消费新时尚。

截至2015年3月1日15时，百度搜索显示的"相关结果"，"余秀华"约1100000个，"伊沙"约1480000个，"新诗典"约171000个。余秀华的诗歌走红和伊沙《新世纪诗典》（以下简称"新诗典"）的出世，仅是网络诗歌所创造的文化奇迹的两个例子。网络改变生活，也创造生活。这将是一个长期的文化重构过程。

诗歌个人化：当余秀华遭遇媒体狂欢

余秀华写诗16年，成名只用16天（从2015年1月15日沈睿发博文赞美余秀华开始，到2月1日第一本诗集出版止）。她的诗歌奇迹既是新媒体时代的文学奇迹，也是当下文化生产规律的必然。从中我们得以明白诗是如何被运作的，网络的巨大推动力，"标题党"策略，借题发挥的文化诉求等，明白个人、地方、市场以及媒体等多重力量如何纠缠在一起。

余秀华诗歌最早公开发表在《诗刊》，没有引起关注。《诗刊》微信公众号转发后，才引起反响。2015年1月15日，美籍华人沈睿在新浪博客上发表文章《摇摇晃晃来到人间》，高度赞叹余秀华的诗歌，称她"是中国的狄金森"。很快，各大媒体纷纷转载余秀华诗歌，《穿过大半个中国去睡你》被广泛传播。媒体的兴奋点各不相同。有的强调"中国的艾米丽·狄金森"，有的聚焦"脑瘫女诗人""穿过大半个中国去睡你"。有两篇网络文章起到了推波助澜作用，一是1月20日臧棣发在微博的《臧棣访谈：关于余秀华，真正的问题是，不是我们怎么看她，而是我们怎么反思我们自己》，有一句话说"她的诗，我觉得，最大的特色，就是写得比北岛好"。二是沈浩波的博客文章《余秀华的诗写得并不好》。两个诗歌名人截然相反的评论，成为又一轮媒体炒作的新料。随后两周，几乎每天都有博客文章讨论余秀华。新浪网首页有关余秀华的文章，和有关赵本山的一样多。文学又一次产生了轰动。

余秀华的生活被改变。她成了名人，人们争先恐后地转发关于"去睡你"这一兴奋刺激的诗歌宣言。诗歌最终落入大众欲望的宣泄。很少有人全面仔细地阅读余秀华的诗歌。

百年来的经验反复告诉我们，诗就是节日焰火，爆出时代的纷飞想象。如"五四"诗歌之于新文化运动，20世纪三四十年代之于抗战，1958年之于大跃进，20世纪80年代诗歌之于思想解放，20世纪90年代之于个人幻想，21世纪之于心理情绪。现如今，网络加快了诗歌在空中爆炸的速度和炫变的强度。不过也好，大众终于有机会和由头与诗歌亲密接触了。署名周东飞的评论《诗人余秀华到底为什么会被热议》颇能说明公众纷纭的看法:"只要把郁结的力量发射出来,每个人都会是一个不再沉默的火山。""在扁平化的时代里,她提供的与其说是诗歌,是真挚带来的感动,不如说是一种深度,是关于生命仍然存在无限可能性的惊奇。""新媒体时代,诗歌已成为最便宜的文化消费,诗歌是一所距离最近的教堂。"

诗歌众人化:伊沙"新诗典"的文化共同体想象

余秀华是个人化诗歌的文化秀,伊沙"新诗典"是群体化诗歌的展览馆。

2011年以来,西安诗人伊沙通过他的网易微博开始推荐诗歌,每天一首加点评,意在打造"当代诗歌最火爆的平台"。每年出版一本诗选,至今进行了4年,共推出585位诗人的1393首作品。新浪微博"长安伊沙"也同步发表了这些诗歌推荐的内容。伊沙的"诗话式"点评是"新诗典"的亮点。如网友整理的伊沙语录:"在当今中国,你只有在本质上是诗人,才会成为最好的作家。""那些聪明的在逃离诗的道路上跑得比博尔特还快。文学真乃'愚人的事业'。""一首爱情诗,无情假情断不会好,单单有情也好不到哪儿去,它一定红尘滚滚,它一定沧海桑田。"诗评家霍俊明称道这种点评"精准而深入",诗人潘洗尘则认为会成为"批评亮点"。

为做大"新诗典",伊沙可谓不遗余力,花样百出。设立评论榜、转发榜、省区排名TOP10、一周回顾展、年度诗歌奖、第500首隆重发布、第1000首隆重发布等各种交流激励机制,逐步从一个无主题业余微博,转变为人气日盛的专业诗歌平台。2011年4月,《南方都市报》加盟,2014年推出"新浪阅读榜TOP10"。增进网友的团队意识,增加在诗歌"市场"上的份额,"新诗典"名目繁多的做法基本相当于一个公司的运作。伊沙在为《南方都市报》纸本"新诗典"第一期策划时，颇费了一番脑筋。他选择了沈浩波、严力、食指等极具代表性的当代诗歌名人打头炮："选一员生长并成熟于21世纪，具有较大行业影响力（最好波及业外）的优秀诗人，沈浩波无疑是最为恰当的人选。""食指是中国现代诗活着的纪念碑，'新诗典''镇栏'之宝。""严力真是个从外帅到内，自少帅到老的男人，我心目中最理想的'中国诗歌形象代言人'或'中国诗歌先生'。"

"新诗典"的运作机制具有典型的网络特点，体现出文化共同体的诉求。网络社区是对现实社会权力配置的模仿。比如版主和删贴，就相当于安全管理部门，而举报、投诉、判定、公示等功能的开通，在许多网站和论坛都已普及，相当于"标配"。伊沙的"攻击性"信用记录非常能说明此点。伊沙微博"信用历史纪录"一栏记载（截至2015年2月25日10时），5次"发布人身攻击信息"－6分，同期相比，沈浩波仅有一次记录，韩寒没有。伊沙痛快淋漓、肆无忌惮、常爆粗口的言语方式已成风格，比起许多四平八稳的文字来，感情更强烈，立场更鲜明，更受粉丝追捧。打击敌人、团结同志，勇于战斗的气势，使"新诗典"获得了一种独特的力量感和立场感。网络诗歌空间是典型的草根空间，发挥着心理宣泄的功能。博主、网友留言最重要的特点就是口无遮拦，痛快、过瘾、爽。常见的借题发挥、指桑骂槐的宣泄，是对社会信息传递、表达渠道不畅的弥补。这一点反映在不平衡的网民结构中。截至2014年12月，网民中学生群体的占比最高，为23.8%，其次为个体户/自由职业者，比例为22.3%，而党政机关事业单位领导干部仅占0.5%，党政机关事业单位一般职员占4.3%。有43.8%的网民表示喜欢在互联网上发表评论，其中非常喜欢的占6.7%，比较喜欢的占37.1%。大致可以得出一个结论，网络表达权与现实话语权成反比。在维护共同体方面，伊沙微博有不少创意运作。

地域色彩浓厚的"长安策略"最显著。入典、上榜的常客往往是西安诗人。在历史文化层面，通过恢复西安诗歌的"唐代"记忆，进而与诗歌盛唐建立想象性关联；在现实操作层面，大力挖掘、培养、依靠西安诗人，以其为共同体的核心力量。因此，"新诗典"的"长安色彩"也成为其频遭"圈子化""江湖化"诟病的依据。这一点，极其典型地体现了 20 世纪 90 年代以来诗歌界面临的一个困境，即诗歌的"圈子化"与公共性之间的紧张关系。

无论怎样地努力与挣扎，最终难逃资本的逻辑。"新诗典"的宗旨是选好诗。伊沙微博中这样告白："不分地域、国籍，不分流派，每天向读者推荐一首 21 世纪以来当代诗人创作的优秀汉语诗歌。"每个月发布"中国十大诗歌省区"排名 TOP10，试图构建"全国最好诗歌"。诗歌做大的最后归路是市场运作，不管是"新诗典"，还是余秀华。诗歌领域的官方影响相对较弱，获奖对诗人的号召力越来越小。民间诗歌奖项层出不穷，目前大概有 50 种。文化领导权的争夺和转移，其实发生在时刻之中、点滴之间。商业因素成了诗歌的隐形翅膀。本来，诗歌在文艺各类型的生产中商业化程度最低。问题是，离开资本余秀华能出版诗集吗？如果没有网易与伊沙的合作，"新诗典"会有今天这个样子吗？可见今天的中国，资本的渗透力之大。

余秀华和伊沙两个例子说明，网络诗歌创造了一套全新的话语空间，不仅塑造和建构新的自我主体，表达新的文化想象，还同时参与到虚拟社区的建构中去，进而进入一个更大的生产消费空间。它们改变了传统诗歌的生产、流通、消费、评价方式，为诗歌进入社会公共空间提供了支撑和可能。它们激发出未知的文化能量，在条件环境适宜的情况下可能会引爆舆论，成为焦点。同时，像诗江湖、诗生活、橡皮等众多诗歌网站以及无数诗歌论坛等虚拟空间，还扮演着培训公民素质的角色。诗歌不过是诗人们借以想象世界的中介。正如余秀华，虽然身在湖北农村，却可以"穿过大半个中国"，就像伊沙，虽然身居西安，却可以发掘中国的"诺贝尔"诗人。全新的网络叙事可能正酝酿着全新的中国故事，蕴藏着崭新的中国经验。

（原载《中华读书报》2015 年 6 月 24 日）

杜甫与新诗的现代性

百年来,新诗如何看待旧诗,始终是一桩未解公案。旧诗是新诗最大的心病。新诗不如旧诗,这种观念无论在诗人、批评家还是公众那里,都占据了绝对的市场份额。对待旧诗的态度两极分化,要么回到古典,比如新月派、格律诗派;要么全盘西化,诗歌散文化。两种主张谁也说服不了谁。主张西化的看不起守旧派,主张古典的又拿不出新东西。

真的是这样吗?在我看来,杜甫既是古典诗歌集大成的诗人,也是一个新诗人,是自由诗人,是先锋派,是实验诗人,是需要重新打量、研究、继承的最重要的中国古典诗人。只有在"诗"这个前提下,新诗古诗二元对立的思维才能被打破,才能在诗的意义上重新讨论新诗的现代性问题。

一、"无杜"现象与出了问题的现代性

杜甫是旧诗的高峰,也是新诗的宝藏。杜甫为新诗准备了大量珍贵的藏品,百年来所用极有限,殊为可惜。新诗百年之际,提出重读杜甫,向杜甫学习,既非复古,也不奇葩,目的还是为新诗的创新。这话听起来逆耳,却是忠言。

纵观百年新诗，"无杜"现象可谓一个被忽视的重要问题。

21世纪之初，王家新曾说，"这时再回过头来重读杜甫、李商隐这样的中国古典诗人，我也再一次感到20世纪的无知、轻狂和野蛮。我们还没有足够的沉痛、仁爱和悲怆来感应这样的生命，就如同我们对艺术和语言本身的深入还远远没有达到他们那样的造化之功一样。我们刻意发展并为之辩护的'现代性'是一种'出了问题'的现代性。我们的那点'发明'或'创新'，从长远的观点来看，也几乎算不了什么"[1]。

百年新诗的现代性是"'出了问题'的现代性"，王家新这个判断非常符合我的感受。虽然我不认同"几乎算不了什么"的评价，但完全认同"'出了问题'的现代性"，特别是认同"回过头来重读杜甫"。百年新诗的问题一箩筐一箩筐的，比如形式太过自由的问题、音乐性的问题、欧化的问题、语言直白缺乏诗意的问题、离政治太近的问题、离社会太远的问题、缺乏经典的问题、大众化与小圈子的问题、虚无缥缈不接地气的问题、刻意写实了无想象力的问题、批评缺失的问题等，我在《自由诗的自由与难度》《百年新诗的形式》《新诗的音乐性及形式创造》等文章另行讨论。本文着重讨论"回过头来重读杜甫"，看他能给新诗什么样的启发和滋养。

重读杜甫，就是重谈继承传统。关于继承传统，百年来争论不断，进展不大，收获更小。一谈传统就谈到有限形式方面去了，不外乎格律、押韵、均齐。新月派的闻一多和后来的何其芳、卞之琳、林庚、郭小川等概莫能外。在思想精神方面，要么是对屈原、李白浪漫主义的景仰，如郭沫若；要么只能见到晚唐温李一派的婉约，如戴望舒。而古典诗歌最大的诗人杜甫反而被遗忘。

---

[1] 王家新：《为凤凰找寻栖所——现代诗歌论集》，北京：北京大学出版社，2008年，第227页。

胡适和陈独秀是新文学革命的两个主帅，他们对杜甫持何态度呢？从我目前有限的阅读来看，要么回避不谈，要么避重就轻，要么偏执一词。陈独秀能一字不落地背诵全部杜诗，可见其推崇之至，且其诗作基本都是古诗，按理说应尊杜才对，但出于革命功利，他在公共言论中持相反态度。他的《文学革命论》提出打倒贵族文学、古典文学、山林文学，不能说将古诗全部打倒，但基本上一概否定了，特别是彻底否定了古诗高峰之律诗："东晋而后，即细事陈启，亦尚骈丽。演至有唐，遂成骈体。诗之有律，文之有骈，皆发源于南北朝，大成于唐代。更进而为排律，为四六。此等雕琢的、阿谀的、铺张的、空泛的贵族古典文学，极其长技，不过如涂脂抹粉之泥塑美人，以视八股试帖之价值，未必能高几何，可谓为文学之末运矣。"而唐诗之代表杜甫，无疑在打倒之列。"五四"时期的文化领袖如此看待旧诗，这态度在旧学尚浅的青年人中会造成什么影响，可想而知。1910 年出生的艾青是一个典型例子，他坦言"从高小的最后一个学期起，我就学会了全盘否定中国的传统的旧文艺。对于过去的我来说，莎士比亚、歌德、普希金是比李白、杜甫、白居易要稍稍熟识一些的。我厌恶旧体诗词，我也不看旧小说、旧戏"。"我所受的文艺教育，几乎完全是'五四'以来的中国新文艺和外国的文艺"。[1] 另一个例子则是穆旦，他亲近奥登、艾略特，而远离中国古典，是知名的"非中国化"诗人。

不管陈独秀在私下里对杜甫持何种态度，其在公共言论中都采取了含沙射影的方式，对杜甫避而不谈，实际上又全盘否定。胡适比陈独秀要狡猾得多，他对杜甫的态度可谓"功利""忽悠"，是新诗史上最大的"胡说"。为了论证他的白话文学史，便将杜甫诗歌的最大特色

---

[1] 艾青：《谈大众化与旧形式》，载《艾青全集》第 3 卷，石家庄：花山文艺出版社，1991 年，第 234 页。

说成是白话，为了印证他的"作诗如说话"观，便说杜甫作诗的诀窍就是作诗如说话："其实所谓'宋诗'，只是作诗如说话而已，他的来源无论在律诗与非律诗方面，都出于学杜甫。""老杜作律诗的特别长处在于力求自然，在于用说话的自然神气来做律诗"，"这都是有意打破那严格的声律，而用那话语的口气"。与叶嘉莹的研究结论和众多严谨的杜甫研究专家的结论截然相反，胡适对杜甫律诗集大成之作《诸将》《秋兴八首》的评价是，"如《诸将》等篇用律诗来发议论，其结果只成一些有韵的歌括，既不明白，又无诗意。《秋兴八首》传诵后世，其实也都是一些难懂的诗谜。这些诗全无文学的价值，只是一些失败的诗顽艺儿而已"。胡适甚至认为，读杜诗的诀窍就是将之读成打油诗，"后人崇拜老杜，不敢说这种诗是打油诗，都不知道这一点便是读杜诗的诀窍；不能赏识老杜的打油诗，便根本不能了解老杜的真好处"[1]。试想，在崇尚革命、推翻旧制的时代，文坛领袖抛出的诀窍让"五四"年青人听了，该是何等的痛快，何等的兴奋啊！作诗原来这么简单，就是做打油诗。原来中国最伟大的诗，就是像说话一样写出来的。胡适有关杜甫诗歌的解读，是明目张胆的扭曲、歪曲，是典型的以偏概全，是十足的阉割。胡适的杜甫研究不是忽悠、胡说，是什么？

20世纪20年代，李金发表达过这样的想法，"余每怪异何以数年来关于中国古代诗人之作品，既无人过问，一意向外采辑，一唱百和，以为文学革命后，他们是荒唐极了的，但从无人着实批评过，其实东西作家随处有同一之思想，气息，眼光和取材，稍为留意，便不敢否认，余于他们的根本处，都不敢有所轻重，惟每欲把两家所有，试为

---

[1] 胡适：《胡适文集》4，北京：人民文学出版社，1998年，第217—248页。

沟通，或即调和之意"[1]。李金发这种想法不知道有多少新诗人有过，不可谓不中正，但也只是说说而已，没有动真格的。这是百年新诗人普遍的心态。"五四"以后，新诗好不容易刚从强大的古诗樊笼中挣脱出来，说拜拜还来不及呢，哪有心思和胆量再谈旧诗，特别是再谈旧诗的总头目杜甫。

二、晚节渐于诗律粗：新诗人为何不学、少学或学错杜甫

新诗人中，冯至的诗路历程最典型。冯至曾被鲁迅在20世纪30年代赞为"中国最为杰出的抒情诗人"。新诗史上，冯至最爱杜甫，1952年，出版了现代史上第一本《杜甫传》。他从1937年抗战期间开始重读杜甫，喜爱有加，在《杜甫传》中，对杜甫的三个方面尤为赞赏：一是杜甫的诗歌技艺，二是杜甫的学习态度，三是杜甫的政治热情。冯至写道："他对于诗的努力，我们可以从两方面来谈，一方面是字斟句酌、'语不惊人死不休'（《江上值水如海势，聊短述》）的对自己的严格要求，一方面是'不薄今人爱古人''转益多师是汝师'（《戏为六绝句》）的向古人和今人虚心学习的态度。这两方面是他把诗作为武器所要下的基本功夫。至于诗的灵魂还是他那永不衰谢的政治热情。"[2]

令人遗憾的是，从冯至一生的诗歌创作中，我们很难感受到杜甫诗艺的影响。政治热情不消多说，比起郭沫若、闻一多、田间、艾青、何其芳等人，冯至在新诗人中是较少的几个。诗艺学习方面，冯至基本以西方诗歌为范。他公开承认歌德、里尔克等人对他的影响很大，

---

[1] 李金发：《食客与凶年·自跋》，《李金发诗集》，成都：四川文艺出版社，1987年，第435页。
[2] 冯至：《杜甫传》，天津：百花文艺出版社，2007年，第227页。

对杜甫诗歌艺术的态度付之阙如。1942年出版的《十四行集》被视为冯至的代表作，杜甫研究者廖仲安这样看待此集："所以当时评论家都称他的《十四行集》是'沉思的诗'。看来他读杜诗所引起的种种激情，似乎没有融入这本精致的诗集里。"[1]从阅读感受来看，廖仲安的判断是准确的。20世纪50年代，冯至向民歌学习，诗作口语化，直白，直抒胸臆，以《韩波砍柴》为代表。到1986年《梦中书话》的出现，其间三十年的时光，终无多少变化。在20世纪八九十年代的诗歌中，他反思传统，反思历史，表达对祖国的感情，直面改革开放后新的社会现象，现实针对性和批判性增强，颇有杜甫关注时事之风："法律管不了自私和愚昧／脱贫，就要大吃大喝。"（《我痛苦》）"竟有人要给杨玉环盖庙／也有人刷新孔祥熙的故居／有个图书馆任凭善本腐烂／客厅却打扮得堂皇富丽／／某饭店休息室摆着高级座椅／规定只供给外宾坐着休息／我不由得想起往日的伤心事／租界的公园'华人与狗不准入内'／／我不忍剪贴这些新闻／像当年鲁迅先生'立此存照'／姑且把它们当作道听途说／也许当事人会声明'跟事实有些差距'。"（《我不忍》）然而，这些诗歌的技艺，无非简单的押韵、均齐的形式，依然停留在新月时代，远不及《十四行诗》的才华和风采。直到晚年的诗歌，也很难让我体会出他对杜甫诗歌技艺的学习。如写于1989年2月的《蛇年即兴——在一次迎春茶话会上的发言》基本就是大白话："龙年太热闹了，到处都是龙／电视台播放龙，歌唱龙，画龙，写龙，讨论龙／宾馆的柱子上盘绕着龙／大大小小的游艺会都耍龙。"似乎早年没有经过诗歌的训练一样。

冯至喜爱杜甫，最主要的是喜爱杜甫这个人，喜爱他穷困潦倒却依然崇高的人格精神、意志不衰，看不出他对杜诗技术的喜爱。冯至

---

[1] 廖仲安：《记抗战时期三位热爱杜诗的现代作家和学者》，《杜甫研究学刊》1997年第1期。

《杜甫》一诗即证明："你在荒村里忍受饥肠／你时时想到死填沟壑／你却不断地唱着哀歌／为了人间壮美的沦亡""你的贫穷在闪烁发光／像一件圣者的烂衣裳／就是一丝一缕在人间"。

杜甫晚年疾病缠身，但诗歌技术丝毫不减当年，捧读他的绝笔《风疾舟中伏枕书怀三十六韵呈湖南亲友》，技术之精湛令人惊叹，不能不说与他"晚节渐于诗律细"的诗歌技术观念有关。是否有这样的可能，冯至一生在思想上的不断否定、改造、摇摆，影响了他的思想力量，也影响到他的技术磨炼？总之，年龄越大，诗歌语言技术越发粗放，诗艺追求越发松懈，不令人满意。现代诗人这种"晚节渐于诗律粗"的现象太突出了，却很少引起人们的重视。

现代新诗人中，不少对古典诗歌有所继承，但恰恰杜甫是缺席的。新诗人整体性地回避了杜甫。

致力于新诗古典传统的李怡发现，郭沫若说过喜爱陶渊明、王维，还有屈原。在《我的作诗经过》一文中，郭沫若提到陶、王、泰戈尔，不提杜甫。在《创造十年》中，他有一段著名的自述，讲到自己作诗本有三四段的变化，第一段是泰戈尔式，在"五四"之前；第二段是惠特曼式，在"五四"之中；第三段便是歌德式，成为韵文的游戏者。[1]

李怡发现，戴望舒的古典传统"让我们联想到中国晚唐诗人温庭筠、李商隐"，"温庭筠、李商隐式的'相思'就在戴望舒那里继续进行。'隔座送钩春酒暖，分曹射覆蜡灯红'（李商隐《无题》），'春欲暮，思无穷，旧欢如梦中'（温庭筠《更漏子》），这样的有距离有节制的爱情不也就是戴望舒的特色吗？"[2]"而在法国象征主义诗人当中，他对魏

---

[1] 参见李怡《中国现代新诗与古典诗歌传统》，北京：中国人民大学出版社，2015 年，第 158、159 页。
[2] 李怡：《中国现代新诗与古典诗歌传统》，北京：中国人民大学出版社，2015 年，第 204 页。

尔伦、果尔蒙的兴趣最大"[1]。何其芳与法国象征主义一见如故,"而最使他入迷的却是象征派诗人斯台凡·玛拉美、保尔·魏尔伦、亚瑟·韩波等。后期象征派诗人保尔·瓦雷里他早就喜欢了。""其芳已受过晚唐五代的冶艳精致的诗词的熏染,现在法国象征派的诗同样使他沉醉。"[2]

卞之琳与戴望舒、何其芳虽然同受象征主义影响,但有所差别。李怡发现,卞之琳更主知,何、戴二人更主情。卞之琳"既认同了西方的后期象征主义,又认同了从嵇康的'玄言'到姜夔的'无情'"[3],"但从整体上看,促使诗人艺术成熟的还是以叶芝、里尔克、瓦雷里、艾略特为代表的后期象征主义"[4]。

艾青也许是走得最远的新诗人,自谓"我厌恶旧体诗词"。艾青受影响大的是比利时诗人凡尔哈伦,还有拜伦、雪莱、惠特曼、马雅可夫斯基。

现代新诗无觅杜子美处。所有这些著名的现代诗人,有意或无意,一个共同的特点就是杜甫缺失,"晚节渐于诗律粗"。

闻一多崇拜杜甫,在《唐诗杂论》里专写了《杜甫》一文,赞曰"诗国里也没有比杜甫更会唱的"。他一反当时欧化潮流,坚持"中西艺术结婚后产生的宁馨儿"的新诗方向。他写了《律诗底研究》,总结探讨古典诗歌的形式规律,不可谓不专。闻一多本来最有希望在继承传统和吸收外来方面获得新诗现代性的平衡并结出大成果,令人遗憾

---

[1] 李怡:《中国现代新诗与古典诗歌传统》,北京:中国人民大学出版社,2015年,第207页。

[2] 方敬、何频伽:《何其芳散记》,成都:四川教育出版社,1990年,第35—36页,转引自李怡《中国现代新诗与古典诗歌传统》,中国人民大学出版社,2015年版,第215页。

[3] 李怡:《中国现代新诗与古典诗歌传统》,北京:中国人民大学出版社,2015年,第223页。

[4] 李怡:《中国现代新诗与古典诗歌传统》,北京:中国人民大学出版社,2015年,第221页。

的是，他却选择了一条颇为可疑的道路：回到格律诗。结果，在新诗革命不久之后，复又将中国新诗引向了形式主义的旧路。我个人认为，闻一多学杜甫、学古典，非但没有学对，反而学错了。他仅仅看到了形式规范、法度森严的杜甫，没有看到天马行空、自由自在的杜甫；他学的是"死"杜甫，不是"活"杜甫。这不能不说是新诗史上继承传统中的一个巨大偏差。朱光潜对此有精辟的讨论，不妨用来佐证我的观点："这一说——诗为有音律的纯文学——比其他各说都较稳妥，我个人从前也是这样主张，不过近来仔细分析事实，觉得它也只是大概不差，并没有谨严的逻辑性。""从此可知就音节论，诗可以由极谨严明显的规律，经过不甚显著的规律，以至于无规律了。"[1]一句话，格律并非诗的本质要素，更何况那些早已失去活力的僵化格律形式。

从以上例子可以看出，中国现代诗人绝大多数心仪的，是外国诗人，中国有几个，也不外晚唐温李之流，就是不谈杜甫。王家新的问题就来了：新诗的现代性是不是有问题的？一部分人不谈杜甫可以理解，知名的这些诗人都不谈杜甫，实在说不过去。要知道，杜甫一向被称为诗圣、中国最伟大的诗人之一。我觉得，不是杜甫有问题，而是现代诗人有问题。现代诗人是不是心中有一种忌讳无意识？杜甫是死文学的代表，是胡适所批判的无聊的字谜的老祖宗，进而有意无意地绕开了他，回避了他？

还有，郭沫若的《李白与杜甫》一文，扬李抑杜，从阶级角度解读了李杜的区别，认为李白是人民性的，而杜甫是地主阶级的，并点名批评了冯至、萧涤非等卓有成就的杜甫研究者。郭沫若的著名批评是否对新诗人学习杜甫造成了心理障碍？是否阻碍了重新认识和学习杜甫的历史进程？

---

[1] 朱光潜：《诗论》，合肥：安徽教育出版社，1997年，第100—101页。

今天回顾历史，杜甫在现代新诗中一百年的缺席，是历史失误，还是历史故意？杜甫是否充当了五四新诗革命中古典诗歌的替罪羊，是否充当了新文学革命的炮灰？大陆新诗界，是不是有一个意识形态的杜甫禁区？

如果杜甫并非新诗的一个禁忌，那么，新诗向杜甫学习就是一个绕不过去的话题。我无法想象新诗继承传统而不继承杜甫，就像无法想象欧洲诗歌继承传统而不继承荷马史诗。

新诗已经一百岁了，有足够的勇气、眼界和能力来吸收杜甫。台湾的洛夫、余光中就是这方面的正例。余光中公开向杜甫学习。洛夫也说自己四十岁之前喜爱杜甫，四十岁之后转向王维。大陆当代诗人中，喜爱杜甫的诗人不在少数。肖开愚、廖伟棠、西川等，都写过致杜甫的诗歌。柏桦熟读杜诗。孙文波对杜甫的态度颇合我心："杜甫作为诗人，能够让当代诗人看到写作所需要秉持的种种原则。"[1] 种种迹象表明，新诗百年之际，能以更加宽容、开放、辩证的态度重新认识和对待杜甫了。

三、自由、先锋、实验：不妨把杜甫看成新诗人

还原历史，杜甫既是法度森严的古典诗人，其实也是自由诗人、先锋诗人、实验诗人。唯有将杜甫同时看成新诗人，把他的诗看成五言新诗、七言新诗、杂言新诗，现代新诗才能真正发现杜诗之妙，才敢于和善于进行充分的吸收、大胆的创造，新诗的现代性才是问题不大的现代性。

如果不抱偏见，单从形式上讲，"前不见古人，后不见来者，念天

---

1 孙文波：《杜甫就是现代诗的传统》，《诗刊》2015 年第 10 期下半月刊。

地之悠悠，独怆然而涕下""为什么我的眼里常含泪水？因为我对这土地爱得深沉"，都是富有诗意的句子。"噫吁嚱……蜀道之难，难于上青天"和"蛇的腰有多长""群山围着我兜了个圈""认真做饭的男人好性感"，这些句子的区别在哪里呢？古诗的四言可以写出好诗，五言可以写出好诗，七言可以写出好诗，新诗的多言、杂言照样也可以写出好诗。艾青有句话于新诗颇具启发："不要把形式看做绝对的东西——它是依照变动的生活内容而变动的。""假如是诗，无论用什么形式写出来都是诗；假如不是诗，无论用什么形式写出来都不是诗。"[1]

杜诗的好，不全来自对仗与押韵。杜诗丰富的技巧，可对应于现代诗的字词、句法、结构等技巧，即使减却其韵律，拿掉对仗，也不失诗意。"但使残年饱吃饭，只愿无事长相见""天意高难问，人情老亦悲""射人先射马，擒贼先擒王""会当凌绝顶，一览众山小""随风潜入夜，润物细无声""朱门酒肉臭，路有冻死骨"，这些千古传诵的句子，是思想、情感、境界与诗歌技巧等多重因素综合作用的结果，绝不仅仅缘于格律平仄对仗。它一定是优秀的情感世界的优秀艺术呈现。杜甫当然是规矩严谨、法度森严的诗人，正如欧阳询是规矩严谨、法度森严的书法家一样。但若因此以为杜甫死板、僵化，严肃而不活泼，规矩而无逾矩，那就大错特错了。

杜甫最大的特点，首先是一个自由诗人，无论从字、句、篇章、结构、粘对、用韵哪一个方面看。

杜诗的字数变幻莫测，无拘无束，绝非常人想象中的只有规整的五字、七字。组诗《同谷七歌》第七首，开头使用罕见的九字句："男儿生不成名身已老。"《逼仄行，赠毕曜》（一作《赠毕四曜》）则五

---

[1] 艾青：《诗论》，北京：人民文学出版社，1956年，第21页。

字、七字并用:"逼仄何逼仄,我居巷南子巷北。可恨邻里间,十日不一见颜色。"《沙苑行》有句多达10字:"君不见左辅白沙如白水,缭以周墙百余里。"《去矣行》:"君不见鞲上鹰,一饱则飞掣,焉能作堂上燕,衔泥附炎热,野人旷荡无腼颜,岂可久在王侯间?未试囊中餐玉法,明朝且入蓝田山。"首四句杂言,后四句七言。《兵车行》三言、五言、七言错杂。《天育骠骑歌》七言、九言并用。《桃竹杖引,赠章留后》四言、七言、九言、十言、十一言并用,猛看上去,几乎就是一首新诗:

　　江心蟠石生桃竹,苍波喷浸尺度足。
　　斩根削皮如紫玉,江妃水仙惜不得。
　　梓潼使君开一束,满堂宾客皆叹息。
　　怜我老病赠两茎,出入爪甲铿有声。
　　老夫复欲东南征,乘涛鼓枻白帝城。
　　路幽必为鬼神夺,拔剑或与蛟龙争。
　　重为告曰:杖兮杖兮,
　　尔之生也甚正直,慎勿见水踊跃学变化为龙。
　　使我不得尔之扶持,灭迹于君山湖上之青峰。
　　噫!风尘澒洞兮豺虎咬人,忽失双杖兮吾将曷从。

诗歌忌重字,杜诗故意用重字。"南京久客耕南亩,北望伤神坐北窗。"(《进艇》)"舍南舍北皆春水,但见群鸥日日来。"(《客至》)杜甫在律诗中尽量避免重字,在排律里却随便得多,《上韦左相二十韵》两用"此"字,两用"才"字;《赠特进汝阳王二十韵》两用"不"字,两用"天"字。杜甫能够守规矩,但在需要的时候,也可以破规矩。

若为自由故，规矩皆可抛。

重叠字是杜甫的长项。据我粗略地估计，大约五分之一的诗里出现过重叠字，量大惊人，不知何故，也许是继承汉诗"迢迢牵牛星，皎皎河汉女。纤纤擢素手，札札弄机杼"的汉诗传统吧。

从技法上讲，杜甫善于在五言的基础上加二字，变为七言。加字是杜诗活力的一个重要秘密。那么新诗呢，该怎样加字？这是一个值得探讨的重大课题。自由中有拘束，规矩里有突破，这正是新诗应从古诗中领会的要害。并非绝对形式均齐才好。

杜诗的句式是自由的。唐诗句式，王力归纳了400个细目，杜甫占到了绝大多数，是全才。各种句式都用过，绝非常人印象中五言、七言整齐划一。

杜甫的用韵极其灵活自由，可以一韵到底，也可以转韵；可以很严格地用本韵，也可以宽松地用通韵。单拿公认最严格的七律来说，其首联用韵也很灵活。仇兆鳌曰："按杜诗七律凡首句无韵者多对起，如'五夜漏声催晓箭，九重春色醉仙桃'是也。亦有无韵而散起者，如'使君高义驱古今，流落三年坐剑州'是也。其首句用韵者多散起，如'丞相祠堂何处寻，锦官城外柏森森'是也。亦有用韵而对起者，如'勋业终归马伏波，功曹非复汉萧何'是也。大家变化，无所不宜，在后人当知起法之正变也。"[1] "中唐以前，七古极少一韵到底的（柏梁体当然是例外），只有杜甫的七古有些是一韵到底。"[2] 按照王力的研究，"在唐诗演化的阶段上，倒反是（以王、孟为代表的——笔者注）新式的五古产生在前，（以李、杜为代表的）仿古的五古产生在后。格律化的潮流显然是受了律诗的影响，李、杜的仿古则是存心复古"[3]。正因为

---

[1] 仇兆鳌：《杜诗详注》，北京：中华书局，2015年，第909页。
[2] 王力：《汉语诗律学》（上），北京：中华书局，2015年，第380页。
[3] 王力：《汉语诗律学》（上），北京：中华书局，2015年，第422页。

王、孟新式五古在前，李、杜仿古在后，更见出李、杜独创之定力和能量，他们逆潮流而动，可谓当时的先锋派、实验派。

杜诗平仄更是极尽变化之能事。仇兆鳌曰："古诗有五字皆平者，曹植诗'悲鸣夫何为'，杜诗'清晖回群鸥'是也。有五字皆仄者，应场诗'远适万里道'，杜诗'窟压万丈内'是也。有七言皆平者，崔橹诗'梨花梅花参差开'。有七言皆仄者，杜诗'有客有客字子美'。但在古诗，可不拘耳。"[1] 在近体诗里，孤平是诗家所大忌；在古体诗里，孤平却是诗家的宠儿。王力所举的唐诗18个孤平的例子中，杜甫占到了10个，绝对多数，这也说明杜甫的创造力。[2] 需要怎样表达便怎样表达，不拘一格，仇兆鳌所谓"此才人之不缚于律者"。

杜甫是学习和继承前人的大师，同时也是某种意义上的先锋派。他能站在唐诗前沿，独创，领军，绝不人云亦云。唐代五古上有所承，而七古、七律、七绝，于当时则相当于现在的新诗，形式新潮。虽不乏前行者，但杜甫尤工于此，始集大成，这恰是唐诗生命力的关键。若无新式七言的创新尝试，全是上承汉魏的五古，那么也就没有《秋兴八首》这样的绝作，也就没有《茅屋为秋风所破歌》。杜甫对当时时尚的、新兴的七言长句，有清醒的认识，"近来海内为长句，汝与山东李白好"（《苏端、薛复筵简薛华醉歌》）。被胡适讥讽为字谜的《秋兴八首》，是当时新式的七言长句，而非《诗经》已有的四句，也不是齐梁间已有的"骈六"。

题材上，杜甫更是领风气之先。歌行职能的分开即是其独创。葛晓音说，"杜甫的歌行共94首，其中歌33首，行51首"。"相比较之下，杜甫的歌和行，虽然有一部分在题材方面没有明确分工，但'行'

---

[1] 仇兆鳌：《杜诗详注》，北京：中华书局，2015年，第596页。
[2] 参见王力《汉语诗律学》（上），北京：中华书局，2015年，第413页。

诗中反映时事和述志咏怀的主题显然远多于'歌'诗。这种差别在盛唐诗中并不存在。""毫无疑问，杜甫使歌行中的'歌'与'行'形成表现职能的大致分工，是他的重要独创。""杜甫的新题乐府借鉴汉魏晋古乐府即事名篇的传统，自创新题，不仅在反映现实的深度和广度上远远超过同时代诗人，而且在艺术上也极富独创性"。[1]

诗歌散文化似乎是新诗的一大罪状。从唐诗的历史来看，杜甫可谓诗歌散文化的先行者和倡导者，下开宋诗以议论为诗的先河。在杜甫的古风中，"有些句子简直就和散文的结构一般无二。尤其是在那些有连介词或'其、之、所、者'等字的地方"。"人有甚于斯，足以劝元恶"[2]（杜甫《遣兴》）。新诗人艾青、王小妮、臧棣的诗又何尝不是如此？一说散文化，诗句过长，许多读者就吓退了。殊不知，老祖宗的诗正从散文处来。臧棣诗句"森林的隐喻，常常好过／我们已习惯于依赖迷宫"，难道和杜甫的"人有甚于斯"不是一样的吗？

我是杜学外行，本文只是非常肤浅的、捉襟见肘的读杜感受而已。不过，老杜是个丰富复杂的多面体，胸襟极宏大又极细微，眼界极高远又极切近，关怀极庙堂又极草根，情趣极高雅又极通俗，诗法极严谨又极自由、极现代又极古老，对仗极贫又极富、极工整又极宽松。由思想到人格，由境遇到才华，由字到词，由词到句，由句到篇，字字珠玑，步步精心，人诗合一，千变万化，虽不可复制，但包含了古诗的秘密，也蕴藏着新诗的营养，新诗人不可不察，不可不学。

（原载《文艺评论》2018 年第 1 期，后收入吴思敬、林莽主编《诗探索》（第 3 辑），作家出版社 2018 年）

1　葛晓音：《论杜甫的新题乐府》，《社会科学战线》1996 年第 1 期。
2　王力：《汉语诗律学》（上），北京：中华书局，2015 年，第 525 页。

三十年来有好诗

——读诗刊社编《青春诗会三十年诗选》

青春诗会是新诗的一大发明。以沙龙形式切磋诗歌，多有诗意！尽管是官方选本，但积三十年之功，有陈酿之味。三十年前诗歌风光无限，三十年后诗歌默默无闻。这两种况味，我都喜爱。面对沧桑历史，诗歌总能袒露它独特的性情，掏出真实的心。这三十年是中国改革开放的三十年，是中国社会历史巨变的三十年。这变化该带来多少丰富的精神内涵，该有多少隐秘的内心体验有待回味。在这本诗选中我看到，三十年来，诗人们如何从浪漫主义的天空迫降到地面，如何从英雄崇拜黯然回归到草根自况，如何从理想主义的狂人自我放逐，蜕变为市场主义的囚徒，以及这些被历史挟持的敏感的心灵又如何在诗语中寻找抵抗、突破、自救、庇护与安慰，破土而出的女性诗歌又如何由从涓涓细流汇聚成当今的狂涛巨浪。29届青春诗会，421位诗人中的116位、239首诗歌，一览诗歌三十年，一览从顾城、舒婷、江河、梁小斌等昔日明星到当下新人的真心，不啻是一次精神大餐，像影迷们看了几十场《肖申克的救赎》《泰坦尼克号》或者《大话西游》。

我的结论是，三十年来有好诗。诗歌不愧是珍珠钻石，但极易被遮掩，比如遭遇一坨屎；不像影视，是巨石，即使泥沙遍体、青苔覆盖，仍是巨石。不读诗的人，错过的是钻石，就让他们将来后悔去吧。在炒股、买房、收藏成风的当下，读好诗别有趣味。看东方卫视《笑傲江湖》孙建弘的表演，也是享受，但都不及读好诗。好诗就是真心、花心，就是用钱在市场上买不到的心。好诗确在灯火阑珊处，需要众里寻他。近几年，我的一大享受就是从博客、微博、年选本、派选本、代际选本、地域选本等多如牛毛的出版物中筛选好诗。新媒体时代，挑选是一种体力活儿，也是一种美德。劳动之美，不足为功利之人道也。我越来越坚信，网上流行炒作的这体那体，都是过眼云烟。诗写到一定程度，都要与诗歌史作对，都要在李杜陶谢的门前过招，至少跟一百年新诗史过招。没有这个准备，不会成为好诗人。每读一首，我都要把自己当成"蘅塘退士"，端起选《唐诗三百首》的架势。这时，阅读的快感就来了，就有了悠远之意。

我有一个阅读经验，就是要关注新人，不论资排辈。随手翻开一个诗歌选本，一些诗歌老面孔上镜率很高，西川、于坚肯定是座上常客，这当然缘于他们的高产高质。但每本也会有一些新面孔，这些面孔特别值得注意，说不定就能杀出"程咬金"来。青春诗会的这本集子也是如此。但出现的优秀诗人之高密度、之代表性，对于一本仅400多页的诗集来说，已经足够丰富，完全可以说大家云集。用明星云集来形容太俗、太商业化。顾城、舒婷等老面孔自不必提，关键是那些不为人知的新人，或者为人知却被脸谱化的诗人的另类诗作。对于中国当代近三十年新诗而言，这个选本有双重意义：一是呈现了新诗三十年的变迁路径；二是呈现了《诗刊》的诗歌标准。很难衡量这二者孰重孰轻，我更看重的是前者。也就是说，我更留意于在经选择的"历史原貌"中，观察新诗三十年的进路和变化。我想知道，到底这三十年来，诗歌发生了怎样的变化，怎样理解这些变化，是否产生了与时代相呼应、与时间相抗衡的优秀作品，有哪些。

一、英雄主义淡出，平民意识雄起

诗歌的黄金的 20 世纪 80 年代，现今已经是个被用滥了的说法。可事实上，在市场经济包围中生活得太久的人们，无法确切体认 20 世纪 80 年代朦胧诗人十年"文化大革命"结束后的那种激动、理想和高蹈的精神状态。朦胧诗为我们保留了这段精神历史的瓷器，即使今天看上去，依旧如新。如果说三十年前，一个诗人以英雄的面目或历史主角的形象出现在诗歌中，是激动人心的话，在今天，这样的自我书写已经很可疑了，就像让周杰伦唱李双江，让赵本山演杨子荣，让王朔作北岛一样。当下的诗人普遍放弃了英雄情结，放弃了与大历史并肩站立。这是诗歌三十年最显著的变化。三十年前的英雄主义换成了今天的平民气质。这股大潮不可阻挡。或许这就是所谓的中国进入了平民时代吧。

许德民 32 年前也是北岛式的英雄。请看《小阁楼里的沉思》的诗句："推开天窗／站在星群中间／我获得了崭新的高度"，这是盘古开天式的主体；"长城驮着我的思念／向群山间蜿蜒／圆明园从废墟里／挣扎而起的石柱／用忧郁的目光盯视我／我天天激动。"这是中国历史的受难者。想想我们现在的精神处境吧，有多少人天天在郁闷、在心烦、在晕菜、在我靠。戴锦华担心说当代文化整体"坍塌"[1]可能包含了这个意思，是恨其不争，哀其没有担当。原因可能非常复杂，但东欧剧变之后的国际形势和国内市场经济的迅速发展，显然是大的外部环境。"告别革命""经济中心"的新意识形态显然占据了主流。物质追求成为目标，个人解放成为梦想。这也是为什么说郭敬明的《小时代》成了被人们普遍接受的最新社会诊断。

---

[1] 《戴锦华：当前社会文化面临整体坍塌》，《北京青年报》2014 年 10 月 31 日。

三十年前，英雄意识绝不只是北岛、江河几个人的，其他朦胧诗人照样都有。顾城《弧线》："葡藤因幻想／而延伸的触丝／海浪因退缩／而耸起的脊背"与"卑鄙是卑鄙者的通行证"一样，都是有时代色彩的诗句，因高度浓缩而质量惊人，如今仍挑不出诗句上的累赘与臃肿。今天除了玄幻，谁还去幻想？舒婷《土地情诗》，依然散发着捕捉时代心理的才华："印满太阳之吻的丰满的土地啊／挥霍着乳汁的慷慨的土地啊／收容层层落叶／又拱起茬茬新芽。"而今，土地已经成为资本征用、圈占以及从名目繁多的手段中牟取暴利的工具，还有谁能像舒婷那样歌颂土地？再看江河《纪念碑》："纪念碑默默地站在那里／像胜利者那样站着／像经历过许多次失败的英雄／在沉思／整个民族的骨骼是他的结构／人民巨大的牺牲给了他生命""我就是纪念碑／我的身体里垒满了石头／中华民族的历史有多么沉重／我就有多少重量／中华民族有多少伤口／我就流出过多少血液"。而现在，我就是个小市民，我就是个小流氓，我就是个小混混，你甭跟我装崇高。再看梁小斌《中国，我的钥匙丢了》："太阳啊／你看见我的钥匙了吗？／愿你的光芒／为它热烈地照耀""我在这广大的田野上行走／我沿着心灵的足迹寻找／那一切丢失了的／我都在认真思考"。现在，谁还有如此广大地行走和寻找？王家新的诗发生了极大转变，跟他后来的那个"按内心生活"的孤独的知识分子形象不同，三十年前他是一位充满了理想憧憬的、与民族命运息息相关的年轻人："造就英雄的门啊，以最严酷的意志／激起了一个被逼向绝路的民族""不是别的，正是我的血／我的民族的血／认出了一闪而过的英雄的长江呵"（《门》）。直到1991年第九届诗会的时候，仍然有阿来那样的宏大写法，但已经是强弩之末："从太阳升起的地方／雷声传递过来，从晴朗天空／声音如此有力，如此沉雄不断／惊醒了午寐的草原／雷声从长江之源到黄河之源／唤醒沉睡的

冰川。"(《神鸟从北京飞往拉萨》)

上述诗人在20世纪80年代都有一种将自我与民族同一的身份想象，都有一种英雄的历史担当意识和自我牺牲精神。现在回想，1984年，于坚的诗真是空谷足音，绝对的少数派，他竟然写出了反映小人物生活的《尚义街六号》："偶尔有裙子们进来／大家就扣好纽扣／那年纪我们都渴望钻进一条裙子／又不肯弯下腰去""吴文光你走了／今晚我去哪里混饭／恩恩怨怨　吵吵嚷嚷／大家终于走散／剩下一片空地板"。同理，杨克发表在1987年的《电子游戏》也烙上了第三代诗人的印迹。而伊沙的《BP机显示》则已经是1995年的事了。此时，已经是邓小平南方谈话三年以后、中国市场经济大踏步发展的历史时期。第三代诗人开启的关注庸常生活的诗歌疆域露出无尽的地平线。

有一点应注意。本书以诗会诗人排列的方式，突出了诗人个体的位置，削弱了流派的能量。正如我们现在想象李白杜甫，不会在乎他们属于什么流派一样。文学史的经验是，大诗人不靠人多势众。在我的印象中，大多数文学史叙述都是朦胧诗、"第三代"这样一个脉络，前后顺序和分野似乎泾渭分明，革命后浪推前浪。一个更为夸张的说法是，第三代是在"PASS北岛"的前提下现身的。但实际上，这样的理解将当年新诗的进路简单化了。事实很可能是，像于坚这样的第三代，在一开始就不同于北岛、江河，只不过于坚所代表的日常生活为旨趣的平民意识成为一种潮流是远在其后的事情。比如杨庆祥的研究就认为，于坚和朦胧诗人的观念不是一个"代际"问题，"而是一个历史在其起源时刻就存在的差异性问题""将于坚及其作品纳入'第三代诗歌'或'第三代人'就在一定程度上'取消'了对新诗潮进行多元叙述的可能"[1]。因此，将注意力集中在单个的作品上，反而有助于感受历史的真相。

二、物质入侵，精神挣扎

接下来的历史我们越来越熟悉，那就是日常生活全面进入诗歌（而不是诗歌全面进入日常生活。只有最优秀的诗人，才能够以诗歌全面进入日常生活。正确的做法是，用诗歌折磨生活）。20世纪90年代后的一连串文化事件，如"盘峰论争"、下半身写作、口水诗、"梨花体"、乌青体，甚至包括不怎么知名的垃圾派，都表明日常生活对诗歌的进占速度之快、范围之广。如果说1999年世纪末的"盘峰论争"还遗留了20世纪80年代精神高蹈的余音，那么，之后的一系列公众诗歌事件，则全部以日常生活的意识形态为其精神动力。

这就是三十年诗歌的第二个变化，诗歌由高空回到大地。这是精神调门逐渐降低的三十年，诗人视线向地面调整的三十年，诗人野心日渐萎缩的三十年，抒情歌喉日益暗哑的三十年。无法绝对判定诗歌由精神飞扬到物质束缚是好还是坏，但是，物质进入诗歌绝对成为一件非常重大的事件，它标志着，诗人们开始从天空降落到生活的地面。他们不再能轻易飞翔。他们开始在生活的重压下喘息思量，连抱怨都是非常可怜的小嘟囔。但是，另一个让人兴奋的效果就是，物质的羁绊在少数优秀的诗人那里，反倒成为上升的阶梯，和核爆炸的引线。因此，是受制于日常生活的束缚，还是超越其上，成为考验诗人的一道巨大障碍。

由理想主义到现实主义，由情绪高亢到精神低沉，是一段非常复

---

[1] 杨庆祥：《〈尚义街六号〉的意识形态》，《海南师范学院学报》（社会科学版）2007年第1期。

杂的心路历程，很难说是好是坏。一方面，诗歌从虚空回到了大地，抱住了生活的粗腿，甚至似乎部分地重拾"合为事而作"的古典传统，也有人在"我手写我口"。这多少让人感受到诗歌的地气。当代诗歌在经历了凌空狂舞之后，正在抓住艺术的生活根本。但另一方面，人们越来越看到，回到生活并不必然就意味着诗歌的解放。诗歌又不可避免地钻到了物质的牢笼里。以日常生活为主要内容的物质世界，像一块巨石压在了诗歌的身上，使它很难像20世纪80年代那样展翅高飞。在精神和道德层面，便呈现出某种堕落的局面。在一些优秀的诗歌里，有精神对物质的挣脱和抗争，而在另一些数量更多的诗歌里，物质将精神压垮了。

　　这就是历史的束缚。历史正是在这样的矛盾中现身的。物质条件，或者说生活条件的改变，带来了诗歌主题的改变。原因其实没有想象的那样复杂，最终还是物质决定意识。举个很通俗的例子，20世纪80年代的大学生是天之骄子，毕业以后由国家包分配，房子、医疗、子女上学，都不是问题，国家包办。人就是国家的人。那时候的大学生面对结束不久的"文化大革命"历史，确实可以高谈阔论，指点江山，思考人生，当年的文化热就是明证。一个人可以凭诗走遍中国。但是20世纪90年代以后，市场经济的快速推进，医疗、教育、就业等各个领域的市场化改革，将市场生存问题推到诗人们的面前。除非你衣食无忧，否则，就必须拿出精力来考虑生活问题。这是诗歌变革的基本社会前提。20世纪90年代以后，特别是21世纪以来的10余年，以生存困扰、市场焦虑为核心的话语，成为诗歌的重要表达。用李南《为什么相逢》的说法就是，从女贵族变成女战士，又变成女公民："我情愿劈开／时间的锁链／来到涅瓦河畔／与你相逢，"借阿赫玛托娃的身世来表达自我。"推土机在东岳庙对面拆迁的废墟上撕裂土地／

尘埃的飘落，商贩们沙哑的吆喝／污染着都市的肺叶／地铁在朝阳门的肠胃里穿梭／寻找跳动的心脏。"（苏历铭《冬季的朝外大街》）酒店大堂、豪华包厢、菜单图片、时代的食欲，忧郁的老歌，昂贵的皮鞋，苏历铭的诗歌中有大量这样的市场符号。宋晓杰《在长途客车上》，则完全是普通旅客的那些经验："他望向窗外、打盹、吃食物／看矿泉水瓶上简单的说明。"

物质生活以一种侵略者的身份进入诗人的思想之中。很少有人能够藐视物质条件的制约，就像李杜不可能无视皇权官爵与功业制度一样。"王侯象星月，宾客如云烟。斗鸡金宫里，蹴鞠瑶台边。"（娱乐方式）"羽檄如流星，虎符合专城。喧呼救边急，群鸟皆夜鸣。白日曜紫微，三公运权衡。"（战争进程）"野战格斗死，败马号鸣向天悲。"（战争场面）"朝扣富儿门，暮随肥马尘。"（求职过程）"诸公衮衮登台省，广文先生官独冷，甲第纷纷厌梁肉，广文先生饭不足。"（官场腐败）"致君尧舜上，再使风俗淳。"（对皇权之幻想）"王侯"是高级干部，"宾客"是上流社会，"斗鸡"是豪赌，"蹴鞠"是打高尔夫，"羽檄"是加急电报，"虎符"是指挥权，"格斗"是商战，"富儿门"是大款别墅，"肥马尘"是豪车尾气，"诸公"是既得利益者，"甲第"是豪宅，"梁肉"是工资待遇。整个一套人事制度。千万不要以为李白、杜甫不食人间烟火。

平庸而普遍的生活经验的堆积，构成了生活的主要部分。这是忠实的，但也是琐碎的和令人丧气的。诗人们不再有宏大的激情、高远的理想和浪漫的冲动，他们将全部的精力用在对付吃喝拉撒上面。倾吐郁闷、无奈，流露孤独、伤感，发泄不满、抱怨，类似的情感占据了相当多的诗歌。诗歌已经不再有当年的意气风发。朱零《尊严》提供了这样一幅草根家庭的画像，从一顿饭呈现一个男人的小市民心态，与北岛、顾城们的盘古式的、顶天立地的英雄主人公形象比起来，这个囊中羞涩的小男人实在太渺小了:"一家三口的幸福／是对一条小鸡腿／推来让去的幸福","男的很少动筷／他的脸上挂着满足／他自始自终／保持着一家人的／尊严"。不要以为写的是别人,写的是你我,是在这个市场时代无处不在的、萎缩了的灵魂。读得我好心酸。这世界上的穷兄弟啊。邰筐《赞美》写的是对城市的感受,如果抛开其语言上的放纵,所呈现的全部是贴着大地生活的人,而不是飞在天空的人,是沿着大道步行的人,拉排车、蹬三轮的人:"从繁华地段的商务酒店、夜总会、迪厅∥到偏僻之处的洗衣房、练歌房、按摩院／他们搬运着生活必需品、日常消耗品、名牌精品／甚至搬运着假冒伪劣产品、危险品、废品／搬运着进口货、国产货、积压货、紧俏货。"特别是下面这两句,捕捉到了最常见的、动人的生活画面:骑自行车的人,单手扶把,"左车把上挂着一捆青菜,左手里／提着新磨的一袋豆浆"。三教九流、五花八门的新事物,在 20 世纪 80 年代的诗歌中完全不可思议,而在当下,却是诗歌的寻常景观。阿华《亲爱的燕子》也是这种生活处境的典型代表:"亲爱的燕子／你和我有一样的名字／你却不是我的姐妹／你高瞻远瞩,前途远大／而我鼠目寸光,胸无大志／我关心的是:职场,房价,暖气／公积金,养老保险,医疗费用……如果说,信仰的力量／主要是为了和时间较量／那么我肯定是时间的手下败将／我把更多的时间用来钻研厨艺。"唐不遇《高速公路》里被僵化的灵魂:"我们的骨头僵硬／无法张开双臂,拥抱这些灵魂／我们的双眼,喉咙,甚至皱纹／都灌满了沥青。"田暖《战栗》中那颗焦虑的心特别打动我:"此刻我战栗是因为至今仍买不到一所房子／收容这颗战栗的心。"田暖《鱼不能飞起来却爱上了天空》,痛心疾首地呈现了一种被生活围困的、被精神禁锢的状态:"我的梦多年前就被一个孩子盗走／现实的栅栏引领着,这个生活的仆人……而栅栏之内,一些影子叠加的小人儿让你越来越重／直到你完全丧失了自己，鱼不能飞起来却爱上了天空。"陈仓《玩火柴的小女孩》，对底层人物心灵美的抒写，情感真挚，有动人的力量。林典创《年夜饭》《响雷》都是对日常生活经验的捕捉，有生活质感。

也有对物质和当下境况的反叛，但非常有限，如李小洛《我不在》："如果有人来找我，就说／我去了远方／在那些飞机、火车可以直达的城市／幸福，活着。"想出走，想远离世俗，但还是火车、飞机能到达的地方，这是多么可悲的一件事。物质的束缚非常强大。原来我们以为，政治束缚才是束缚，现在才明白，经济束缚同样密不透风，只不过这种禁锢来得更隐蔽。这就是新的意识形态束缚。市场经济并不一定保证人的自由发展。它通过美轮美奂的广告和铺天盖地的宣传，天天在告诉你，人必须得买一套房子，必须得有个体面的职业，必须得挣很多钱，必须得过豪华生活，像明星那样生活。资本的这个手法很厉害，人家没有拿枪逼你呀，但你会挖空心思去弄钱、去追风、去攀比，去和任志强、周杰伦们较劲。过去人们向往英雄，现在人们又梦想成为明星。这巨大的历史之手，这渺小的人们！

我有时候也反思，一味强调诗歌对生活的超越和批判，难道就是境界高吗？体认百姓生活的平凡难道就是低吗？何以判定"羽化而登仙""纵一苇之所如，凌万顷之茫然"就是高，而"买不起一所房子安放我的战栗"就是低呢？我越来越觉得，诗人首先要做的，不是追求境界的高低，而是忠实地表达对这个时代的感受。"安能摧眉折腰事权贵，使我不得开心颜"是艺术感受，"你高瞻远瞩，前途远大／而我鼠目寸光，胸无大志"又何尝不是艺术感受？我经常为这个时代的文艺缺乏英雄主义和崇高境界而丧气，但这样的英雄气概又何尝能够强求？我们都是小人物，在历史面前无法呼风唤雨，或者这就是现代社会的进步吧，就像男女平等，待它真正到来时，却未必让人满意，离婚率奇高，丁克族泛滥，这是不是社会进步的必然结果？或许，诗歌的平民化恰恰是诗歌的民主化，是诗歌的进步？

三、在对抗中获得青春，于悖论中生诗思

我认为，诗歌的功能之一就是要做梦，要对抗现实，要折磨生活，要挣脱假象的束缚。"仰天大笑出门去，我辈岂是蓬蒿人""明朝散发弄扁舟"未必不是一种生活方式。人不是非要一套房子才能幸福，也不是非得挣很多钱才能幸福。我不是要重弹"千金散尽还复来"的老调，而是比较一下今人和古人的心灵，哪个更自由，哪个更有想象力？交通发达了，视野狭窄了；影视发达了，思想懈怠了；物质进步了，精神疲软了，这就是当代人的状况。在现实生活中，我们有诸多无法摆脱的束缚，但在精神上，我们是不是只能屈从于现实？有时候，反倒是刘慈欣的科幻小说、迪士尼的一些动画片洋溢着活泼的思想。

臣服于市场意识形态，沉浸于其中而不自拔，是大多数诗歌的处境。这不应该是真正意义上的诗歌。佳作必须有一个总体性的世界观。1982年，也就是32年前，诗人许德民在他的诗歌《小阁楼里的沉思》中写道："而没有思考的地方／纵然是别墅、宾馆／也只是一座坟冢"，这句诗放在今天也是掷地有声的。由此，我想到诗歌对抗时间的品质，这是检验诗歌生命力的一个重要指标。通读这本30年诗选，有不少好诗仍然散发着勃勃生机，像刚刚出生时一样，这就是诗歌的青春活力。

西川不愧是当代诗歌杰出的创造者。回头来看30年诗歌，他写在1987年的《挽歌》，单就语言艺术来讲，就足令人炫目。西川的早熟、

灵感以及随意驰驱语言的才华、万花筒般璀璨变幻的视野,仍然闪耀着先锋的光芒。"风已离开这座城市,犹如起锚的船/离不开有河流奔涌的绿莹莹的大陆/你,一个打开草莓罐头的女孩/离开窗口……用水中的姓名与我们做伴","婴儿在膝盖上,灰色的塔在城市的脊背上/我走进面目全非的街道"。他悖论式的情感变化:"做一个放生的姿势,而其实我所希望的/是它悄悄地回到我的心里。"这些形式大于内容、目前已经被一些人用滥而被另外许多人故意忽略的新奇的诗句:"在炎热的夏季石头不是石头,而是金属/在炎热的夏季黑夜不是黑夜,没有其他人睡去/我所写下的诗也不是诗/我所想起的人也不是有血有肉的人",以及下面这些直截了当的意象的嫁接:"在你双眼失神的天幕上,我看到/一个巨大的问号一把镰刀收割生命/现在你要把我们拉入你/麻木的脑海,没有月光的深渊。"西川在 20 世纪 80 年代的语言体操,已经达到了相当的难度。他的力量在于,并不单纯玩弄辞藻,他的诗歌意象的繁复与他要表达的主题高度一致。《挽歌》写一个跳楼自杀的女孩,以及"我"对她的哀悼。这绝不是许多人喜好的那种抽象的人体画,可以放置在任何时代。它发生在 20 世纪 80 年代,市场刚刚出现。这个女孩死在市场时代来临之际。这与其说是偶然,毋宁说是诗人的预感:"远处市场上一片繁忙。"那个时代,大多数中国人的意识还停留在计划经济模式。当然,市场绝不是该诗的靶子,但西川把它捎带上了。这就是能力,就是诗人的敏感。

同样表现出敏感的是杨克。这本诗集里,杨克最早表现出对新科技革命的兴趣。《电子游戏》表明,他能够从新事物里发现新意境。"两毛钱　买来一场战争/和平俯下身子/成为抵犊的公牛。"这首诗有新生活的气息,是游戏一族生活的生动记录。他的时代感甚至像一种时尚感。诗歌关注时代,这是我最为欣赏的一种写作态度。

欧阳江河是一位有强悍思想力的诗人，早在1987年就处理中西文化碰撞的问题，而不是像当时的文化主潮一样，一味地向往蓝色的海洋文明。他有着强大的对付现实的能力。他扭曲不能令人满意的现实。他写道："但英语在中国没有领地。／它只是一门课，一种会话方式，电视节目，／大学的一个系，考试和纸。／在纸上我感到中国人和铅笔的酷似。"人和铅笔酷似，这样的比喻惊世骇俗。继续欣赏他新奇的体验和思考："历史就是苦于口吃的／战争，再往前是第三帝国，是希特勒／我不知道这个狂人是否枪杀过英语，枪杀过／莎士比亚和济慈。"不能说欧阳江河打开了诗歌与历史、政治、社会的联系，但他在那个时代疏通和扩充了这种通道。他大张旗鼓地将这些东西引入诗歌里来；物质感在他不是问题；他不存在骨骼疏松症；他的诗中有足够多的物质填充；他有着超乎常人的好胃口和消化能力；他像一个全球化时代的国际港，有巨大的吞吐量；他比西川更野蛮；他可以将毫无关系的事物并置在一起，"工厂附近是大海。对水的认识就是对玻璃的认识"。他早就发明了悖论式的修辞手法，这种手法在他后来的创作中发挥得淋漓尽致："它是一些伤口但从不流血，／它是一种声音但从不经过寂静。"与西川一样，欧阳江河语言上的创造力在今天看来仍然惊人。

单从上述三位诗人来说，1987年第七届青春诗会已经足够突出抢眼。它无疑是30届诗会中最成功的诗歌盛会之一。

四、从压抑到开放，弱女子和女汉子

如果将三十年来的女诗人排列开来，从舒婷、梅绍静、王小妮开始，到伊蕾、唐亚平、翟永明、娜夜、荣荣，再到李南、胡茗茗、寒烟、蓝蓝、路也、郑小琼、李小洛、田暖，虽然她们写作的共同特点是女性经验的呈现，但这种经验的历史面貌和感受强度仍然经历了巨大的历史转变。有一点非常明显，如果我们在舒婷等早期女诗人那里，还能多少看到温柔娴淑的传统女性的形象和文化姿态的遗留，那么，在蓝蓝、路也、田暖等年青一代诗人身上，独立性成分明显增强，私人化情感表达越来越强悍，常让我想起当下流行的那个词：女汉子。男性／父亲／民族国家在她们的书写中逐渐从一种舒婷式的"树干""土地"变为附庸、威胁或多余物。这样说吧，如果想从女性诗歌中找贤妻良母，铁定抓瞎。要找女强人、女汉子、女教徒、女善人、女浪人，倒是成群结对。李宇春的假小子形象是颇具文化先声色彩的。《非诚勿扰》《百里挑一》等各类选秀节目中女孩子越来越嗲的现象中，也可以看到性别气场对比的变化。范冰冰的那句话"我没有想嫁入豪门，我就是豪门"，或许是最直白的时代写照！

在诗歌的意义上，女性真正成了半边天。这是当代女性社会地位的忠实反映。在聚会、在沙龙、在选本、在专栏、在研讨会、在报告会、在颁奖会、在首发式，在所有可能的集会场所，都有女诗人的身影。不再是点缀、陪衬、花瓶，而是真正的发起者、参与者、表演者、主人翁。在《全唐诗》九百卷中，妇女作品有12卷，占1.34%。女诗人一百二十余位，[1] 而唐以前从汉魏六朝到隋代的八百余年间，现能找到有名姓或大致身份确定的女诗人，不超过70人。[2] "据周瓒的研究，八十年代以来涌现的女诗人数倍于新诗有史以来女诗人的总和。"[3] 这就

---

[1] 参见俞世芬《唐代女性诗歌研究》，博士学位论文，浙江大学，2005年。
[2] 参见马佳《汉魏六朝时期女诗人研究》，硕士学位论文，西北师范大学，2013年。据该文统计：两汉时期19人，曹魏时期2人，两晋时期18人，南朝宋代2人，南朝齐代4人，南朝梁代10人，南朝陈代3人，北魏时期4人，北齐时期2人，隋代1人。共计65人。
[3] 参见唐晓渡、张清华《对话当代先锋诗：薪火和沧桑》，《当代先锋诗30年：谱系与典藏·代序》，南京：江苏文艺出版社，2012年，第20页。

是女诗人比重上升的历史曲线。

让我过目不忘的是路也的《南去》。这是 21 世纪女性独守空房的新表达,"在你南去的日子里／我把每个昼夜当成练习册""你不知道我多么想／冲下这人生荒僻的山坡／一头栽进虚无的深渊""为什么选了你做我的暴君／使五脏六腑感到无望／我是小小的殖民地／交出了领土领空"。比起舒婷"绝不借你的高枝炫耀自己"但"却又终身相依"的平等依恋,当下女诗人的闺居完全去除了那种"凄凄惨惨戚戚,转而明目张胆,毫不掩饰,一派舍你其谁、寻死觅活的直抒胸臆。女性诗歌的一个共同特点,就是女性经验的独特呈现,就是与女性性别特点关系密切的想象和情感抒写。她们提供了不同的感性经验、精神空间、文化想象,诸如主体性想象、独立性、自由、爱情、温暖、家庭、人生、命运、亲情、家族或国家观念等庞大的领域,都有涉及。女性诗歌让这些领域迅速扩充膨胀,就像海绵吸水。一个男性诗人就是做了变性手术,也写不出这样的诗来。这当然得益于改革开放三十年的社会发展,也得益于社会主义新中国在妇女解放事业方面的大力举措。

这样说,多少有些抽象,不妨举些例子来看。蓝蓝《苹果树》以人与树的灵魂上的沟通,来表达女性的独特感受,别有一种与暴力周旋的大胆力量:"安静地听她夜风里的絮语／她被暴雨折磨时的哭声／她的影子变短又变长／我需要被她看到：／我脸红时她在场／证明我永远年轻地爱着。"她的《节节草》:"心灵,它有一条路／黎明时从那个美丽肉体的窗前　越过／像一道闪电般出现：／她　和她身体里辽阔的一切。"寒烟的诗歌有一种尖锐的不可抵御的专断的力量:"绝望的清澈：一阵来自雪山内部的／晕眩——／如果没有我的命令／它不会崩塌。"(《镜中》)"不小心,烟头／在桌子上烫了一个焦黑的洞／桌子在瞬间就获得了生机／因为你种下的这枚年轮——／／不是一棵树,不

是一百棵树／而是整个呼啸的森林／不小心／你给出秘密的倍数。"（《不小心》）

上述诗歌呈现的女性经验，如果与唐代的女性诗歌比较起来，简直是天翻地覆。"因过大雷岸，莫忘几行书"（李冶《寄校书七兄》）、"欲下丹青笔，先拈宝镜寒，已惊颜索寞，渐觉鬓凋残。泪眼描将易，愁肠写出难，恐君浑忘却，时展画图看"（薛媛《写真寄外》）、"忆君心似西江水，日夜东流无歇时"（鱼玄机《江陵愁望有寄》），这些诗中都包含自己跟自己较劲的孤独，包含着对男性的依附。而在路也、蓝蓝、寒烟等人的诗中，思念和孤独感变成了一种张扬性宣泄，甚至还有那么一点点公然的炫耀。

但是，近年来的女性诗歌需要警惕新的符号化倾向，比如对民国女子、唐代闺怨、居士情怀、叛逆者等的复制。在大量读诗的时候，我经常很难分清诗人感情的独立性，常常会在许多女诗人的身上看到张爱玲、林徽音、丁玲、萧红、李清照、鱼玄机、波伏娃等符号化形象。女性作家突出自己的性别意识、性别自觉没有问题，但要警惕消费主义文化对女性的诱骗与盘剥。

五、复杂时代，出斑斓的诗

新诗现代意识的明确表达，使其与古典诗歌的界限分明。优秀的诗歌像一枚枚多棱镜，折射出时代的五彩斑斓。

江非的《妈妈》在三十年来的亲情诗中格外特别，是一首反映城市化进程带来的震惊的佳作。记得吴思敬先生也称赞过此诗。"妈妈，你见过飞机／不是飞在天上的一只白雀／而是落在地上的十间大屋吗／／你见过银行的点钞机／国家的印钞机／门前的小河一样／哗哗的数钱声和刷刷的印钞声吗／妈妈，你知道么／地铁在地下／电车有辫子／梦露也是个女人她一生很少穿长裤吗。"这样的诗只能是这个时代的产物，它不会是陶渊明写的，也不会是在 20 世纪 80 年代写的。我承认李杜陶谢苏辛光焰万丈，非寻常现代诗人可比，但诗人总不能老靠在祖宗的怀里。我们的生活要我们自己来写，写市场化、城市化、全球化，写进城、打拼、住房、医疗、教育、法治、民主、自由、公正、尊严，写网聊、网购、网游、网民、网管、网主，写时尚、明星、达人、土豪、老板、小三、二奶、贫贱夫妻、草根父子，写高速路、购物城，写雾霾、堵车、创业、下岗，写血汗工厂、海外兼并，探月、下海，写高铁越过大江南北，写电网绵延崇山峻岭……有时候我想，对这个时代的描绘其实刚刚开始，每个诗人的能量太有限了，不会像托尔斯泰和曹雪芹那样遍尝时事，看透人间，这样的天才只可遇不可求。但我还是不能满足于现状，还是期待有奇迹发生。在当下海量的新诗生产中，重复建设，无效劳动，浪费了大量诗歌资源。由于有创作的自由，就有了浪费的自由；由于有创作的自主性，也就有了无效劳动的自主性。一写到故乡还是山清水秀的故乡，是梦里的故乡、童年的故乡、父母疼爱自己的故乡；一说到田园还是陶谢王孟的田园，是"采菊东篱下，悠然见南山"的田园，是封建的田园、隐士的田园，是桃花源一样"乃不知有汉"的田园；一说到麦地，还是海子的麦地、米勒的麦地、康斯太勃尔的麦地、与世隔绝的麦地、阳光喷洒的麦地、镰刀飞舞的麦地。题材相似，原料雷同。诗者不读书，不学习，不理会前人，单纯靠荷尔蒙写作，甚至以降低写作难度为乐事，令人不胜其烦。这是诗歌鱼目混珠、良莠不齐的原因，也是诗歌名声不佳的原因。

个人的自由并不等于写作的自由，社会的多元也并不等于艺术的多元。真正具有原创意义的诗作依然屈指可数。少见法治题材的诗歌，少见教育题材的诗歌，少见养老题材的诗歌，少见楼市、房市题材的诗歌。不是说要用诗歌给生活拍照，而是说，诗歌的取景框要放大，要从个人那里，从私人那里，从厨房、卧室、客厅、咖啡馆等私人空间和小众空间往丰富复杂的社会历史空间移动。在地球村的今天，不用说外来思想的影响，就是肯德基、"爱疯"手机、韩国电视剧、法国香水，已入寻常百姓家，两三万块钱到欧洲旅游稀松平常。随处都是全球化，诗歌怎么能躲进小楼呢？

时代感的首要标志就是新事物、新经验的带入，黄遵宪所谓的新意境，"苟能即身之所遇，目之所见，耳之所闻，而笔之于诗，何必古人？"梁启超所谓的新语句、新意境，"欲为诗界之哥伦布、马赛郎，不可不备三长。第一要新意境，第二要新语句，而又需以古人之风格入之，然后成其为诗"。

伊沙的《BP机显示》《呼儿嗨哟》是典型的生活写真，高度概括，精心选取，与于坚的《尚义街六号》一脉相承，有强烈的当代生活气息。

沈浩波近年来经历了从下半身到上半身的蜕变，脱胎换骨，出类拔萃。他总能推己及人，跳出个人，思考众数。他的《亡灵赋》对死亡的思考和关注，超越阶层界限，富于人性关怀。强烈的时代感和深度力度，表现出大诗人的素质。"我的祖先，我的亲人／我该叫爷爷奶奶的人／我该叫叔叔 阿姨 舅舅 姑姑的人／我该叫哥哥 弟弟的人／我的左邻右舍／我的年纪轻轻的朋友／那些冤魂苦鬼 那些不甘心／那些愤怒 那些遗憾 那些悲痛 那些不舍／那些亲戚或余悲／他人亦已歌／那些其实已经被我忘记的死亡／一瞬间全部复活／死亡活了过来 照耀我三十六年的生命／人生如长河 死者如砾石 铺满河床"。与三十年前北岛的诗歌相比，他多了生活；与第三代诗人的日常生活相比，他多了关怀；与沈浩波自己下半身时代相比，他多了精神的负荷。赋的意味，让我想起汉代。沈浩波放下屠刀，立地成佛。

魔头贝贝《敬献与微澜》也有这种推己及人的素质："有时候我喜欢看你／睡觉的样子。／有时候我突然／特别喜欢你。／有时候我看你睡觉的样子会突然／觉得恐惧／当深夜酒醒／明月照临。／那是我的身体／未来的／尸体。／那是我的父亲和母亲／他们／曾经年轻。"细微的感受、瞬间的心理活动，震撼人心。刘春《关于男孩刘浪》写新时代的儿童，非常鲜活。

张执浩属于典型的才华型诗人，他的语言感觉非常好，善于实现意象和节奏的价值的最大化。这样的句子是典型："我跟上萤火奔跑，积攒／风中的火苗"，"而在青青的思念中／萤是降落的露珠"。(《萤之歌》)来看他《采石场之夜》对生活之美的转化和对劳动之美的歌颂："从敲打到敲打，搬运是后来的事／还有简单的马车，沿途掉落的／声音，和房舍""唉，这样的夜晚，对于我／是沉重的／掘地三尺，我也不能让好梦成真"。忠于生活，还能营造水墨画的意蕴。

臧棣是当今诗坛独一无二的诗歌写作者。他发展出一套对付现实生活的专利技术。他坚持追求一种抽象与智慧的表达方式，当下诗坛找不出第二个人。我得老实交待代，他的诗歌文本对我本人有巨大的启发性。他是诗人中的诗人，正如博尔赫斯被誉为"小说家中的小说家"一样。他的意义在于，持续不断地拓宽我们对于诗歌、诗歌语言疆域的认知，于是，也就同时拓宽了诗歌想象力的疆域。有人可能会怀疑他的现实性品格，会不满于他的玄虚。他的魔术师一样的修辞术会遭到诟病，但这恰恰证明了他的创造性。他的诗歌辨识度相当之高。他的诗不涉及感动，情感在他那里被高度稀释，就像花也不都追求芳香，有的可以驱蚊，有的可以入药医病。他完全沉浸在自我的世界里。臧诗的世界是另外一个世界，一个独特的世界。《在个人书信史话》中，调查表、辞职、消音器、复印、防空洞，这样的符号，无论如何你不会将它误判为陶渊明或者晚清，或者卞之琳、穆旦、戴望舒之作。这些诗作一定是当代的。令人头疼的是，这些可识别的当下生活符号，被他镶嵌在完全陌生的上下文中，产生了迷宫般的视觉效果，搞得人晕头转向。比如"倾诉就像是在填写调查表"，类似这样常见的制度性句子安排，我们是理解为扩大了的想象力呢，还是定罪为晦涩的语言游戏，还是无可奈何地将之打入不可理喻的自言自语的冷宫？我相信懒惰点的人，或者说稍稍不勤快的人，很容易将它们一翻而过，将臧棣的良苦用心，或者说他轻松使坏的良苦用心一翻而过。臧棣是一个很容易被人误解的诗人。他故意隐藏得比常识深两堵墙，他的迷宫制作得太过繁复。但这并不影响他的创造性。在《古琴》一诗中，我看到超然的才华，他的高超的艺术技巧。整首诗读下来，叫行云流水太平庸，可以说有一种莫名其妙的节奏感，和与众不同的意象，这些意象像是梦境，又像是超现实主义绘画的文字版。他用一个劈柴的意象来统领全诗，有李白《听蜀僧浚弹琴》的那首诗的感觉："她没想到会从木头中／劈出它来。她发现／那上面的丝弦幽亮得／像她在夜间走过的小径""有一条，当她量一回／就会向尽头以外再延伸一米／她也没料到我会紧跟着／从水下冒出来。她像没认出／我似地，继续劈柴：木屑横飞／一切转瞬间又恢复了原状"，再没有人把古琴写得这么空灵透彻了。

桑克的《槐花》，是这整本诗集中我最喜爱的一首。我对诗人桑克所知甚少，但这一首诗足已使我念念不忘。我想把它背下来，在某个场合朗诵。它切入当下生活的质感，它捕捉时代感的总体性视野，它有节制的但又无法控制的汹涌的抒情，它语言的精炼和准确、形象的生动、亲切的人生感悟、高度的概括力，它在日常生活中不着痕迹地带入历史感，它的熔批判与淡淡的忧伤于一炉的温柔敦厚，还有它的高低起伏的节奏感……众多现代诗的美德在这首诗里都体现出来。我几乎想说，这是一首理想的当代新诗，除非你还抱着偏见。

郑小琼一直被视为打工诗歌的代表，但始终给我一种脸谱化的嫌疑，正如我对当年蒋光慈的革命文学和前几年的"乌青体"的印象一样。反复被历史忽悠之后，就会对各种标语口号都提高警惕。现在看来，2005年第21届诗会过去十年之后，郑小琼的作品仍有新鲜感，经得住时间考验。她对语言的理解是独特的，她不仅仅敏感于题材。如《穿过工业区》:"它们即将／进入车站、海港、货厢车、远洋轮／抵达的是北美、南非、欧洲或者东京。"仅这一句诗就能见出她对语言的讲究、策划与选择。她对传统是有继承的,并非随便将几个世界地理的名词堆积在那里了事。东南西北的这个对仗,显然有古典诗歌的神韵。再看她对词的准确性的把握:"时代之铁之铜之金之塑胶之布匹……／在这里铸、镶、熔、剪、裁……定格成／生活需要的肌肉。"还有对诗意的运用:"一些阳光正照在工业区上方的字上／年轻人,快!朝着世界的方向奔跑。"郑小琼不单是在车间里呈现工厂的压抑,还能站在地球上,察看全球化生产的结构性安排,因此她的诗就有了高海拔。仅这一首诗就可以使她在"80后"诗人中脱颖而出。她在这本书中的出现,提升了打工诗歌的整体水平,甚至会改写人们对"底层写作"的种种偏见。她的诗比中国现代历史上的左翼诗歌的成就并不逊色,甚至还要优异。而"底层诗歌"好像一直是没有火起来过的当代诗歌流派。消费时代人们的口味啊!这篇读后感已经太长,但我意犹未尽,许多优秀的诗作都未来得及提上一字。结束之时,我的脑海中忽来一句:

　　诗歌的脸没有皱纹,
　　杰作永远年轻。

（原载《2013—2014中国新诗年鉴》,江苏文艺出版社2015年版;《半月谈》内部版2015年第5期节选）

新媒体时代的诗歌奇观

——2015 年诗歌综述

若论 2015 年诗歌，首先是这样两个热词，"工人的诗""农民的诗"。打工工人的诗和农民余秀华的诗。"工农"首先在诗歌中被重新发现。其次，"诗歌活动"替代"诗歌运动"成为诗歌运作新的历史特征。再次，优秀诗歌重启"我与我们"的对话。最后，"新诗的底线"到底在哪？另外一些重要话题，比如女性诗歌、校园诗歌、"××后"诗歌、微信诗歌、朗诵诗歌等，或一笔带过，或留待他人讨论。

每一树叶的正面和反面，都被诗人写过了

诗歌生产进入海量时代。《文心雕龙》有言，"夫铨序一文为易，弥纶群言为难"。以当下诗歌的年产量，本文只能是挂一漏万。孙绍振《当前新诗的命运问题》一文写道："一方面可以说空前的繁荣，正式的和民间的新诗刊物纷至沓来、新诗集公开出版的和自费印行的，再加上网络诗歌，可谓铺天盖地。五花八门的大奖（大量是民间的），令人眼花缭乱，此起彼伏的诗歌笔会、朗诵会，从县级的到省市级的层出不穷。在大学里，硕士、博士论文的选题，新诗是长盛不衰的热门。没有一个时代，诗的产量（或者说新诗的 GDP）加上新诗的理论研究，

达到这样天花乱坠的程度,相对于诗歌在西方世界,西方大学里,备受冷落的状况,中国新诗人的数量完全可以说世界第一。夸张地说,每一树叶的正面和反面,都被诗人写过了。"[1]

"每一树叶的正面和反面,都被诗人写过了",的确是对当今诗歌生产力的生动描述。但是,孙绍振这位曾经为朦胧诗摇旗呐喊的诗坛保护神,如今对诗歌充满了忧虑。《当前新诗的命运问题》写道:"另一方面,不能不承认,新诗和读者的距离,这几年虽然有所缩短,但是仍然相当遥远,旧的爱好者相继老去,新一代的爱好者又为图像为主的新媒体所吸引。这就产生了一个现象,新诗的作者群体几乎与读者群体相等。新诗的经典,并没有因为数量的疯涨,在质量上有显著的提高。北岛在第一届中坤国际诗歌奖的获奖感言中认为,'四十年后的今天,汉语诗歌再度危机四伏。由于商业化与体制化合围的铜墙铁壁,由于全球化导致地方性差异的消失,由于新媒体所带来的新洗脑方式,汉语在解放的狂欢中耗尽能量而走向衰竭。'""'诗歌与世界无关,与人类的苦难经验无关,因而失去命名的功能及精神向度。这甚至比四十年前的危机更可怕。'"[2]

新诗似乎既好得很,也糟得很。2015年是《新青年》杂志创刊一百周年,也是胡适第一首白话新诗《两只蝴蝶》发表99周年,虚岁一百年。新诗百年,大众众说纷纭,对新诗说三道四,诗歌专家也忧心忡忡,新诗确实是到了在理论上认真清理、总结的时候了。只要持续关注近十年的新诗,就会对诗歌充满信心。然而,人们对诗歌的盲目低估相当普遍,相当多的人的诗歌知识停留在李白、杜甫、冰心、

---

[1] 参见"孙绍振的博客",http://blog.sina.com.cn/s/blog_4d9ce5fd0102vx9w.html。

[2] 参见"孙绍振的博客",http://blog.sina.com.cn/s/blog_4d9ce5fd0102vx9w.html。

徐志摩、席慕蓉、赵丽华,对新诗持围观立场,不愿闻其详,只想看热闹。

即使以一年诗歌为切片观察,结论也是好得很,而不是糟得很。对于诗歌史来说,有好的部分就足够了。完全可以说,新诗进入了历史上的黄金时代。2015年年初的一条消息,颇能说明诗歌界的小兴奋和上扬势头。这条名为《诗坛名家福州论诗:互联网促发中国诗歌复兴》的消息说:"'我们的诗歌正在复苏。'这似乎成为中国诗歌爱好者之间一个暗潮涌动的秘密。"[1]这条消息罗列了诸种诗歌复苏的迹象,诸如频频落地的诗会活动,诗歌刊物层出不穷,一年举办多场大型诗会,以及"天涯诗会"巨大的浏览量,公众微信号"为你读诗"的60万粉丝等,以佐证"诗歌正在走向复兴"。这条消息至少说明,新诗在生产、传播、消费方面都有了全新的平台和业绩。还有许多被忽略的复兴迹象。木心《从前慢》、叶芝《当你老了》两首诗上春晚,引发了一阵诗歌消费热潮。《当你老了》被观众封为"催泪佳作",又充分说明诗歌心灵鸡汤的消费潜力。诗人汪国真的去逝,引起广泛关注。女性诗人的创作令人瞩目,余秀华的两部诗集自不必说,王小妮、翟永明、安琪、路也等一大批实力派而非偶像派女诗人推出了重要作品。娜仁琪琪格主编的大型女性诗丛《诗歌风赏》推出两本女性诗选、70余位诗人。这套丛书之前已经编选出版了6本。2015年是中国人民抗日战争暨世界反法西斯战争胜利70周年,抗战诗歌成为文学期刊的必备栏目,数量众多,既显示了时事诗歌的快捷优势,表达了大众空前的民族主义诉求,但同时也难免面孔陈旧、流于一般的艺术困境。真正有分量的诗歌常常流落在低调的写作中。《诗刊》《星星》等公开发行的

---

[1] 参见中国新闻网,2015年1月2日,http://www.chinanews.com/cul/2015/01-02/6930633.shtml。

文学期刊、多如牛毛的民刊、出版社以及那些优秀的博客、微博、微信等新媒体平台，都是藏龙卧虎之地。不乏好诗，奇缺批评发现。《光明日报》的一则消息标题很形象：《中国诗人终于在大学里有个院子了》[1]。北大诗歌研究院2015年4月26日的开园仪式，尽管有院无钱，也可算是对诗歌复兴的沉稳回应。

新媒体时代的诗歌奇观：工人的诗与农民的诗

余秀华的走红创造了新媒体时代的诗歌奇迹。从2015年1月16日到2月1日，仅仅16天时间（从2015年1月15日沈睿发博文赞美余秀华始，到2月1日余秀华第一本诗集出版止），这位出生于湖北省钟祥市的地地道道的农民，成了家喻户晓的诗歌明星。《穿过大半个中国去睡你》一诗爆红网络。记者踏破门槛，报道铺天盖地。她出版诗集，当选湖北省钟祥市作家协会副主席，奇迹发生于一夜之间。随后两周，几乎每天都有博客文章讨论余秀华。央视、凤凰卫视以及多地卫视等主流媒体都进行了报道。中商情报网、格上理财网、时光网、21英语网等与诗歌八竿子打不着的网站也纷纷参与。新浪网首页有关余秀华的文章，和有关赵本山的一样多。文学又一次产生了轰动效应。余秀华走红充分展示了博客、微博、微信等新媒体的能量。"主流报道"常常落在小道消息后边，"非官方"媒体的传播力超乎寻常。"标题党"策略让我们领略了后革命时代"眼球经济"的运作机制。不可否认，余秀华诗歌绝对在水平线以上，也以诗歌展示了"农民"强悍的一面。但此次诗歌轰动的核心无疑是欲望化的"去睡你"。

"工人诗歌"不断出现在人们眼前。2015年2月15日，北京皮村进行了一场打工诗人朗诵会，几十位来自全国各地的工人首次"云

---

[1] 《中国诗人终于在大学里有个院子了》，《光明日报》2015年4月27日第1版。

集"在一起，朗诵自己的诗歌。五一期间，工人诗人邬彩芹、田力在央视新闻"工人诗篇"中出现。5月23日、24日"我的诗篇——草根诗会"遭遇沉默的票房在天津大剧院小剧场举行，引发文艺界震动。上过央视的鞍钢工人田力在此出现。农民诗人余秀华也现场念了她的诗《你没有看见我被遮蔽的部分》。[1]工人诗歌朗诵会+余秀华，绝对有历史意味。秦晓宇、吴晓波二人是2月皮村朗诵会与5月天津朗诵会的策划者和组织者，朗诵会是他们反映工人生活的纪录片《我的诗篇》的组成部分。他们还拟编选近30年工人诗歌集《我的诗篇——当代工人诗典藏》。纪录片《我的诗篇》于6月获第18届上海国际电影节最佳纪录片奖。2月皮村朗诵会颇为独特。朗诵现场"因为距离首都机场不远，每隔几分钟，头顶就会有飞机轰鸣而过。只能容纳四十来人的空间里，孩子在跑，不时穿过舞台。……工人诗人们带着各自的乡音朗诵自己的诗，这些诗篇有的书写老牌国营工厂，有的出自煤矿、工地，还有很多写的是流水车间。这也是首次充分互联网化的诗歌朗诵会，全程通过网络平台直播，有很多人在电脑前真的全程看完了整场朗诵"[2]。他们中有矿工、熨衣女工、锅炉工、爆破工、铁路工人、鞍钢工人、鞋工、酿酒工……总之，"工人诗人"是他们共同的标签。[3]空间、主体的双重独特性被媒体充分注意到了。充绒工、"85后"彝族吉克阿优，这样记录他在羽绒服厂的生活："好些年了，我比一片羽毛更飘荡/从大凉山到嘉兴，我在羽绒服厂填着鸭毛。"制衣厂熨烫女工邬

---

1 参见张知依《暗夜淹没了他们的声音 遮蔽了他们的身影——"我的诗篇——草根诗会"遭遇沉默的票房》，《北京青年报》2015年5月26日。
2 李昌伟：《打工诗人首次参加"打工春晚"：为3.1亿人立言》，新华网，2015年2月15日，http://news.xinhuanet.com/book/2015-02/15/c_127497618.htm。
3 参见《〈我的诗篇〉 咱们工人有力量》，新浪网，http://tj.sina.com.cn/news/wtsh/2015-08-27/detail-ifxhkafa9355691.shtml。

霞的第一首诗叫《吊带裙》："我手握电熨斗／集聚我所有的手温／我要先把吊带熨平／挂在你肩上／才不会勒疼你……"跳楼自杀的富士康工人许立志的诗在网上广为流传，他的《流水线上的雕塑》："手头的活没人会帮我干／幸亏所在的工站赐我以／双手如同机器／不知疲倦地，抢，抢，抢／直到手上盛开着繁华的／茧。"面对这样的诗，我们很难简单地用所谓"纯诗标准""审美标准"来对待。"再过多少年我们回忆这一轮制造业崛起时真实的记录，我们可能需要到这些工人的写作中来寻找。"作为当晚朗诵会主持人之一的吴晓波第二天要受邀参加《2015年胡润全球富豪榜》，吴晓波说，"这恐怕是这个时代最深刻的处境"[1]。《北京青年报》用一句"一群被砌在时代阴影里的人在天津朗诵他们的诗"[2]如此形容。

不得不承认，前述媒体对"工人""诗歌"的呈现，抓住了这个时代的奇观。最穷困的人最需要诗歌。新诗成为最便宜的文化消费。工人诗歌重申了"诗言志"的属性，重申了"歌诗合为事而作"的优秀传统。工人诗歌的浮现，是已经淡出历史视野的"工人"重新"被发现"的文化表征，它仅是弱势工人文化机体的一根指头。正如5月天津大剧院朗诵所引起的争议一样，在这个被利润、GDP绑架的时代，工人诗歌脆弱的文化表达，依然会遭遇冷落和质疑。[3]没有人统计

---

1 李昶伟：《打工诗人首次参加"打工春晚"：为3.1亿人立言》，新华网，2015年2月15日，http://news.xinhuanet.com/book/2015-02/15/c_127497618.htm。
2 张知依：《暗夜淹没了他们的声音　遮蔽了他们的身影——"我的诗篇——草根诗会"遭遇沉默的票房》，《北京青年报》2015年5月26日。
3 参见伍勤：《炸裂之后的沉默，打工诗篇已死于舞台！》，《新京报》2015年5月28日，载微口网，http://www.vccoo.com/v/e5b4ad?source=rss；唐以洪《读"炸裂之后的沉默，打工诗篇，死于舞台"之感想》，唐以洪的博客，http://blog.sina.com.cn/1968618a；偶乃客《有关"炸裂之后的沉默，打工诗篇已死于舞台！"一文的思考与疑问》，新浪博客"偶乃客诗文集"，http://blog.sina.com.cn/u/3182826810。

有多少工人诗人,这很可能是一个庞大的社会学课题。有人估算"目前在一线从事体力劳动的工人诗人应在万人以上……其中以'70'后和'80'后为主力,分布在不同的工种和城市间。"[1] 据我所知,北京皮村的"工友之家"聚集了一批工人诗人,学者张慧瑜与工人付秋云一起编辑的内部交流刊物《皮村文学——工友之家文学小组作品集(2014—2015)》,收集了皮村近19位打工者的诗歌散文近百篇。这仅是工人文化的一小部分。皮村打工者还连续举办了三届打工春晚,崔永元、杨锦麟做过他们的主持人。

2015年2月,在北京召开的"草根诗人"现象与诗歌新生态研讨会,对诗歌草根现象进行较为深入的讨论。会议以余秀华、郭金牛、陈亮、曹利华、笨水、老井、玉珍等15位诗人为研讨对象,讨论了草根诗歌的意义、定位、审美评价以及对传统文化权力的挑战等问题。有与会专家指出,他们的作品不一定能够成为最好的诗歌,但正是这些诗歌记录了"我们这个时代的痕迹",甚至可以说,"它们比一个专业诗人的作品还要重要一些"。[2]

"诗歌活动时代"话语权的地方化、民间化

诗歌进入了"活动时代"。诗歌不再搞"运动"。诗歌活动的能量像火山进入活跃期。地方化、民间化是其重要趋向。网络是诗歌最随意、最自由、最海量的生产平台,乱象与秩序齐飞,泥沙与珍珠同在。浏览一下天涯诗会等网络社区便可领会。诗生活网、伊沙微博"新诗典"等公共网络诗歌,余秀华式的博客诗歌,诗江湖南人、沈浩波、

---

[1] 李昶伟:《打工诗人首次参加"打工春晚":为3.1亿人立言》,《新京报》2015年2月15日,http://news.xinhuanet.com/book/2015-02/15/c_127497618.htm。

[2] 黄尚恩:《"草根诗人"现象与诗歌新生态研讨会在京举行》,中国作家网,2015年2月10日,http://www.chinawriter.com.cn。

臧棣式的微博诗歌,"一束光诗群""京津冀诗歌联盟"式的微信诗歌,更是灿若星辰。这些网络平台,张贴诗歌,发起话题,参与争论,酝酿活动,以成千上万的一己之力,重构中国诗歌版图。

线下诗歌活动空前频繁。各种聚会、研讨会、诗会、评奖层出不穷,多元文化力量活跃。或许,诗歌是中国文化中最有活力、"最先进"的所在,正进行着某种不被历史留意的实习演练。

诗歌奖多得眼花缭乱。冠以名人头衔的诗歌奖名目繁多,如海子诗歌奖、徐志摩诗歌奖、骆宾王诗歌奖、袁可嘉诗歌奖、骆一禾诗歌奖等。李白诗歌奖引人关注的是50万元的高额奖金。报刊、协会、高校、网站设立的奖项不胜枚举。有的文学奖意在旅游营销,"在徐志摩诗歌奖的网站主页,记者看到大量关于当地旅游风景文化特产的简介。借一个文学奖来为当地做广告,拉动产业发展,成为当地一张名片"。"红高粱诗歌奖办公室的联系人表示,他们办此奖也是为了高密做宣传。"[1] 诗歌奖的资金来源多样,国外资金,国内个人,地方政府、企业、高校都加入其中,诗歌吸金的潜力不可低估。

诗歌评奖模式五花八门,各有特点。刘丽安诗歌奖由美籍华裔刘丽安1996年设立。柔刚诗歌奖1992年设立,已举办23届。其逐年改进奖项设置、评选程序,包容性、客观性值得借鉴。本届荣誉奖得主是著名老诗人郑敏,主奖陈家农。在本届之前,北岛、白桦、吉狄马加、柯雷、郑愁予等曾获荣誉奖。[2] 华语文学传媒大奖·年度诗人奖,是目前国内第一个有国家公证人员参与评选全过程的文学奖。诗歌与人·国际诗歌奖,是目前最有个性的诗歌奖,由有"中国第一民间诗刊"之称的《诗歌与人》杂志主编黄礼孩创设于2005年。每年

---

[1] 《探究国内文学奖现状:奖项众多,但难以服众》,《成都商报》2015年10月6日。

[2] 参见新浪网"柔刚先生的博客",http://blog.sina.com.cn/s/blog_4a1010060102w4ud.html。

的评奖工作均由黄礼孩一人担任。打破诗歌的国界，将奖发给外国人是其亮点。2011年4月，这个奖颁发给了瑞典诗人特朗斯特罗姆，当年10月，他即获得诺贝尔文学奖，在国内外诗坛引起轰动。2015年9月，美国诗人丽塔·达夫与中国诗人西川一起获得这一奖项。丽塔·达夫近年在美国诗坛备受瞩目，曾获普利策诗歌奖和两届美国桂冠诗人，1996年获美国总统克林顿颁发美国人文奖章，2011年获美国总统奥巴马颁发的国家艺术奖章（这使她成为迄今为止美国唯一接受过两位总统颁奖的诗人）。甚至有人讲，诗歌与人·国际诗歌奖已成为"中国最有影响力的国际诗歌奖"，不啻是走向世界的另类模式。"安子·中国打工诗歌奖"，被称为"中国农民工第一奖"，也是目前中国唯一由打工者自己设立的民间奖项。由打工诗人安子等人在2009年发起，其特点是鲜明的身份意识和阶层指向，参与的作者要求是打工者，评委组织者也多出身于打工诗人。在众多的诗歌奖当中，此奖是倾向弱势群体和沉默的大多数的文化鼓励奖，文化意义和社会意义大于文学意义。腾讯书院文学奖创设于2014年，雄心勃勃，是当下流行的"互联网+"模式新产品，也是网络进军文学的一个较大举措。该奖有别于惯常的纯文学奖项，评选类型有小说、歌词、剧本、现代诗、非虚构五类文学作品。已经获奖的两届作家，既有刘慈欣这样的网友拥戴的人气王、崔健这样的摇滚偶像人物，还有邹静之、刘恒这样的业界大腕，以及鲁迅文学奖得主徐则臣这样的新锐。

  诗歌活跃的另一个表征是诗歌节、诗会的此起彼伏。2月，"中国诗歌诵读联盟"在北京成立。3月，"中山2015新年诗会"向市民公益开放举行。4月，"首届上海市民诗歌节"在上海图书馆拉开序幕。8月，"首届中国青年诗歌艺术节"在陕西举办。9月，首届北京诗歌节、"2015中国桃花潭国际诗歌艺术节暨中国诗歌启蒙精神学术研讨会"举办，京津冀诗歌联盟启动。10月是诗歌旺季，北京诗社成立大会在京召开,"新丝路·新诗路"长安场畔诗会、"首届世界华语诗歌大会"、河北省第八届青年诗会、上海第二届草地诗会、"爱在边城"——中国新诗百年论坛暨第一届中国青年诗会、国际汉语诗歌协会成立十周年庆典等纷至沓来。第27届马鞍山中国李白诗歌节开幕,市委书记、市长、宣传部长出席,马鞍山被中国诗歌学会授予"中国诗歌之城"称号,这无疑是新的中国经验。11月,第五届世界汉诗大会暨诗博士颁奖盛典。诸如此类的诗歌活动名目繁多,花样百出,很难判断这些活动对诗歌艺术有多少直接的推动,但肯定对当下诗歌生态产生影响。[1]

诗歌出版方面,沈奇主编的"当代新诗话"丛书,包括赵毅衡《断无不可解之理》、于坚《为世界文身》、陈超《诗野游牧》、耿占春《退藏于密》、沈奇《无核之云》一套五部,多以随笔体、断章体、语录体、诗体等"新诗话"形式,"对当代中国诗歌美学景观和精神图谱,作另类文体解读而创新说",其中陈超的《诗野游牧》是作者谢世前的最后一部遗著,值得珍重。同济大学诗学研究中心编、长江文艺出版社出版的《中华新诗档案》,张德明著、暨南大学出版社出版的《百年新诗经典导读》,黄梵主编、江苏文艺出版社出版的《现代爱情诗歌百年精选集》等诗集,都着眼于百年新诗的总体性检阅,有着鲜明的文学史意识和经典化诉求,尽管规模要小于长江文艺出版社2013年出版的30卷《中国新诗百年大典》,但也不失为诗歌史的补充。不同诗歌选本的不断出版,也隐含了好诗标准的匮乏。作为最新诗歌的同步呈现,伊沙编选的《新世纪诗典(第四季)》,是其微博荐诗"新诗典"衍生产品,富于伊沙个人风格和诗学趣味。马启代、周永主编,团结出版社出版的《中国首部微信诗选》(2014—2015),无疑是对微信诗歌的最新纸面呈现。而霍俊明编选的《2016天天诗历》以诗歌日历的

---

[1] 本文有关诗歌节、诗会、诗歌出版等诗歌消息,主要来自作家网的文坛动态栏目,限于篇幅,恕不一一列出。

形式选诗，不失为一种小创举。

翻译方面也有活力，广西人民出版社的大雅诗丛，包括译过辛波斯卡诗作的著名翻译家陈黎、张芬龄合译的西尔维娅·普拉斯《精灵》，黄灿然译的《曼德尔施塔姆诗选》，程一身译、诺贝尔文学奖得主德里克·沃尔科特的《白鹭》，陈东飚译、华莱士·史蒂文斯的《坛子轶事》等诗作。北京师范大学国际写作中心主办的翻译工作坊启动，邀请了一批海内外著名诗人、翻译家参与，这个翻译工作坊未来的工作值得期待。[1]

由这些粗略的描述可以看出，地方政府，企业，高校，海外华人、打工工人、民间好汉、诗坛精英、八仙过海，多种力量在此角力。与房地产界的硝烟弥漫相反，诗歌界的跑马圈地悄无声息，层次不高，受体制的影响较小，是一个非常有意味的现象。

我与我们：重启对话式的诗歌写作

好诗在哪里？谈论年度诗歌，最终要落到作品上。面对海量诗歌，本文无法将年度佳作一网打尽，只能就目力所及，择其要者而赏之。

翟永明长诗《随黄公望游富春山》引起较大关注，是一个症候性的文本。改编为舞台剧演出，是诗歌与戏剧互动的新尝试。最重要的，其意图显然是向古典致敬，重新祭起对仗的灵旗，以招古典的魂。可贵之处在于，该诗提出了诗对语言的要求，不仅是自由、白话、生动活泼的口水，还需要韵律、节奏、内在的情绪，等等。这些曾经活跃在古典诗歌中的有机物，似乎在这部长诗中复活了，是对早期朦胧诗

---

[1] 参见何可人《"2015 中外诗人互译"启动，西川呼吁"诗人有义务从事翻译"》，凤凰网，2015 年 10 月 28 日。http://culture.ifeng.com/a/20151028/46030880_0.shtml。

自由放荡的一个矫正,有一种浪子回头的意味,可惜的是,又重新走入了之前的形式主义老路,思想上退步。它没有触及社会最重要的东西,与余秀华和打工诗人的写作恰恰相反,是一个不接地气、投机取巧的写作样板,表征了当下中国诗歌相当普遍的思想虚弱症。

另有相当数量的诗歌佳作。大解《说出》(《诗刊》),陈先发《稀粥颂》(《诗刊》),王小妮《月光》(《诗刊》),王寅《此刻无须知晓生死》(《花城》),张执浩《彩虹出现的时候》(《诗刊》),《无穷小》(《人民文学》),轩辕轼轲《任性》(《人民文学》),欧阳江河《致鲁米》(《北京文学》),臧棣《取材于月亮的偏见》(《星星》),沈浩波《但我很晚才理解》(《花城》)等,既是年度佳作,也是百年诗歌大树的新叶,充满生机与活力。微博诗歌中,臧棣《雾霾时代入门》,沈浩波《花莲之夜》《在黄昏的秋风中大口大口抽烟》,这些作品或空灵飘逸,或扎实厚重,都丰富多致,具有从自身出发抵达时代和世界的强大能力,呈现了新诗逢山开路、遇水搭桥的精湛技艺。技术进步是诗歌里的高铁,是20世纪80年代以来诗歌值得关注的领域,批评和研究都不够(这也是诗歌专业界"白眼"汪国真、余秀华们的一个原因)。沈浩波、臧棣、张执浩相当于年度男性诗歌的三驾马车,代表了三个不同的创作方向。

在思想和技艺的纠结生长方面,张执浩被高度忽视。他对当代诗歌有着准确的宏观把握,他曾说:"我个人感觉,当代最优秀的中国诗人尽管具备了语言自觉,部分完成了精神觉醒,但仍然缺乏处理个人与时代、个人与民族(国家)、个人与公众之间复杂关系的能力……我们似乎还不善于在不牺牲诗歌语言的前提下,恰如其分地表达更高级的诗歌感情(公共感情、共用的感情),譬如一个人对他(她)祖国的感情,更确切地说,我们还没有学会怎样使用'祖国'这个词语。很少有人意识到应该将个人写作置放在世界、时代这样的大背景之下,尤其是置放在9·11之后人类生存的困境和东西方文明的冲突之下，在面对错综复杂的各种关系，面对尖锐的社会问题，面对人与自然这类命题时，我们还不会用文学来进行处理，更多的作品仅仅停留在事件的表象，缺少穿透现实的力量。我们的诗歌更多的还是情绪化的诗歌，没有上升为情感的诗歌。"张执浩的期许显然非常之高，提出了在全球化时代中国诗歌的能力与合法性问题。诗歌有没有在保证艺术水准的前提下在宏大的视野中思考和把握时代的能力？有多少诗人有这种能力和雄心壮志？虽然他本人的创作实践并不能完全如愿，但他试图重新建立诗歌与个人、时代、民族、国家的关系的努力，无疑具有靶子和样板的双重意义。《彩虹出现的时候》一诗空间转换、拟人、陌生化，这些技巧的综合运用行云流水，不仅显示了对百年诗歌技术成果的综合运用能力，而且显示了术为道用、道术融合的新境界。这首诗最值得的称道的是它的空间技术，有着风景画般的画面感。另一首《忍冬》思考人的命运，将日常体验提纯为诗意盎然的哲理，使生活感光，同时，显示了一种中国化的审美韵味。《无穷小》是张执浩另一组代表性作品，从个人生活经验切入，直抵人类生存的复杂体验，把新诗情绪上的复杂和语言上的明朗处理到一个非常理想的水平。尤其重要的是，张执浩有效地回答了杨庆祥提到的"巴丢难题"，"阿兰·巴丢说：'70年代末以后，这个世纪留给我们这样一个问题，在一个没有理想的我，不能用一个主体来概括的我们意味着什么？'这个问题如果逆转一下，对本文讨论的问题更加有效：如果没有一个理想的'我们'，'我'究竟意味着什么？诗歌，尤其是现代主义诗歌，必须有'我'，这已经成了一种陈规式的设定。但正如阿兰·巴丢所尖锐质疑的，如果割裂了'我'和'我们'的有机关系，这个'我'还有创造性吗？他真的能代表'我们'吗？这也许是现代主义诗歌面临的最大的合法化危机。"[1]《无穷小》组诗里的两首诗，处理的恰好是"巴丢难题"："总有河水在看着我们／看见了我们所见，看穿了／我们这样的生与死／总有葬送、挣扎和搁浅／岸边的人想一直生活在岸边／而岸边的牲畜只会顾影自怜／总有我理解不了的事在发生，譬如／老牛饮水时神情专注／清澈的牛眼里面却蓄满了／无比的惊恐，它的姿势／总是拔腿就跑的架势／总有这样的时刻：／一条鱼拼命跃出水面／我看见它的时候它也看见了我／它再度跌进河水的声音欢快而悲欣／仿佛我在人群中发出的感激和抱怨。"（《河水在看着我们》）"被动的生活滋生出了这样的现实：／既然活着就要努力／以美好示人。出于这样的天性／烂漫的，天真的，没心没肺的／小生命有了深沉的思想。"（《这里需要上帝》）张执浩不仅呈现"我"与"我们"，还呈现"没心没肺的小生命"与"我们"的命运与共，呈现"岸边的人"与"我们"的休戚相关，呈现"一条鱼"的"我"化。伊沙认为张执浩的每一首诗几乎都蕴藏着"致命一击"，这个判断非常精到。[2] 这两首诗中的"小生命"与"牛眼""一条鱼"，其实都能给我们以"致命一击"，因为他们正是"我们"的可能性。

如是观之，当代诗歌"我"与"我们"的生命对话，已经进入非常深刻的层面，只不过常常被这个时代的喧嚣忽略而已。

新诗形式的底线到底在哪？

面对新诗日益泛滥的形式危机，诸如口水诗，诗句随意转行、跨行，或一句到底不分行，新诗形式有无底线的老问题重新被提出，并

---

1 杨庆祥：《重启一种"对话式"的诗歌写作》《诗刊》2015 年第 4 期。
2 参见豆瓣 http://www.douban.com/group/topic/21501734。

带上了新问题意味。对这一问题的回答，凝结着学术界的最新思考。2015年10月31日至11月1日，由北京大学中国诗歌研究院与首都师范大学中国诗歌研究中心联合主办的"纪念新诗诞生百年：新诗形式建设学术研讨会"在北京卧佛山庄举行。谢冕、孙绍振、洪子诚、吴思敬、杨匡汉、叶橹、陈仲义、陈晓明、简政珍、王光明、沈奇、翁文娴、郑慧如、朱西、李翠瑛、孙晓娅、刘福春、王泽龙、王家新、张桃洲、敬文东、张洁宇、姜涛等40余位海内外学者参加了会议。会议的最大特点是专题性，以新诗形式建设为专题，深入探索百年新诗的经验，集中呈现了诗歌形式理论的学科前沿问题和最新进展。会议从新诗形式的外在标志到内部节奏，从局部格律到分行、虚词、隐喻、声音、停顿等具体技艺在诗歌中的功能建构等多方面问题进行了对话讨论。会议的焦点集中在两个问题上：一、新诗要不要格律；二、新诗的底线在哪里。要不要格律是自新诗诞生以来一直争论不休的话题，今天仍然有大量的理论工作者和读者，对于诗歌格律有热切的渴望。对此大致有三种不同观点。不少学者注重诗歌的格律化。另一些学者，如张桃洲等人，警惕格律化所导致的外部音响的简单化、固定格律，重视新诗节奏的内在化和内在语调的追求。吴思敬、叶橹等人，对格律化基本持否定观点，认为新诗的本质是自由，不能强求形式上的重新格律化。叶橹说，"我想来想去，恐怕就是因为旧体诗的那一套平仄对仗音韵格律的严格规矩和套路太过深入人心，形成了一种'集体无意识'，以至觉得一论及诗，都会自觉或不自觉地以这种标准来衡量其长短"。他认为"诗体建设"是一个"伪话题"，其原因在于，许多人提倡的现代格律诗，"其规模和格局是无法预设的，每一个诗人都会按自己的诗思实现其创作意图。所以从这个意义上说，现代格律诗也是无法规范的。既然无法规范，实际上就存在着无限的可能性，这种无限的可能性，注定了就是无体可建的"。"正是基于这种认识，所以我认为在探讨现代诗的'诗体建设'问题时，不能着眼于要建立什么样的模式上，而是要着眼于对'无限可能性'的研究。所谓'无限可能性'，并不是任意地滥施语言垃圾或唾沫横飞，而是在诗性的范畴内让语言的功能得到控制和发挥。"[1]关于新诗形式的底线问题，针对西川等诗人近年来写诗不分行、新诗形式无边的状况，吴思敬认为新诗应该有底线，这就是分行："分行已成了散文诗以外的各体新诗的最重要的外在特征：一首诗可以不押韵，可以不讲平仄，可以没有按固定顿数组合的规则音节，但却不能不分行。""关于新诗的形式，我曾倾向过'分行＋自然的节奏'的说法。随着时间的推移，我越来越趋向于认同'新诗的唯一形式是分行'这句话了。我认为，这既对新诗的形式有了一个最起码的规定，同时也给诗人的创作留下了最宽广的自由天地。在新诗创作越来越自由、越来越开放的今天，'新诗的唯一形式是分行'确乎可以作为新诗形式的底线了。"这是吴思敬在总结百年新诗实践和理论的基础上，小心谨慎地得出的结论，很有点儿走投无路、背水一战的味道。分行几乎就是新诗无形式大潮的最后防波堤。吴思敬进一步讨论了分行所带来的意义和功能，认为分行还可以"引起读者的审美注意，并唤起读者阅读新诗的审美期待"。"对诗人而言，分行排列的诗句，是诗人奔腾的情绪之流的缔结和外化，它不仅是诗的皮肤，而且是贯通其中的血液；不仅是容纳内容的器皿，而且本身就是内容的结晶。""对新诗来说，内在的情绪流的外化集中表现在分行上。无论是田间式的类似鼓点的精短分行，还是郭小川'赋体诗'式那种绵长的长句，或是马雅可夫斯基楼梯式的排列……其实这些分行

---

[1] 叶橹：《流变的诗体，不变的诗性》，北京大学中国诗歌研究院、首都师范大学中国诗歌研究中心主办：《纪念新诗诞生百年：新诗形式建设学术研讨会论文集》（内部资料），2015年，第15—20页。

的形式中就带着自身的节奏。""跨行可以使读者在视觉上和听觉上造成短暂的停顿,从而调整自己的欣赏心境,集中注意力去欣赏作者移到下一行中的词句。"[1] 应该说,吴思敬的分行理论站在当前诗歌理论的前沿,是诗歌形式探索的新收获。

(原载《艺术评论》2016 年第 1 期)

---

[1] 吴思敬:《新诗形式的底线在哪里?》,北京大学中国诗歌研究院、首都师范大学中国诗歌研究中心主办:《纪念新诗诞生百年:新诗形式建设学术研讨会论文集》(内部资料),2015 年,第 15—20 页。

北漂一族的文化想象和精神地图

——《北漂诗篇》序

一

"北漂"概念人们早已熟悉,但对北漂诗人的了解却付之阙如。据相关统计,目前北漂的人数最少在800万左右,数量庞大,三教九流,藏龙卧虎。北漂诗人更是其中一个独特的群体。他们怀揣梦想,从大江南北天涯海角来到燕山脚下,前赴后继进入首都的各个行业,分布在京城的各个角落,为自己也为北京奉献才华和心血,同时还写诗。把这些北漂诗人的诗意收集起来,呈现出来,将是怎样一种面貌呢?

《北漂诗篇》尝试呈现北漂诗人的文化想象和精神地图。编选创意来自北漂诗人安琪。她是资深北漂,对北漂一族情有独钟。这个创意激动着安琪,也激动着我,并得到了中国言实出版社及社长王昕朋先生的大力支持。该社一向有关注农民工的传统,在十年前曾出版过一本《中国农民工调研报告》,获首届中国出版政府奖。王昕朋先生农民工二代题材的长篇小说《漂二代》在人民文学出版社出版后也产生较好的反响。我们认为，北漂诗歌不仅是一种具有中国特色的文化现象，也是中国社会进步的一种象征。北漂诗歌蕴藏着当代中国社会丰富的文化诉求和创造性的文化想象。因此，我们想在现有的中国诗歌地图当中，在古典诗歌、外国诗歌、百年新诗经典、当代名家诗选，以及各种琳琅满目的诗歌地标当中，再增添北漂诗歌的新地标。北漂诗歌是个空白，这个空白应该填补。

《北漂诗篇》逆明星文化潮流而动，聚焦沉默的大多数。新媒体时代是明星时代，各种明星闪耀于我们的日常生活，光彩照人，炫人耳目。然而，终究只有社会名流、演艺大腕、商界精英，简单说就是高富帅，能够进入明星行列。生活中总是那么几张脸，手机广告上的冯小刚，喜剧评委席上的冯小刚，影院银幕上的冯小刚；新闻里的马云，论坛上的马云，发财指南上的马云，就差马云写诗啦。中国十三亿人，被文化筛选出来的竟然只有这么几张脸，这不是一个理想的文化生态。成名既是一种梦想，也是一种社会机制。"官二代""富二代""文二代""星二代"，他们成名的机会要远大于草根阶层的孩子。成名与沉默，较量的不仅是个人能力，还有机制。后文中提到的小诗人李圆圆的成长史，可为这种机制的印证。社会与自然一样，多元共存才是正道，只有绵羊没有老虎，生物链会发生危机，只有老虎没有绵羊，更无法持续。文化平衡是一个社会安定和谐的重要因素。我们编这本诗选，目的非常简单，就是将更多的创业者的心声传达出来，听听他们怎么看待自己身在的城市，怎么看待自己的生活，怎么看待这个时代，为中国诗歌提供了怎样的新元素。北漂一族当然不乏功成名就者，但绝大多数是沉默的。愿这本诗集能做悄无声息的北漂一族的小型话筒。

《北漂诗篇》是网上公开征集的结果，从众多的来稿中精选，挂一漏万。即使这样，一百来位诗人也让我们看到了与其他任何一部诗选完全不同的面目。梁小斌、车前子等许多知名诗人的加入,极大增添了这个选本的艺术含量和精神分量。当然,我的解读着重于诗人们的"北京"想象,对其他的意义空间关注较少,只好恳请诸位诗人朋友们谅解了。

二

首先是对北京的感受,也就是理论上的文化认同,可谓千差万别,形形色色。

有的人基本认同,"北京就是我的家"(许多《北京,北京》)。有的完全排斥,"这是一个巨型的城堡/我们没有自己的位置/将肉体变卖/或许比不上/二舅家的一口田猪"(于丹《这里是北京》)。相当多的是权宜心态,"北漂,落脚而已"(鲁橹),"我从来不是我的/和家一样可靠的名字是我租用的"(老巢《和家一样可靠的名字是我租用的》),"北京如此大/像一个胖子,充满亲和力/而我临时住在这里/辅以外省人的热情/白天萎靡,夜晚亢奋/和京腔保持着谨慎的距离"(广子《住在石景山》)。不乏对生活和梦想的坚守,"请原谅 我依然写诗/依然在这个尘世上忙碌与热爱""而剩下的 剩下的就是/我们微笑着 回赠这个世界的风骨/静静地看着 美好的事物再次/悄悄地发芽 开花 结果"(娜仁琪琪格《我有我的九万里山河·大风至》)。

张祈笔下的生活有着鲜明的现代性审美观念及高度的艺术性,他写出了现代人奔波挣扎的心态与漂泊无根的精神处境,纠结而又温馨,破碎而又完美,"明天它们是否还会振翅起飞/——那颗不时被充满被移空的心/又将要向着哪里翱翔?"(《夜色中的停机坪》),"我走过珠穆朗玛/我放牧贺兰山下/我抚摸野草的丝绸/我咀嚼凋零的花儿//我听到一支歌谣/来自大地深处/——宛若灿烂的星河/它从岩石的胸膛涌出//那是真实的历史/那是燃烧的记忆/那也是永世的爱恋/

是无尽的苦难与叹息 // 我写下这首诗 / 我剪断这根琴弦 / 我要去赶赴千年的约会 / 转过身我就消失不见"。这首诗大气的思想，丰富的感受，起伏的音乐性，结合得那么恰到好处，甚至让我忽生现代王之涣的幻觉。张祁的《小别离》则有罗大佑歌词《滚滚红尘》的曲折缥缈之美。张祁诗歌的丰富圆润处在于，他不但写出了奔波与疲劳，也写出了停驻与安慰，不但呈现了破碎与忧伤，也唤醒了幸福与希望：

> 温暖如节日的问候
> 在融雪的初春夜晚传来
> 妩媚的焰火，杂乱的鞭炮
> 灯光明亮的餐馆
> 这一切都使异乡的游子
> 感觉到一种淡淡的忧伤
> 其中混合着难以言及的
> 希望与幸福
> ——张祁《温暖如节日的问候》

程一身对北京的感情同样纠结，深沉的爱恋和强烈的陌生感纠缠在一起，"我来到北京汇入陌生的人流 / 身边走着刚下飞机和高铁的人 / 已经变成市民的人和农民工 / 只携带着金钱和欲望的男人女人 / 心怀梦想的人遍体鳞伤的人 / 无论活着还是死去都被忽略的人 / 厌倦尘世又不肯自杀的人 / 现在活着下一秒就会死掉的人 / 我来到人间看到这么多陌生的同类"（《我来到北京》），"可以持续留在校园里 / 未名湖，偌大北京城 / 只有你容我随意探访告别"（《重返未名湖》）。蔡诚表达了与张祁类似的复杂体验，"当她在容纳梦想的房子里飞翔，他觉得 /

走向它，人生再疲惫，成功这个词／已写在他的眼睑上，真实的像头上的白发"（《幸福了吗》），"生活只有一面，奔波，快餐／地下室 和蛰入心中的孤独／在北京，7年了，他跨不过这篱墙／但仍没有离开，黑暗里的一口井／一盏灯似的光亮中，他像风中的芦苇／金灿灿的暮色里，倒下又扬起"（《快递员速写》）。还有更多的体验。肆虐的雾霾成为抒发的出口，"没几天／一种叫做霾的东西让我猝然倒下／……我用了二十年才丢掉暂住证／你却用一页诊断书判了我死刑"（老肚《哦，北京》），"傍晚，如果你胆子大／去和雾霾约会……用我的诗吸毒／用缺席的天空为雾霾送葬"（潇潇《我的诗有毒》），"雾霾将一切撕碎／又将这一切愈合成／你陌生的样子"（郎启波《想念一个人》），"雾霾在天上运行，如同罪在大地上运行"（天岚《霾行天上，罪行天下》）。有对户口制度的感受，"今天。看全家的户口簿／很像看全家福"（姜博瀚《户口》），有对频繁更换住所的无奈的调侃，"我从上个世纪／到本世纪／我干在金台／住和睡在庙啊寺啊／比较多的，是／坟"（张小云《住处》），"搬家……真累／每一个北漂者／都累过无数次／在累中感受／活得沉重和死的轻盈／灵魂飘升／梦一样的蒲公英／飞扬，翱翔"（张晴《活着还是已死》）。有对电梯的细腻感受，"电梯的声音隐逸／一整个都城的人／在一根消音的梯子上攀登"（回地《电梯之诗》）。有对北京的文化提出精神层面的要求，"她说上海比北京时尚／时尚从来不是／女人戴了什么珠宝首饰／穿了什么牌子的衣服／用了欧洲哪国的香水／男人开了什么车子／而是像唐朝／时尚的人都读过李白／或者像曾经的英国／贵族没读过《国富论》的会被嘲笑"（卫行《时尚》）。有被忽略的痛感，"我们住在北京城的地下室里／日复一日地为生存而奋斗着／我们活过，像从未活过一样"（杨泽西《北京地下室之蚁族》）。有对爱情的绝望，"我将要嫁给一个陌生的人／委身于一块凄冷的石头"(李柳杨《我将嫁给一个陌生的人》),"有的痛哭不像像瀑布：有人问：那不是雨声吗？／我说：不！／这是瀑布声"。(石梓含《哭泣的声音》)。有对城市化进程的感喟,"我始终找不出古老和荒凉这样的字眼／驻扎在心上的那片城郭啊／庄稼地越来越瘦／人和车越来越多"(楚红城《在周口》)。车前子、阿翔、李茶等人的诗,更是高度抽象的体验,有时诡异,有时直接尖锐,很荒诞又很真实,能在变形的基础上抵达写实。李茶《如果女人天生爱美》是一个狠角色,《两个橘子》又温柔敦厚。祁国的诗直接,敏锐,生活化,仿佛诗人站在眼前说话,形象留住这个时代的某些片刻。王夫刚以一首诗为1995年的北京留影,道出那时飞速发展中复杂的面相,"三环路上的车祸／没有影响广西大厦的成长；垃圾场／使都市愈加繁华；走出一千里的／山东方言,听上去越来越接近方言了／／半块墙砖出现松动,脱落,长方形的事件,渐渐露出背景复杂的脸／我们的舞台尚未搭建／向首都致敬,尚需假以时日"(王夫刚《〈潘家园〉——为1995年而作》)。

三

讨论下面几个主题,有助于理解北漂诗人的精神世界。

对亲人和故乡的思念,是抒发最多的情感主题之一,近30位诗人在诗中书写父母,"有时,北风还装成母亲的声音喊我"(许烟波《北风,在窗外喊我的名字》),"那些干瘦的树枝上／那么多空空的鸟巢／那么多双空空的无神的眼睛／望着空空的天空"(许烟波《冬天的旷野》),"当父亲谈及因此病突然死亡的同伴时／建筑工人、服务员、农民工、搬运工……／这三十多年来陪父亲一同受苦受难的称号无一幸免／都随着父亲的一声'老了'而一并逝去"（杨泽西《苦难》）。对千里之外小女儿的思念，"宝贝／虽然妈妈手机里有爸爸／你也不能总用舌头去舔呀／吧唧吧唧的／真有那么好吃吗／都舔坏三个手机了……在北京／德胜门／55路公交车上／爸爸正低着头／是的是的／低着大头／看着手机里的你／傻乐"（刘不伟《拆那·刘春天》）。

小诗人李圆圆对北京的感受是最特别的，与外婆一起捡破烂在她幼小的心灵中留下的记忆，令人心酸：

> 当我学会走路的时候
> 外婆用绳子拴在我的腰上
> 像遛狗一样牵着我
> 走街串巷去捡破烂
> 我常常盯着喝饮料的小朋友
> 他们的空瓶子就是我的硕果
> 我常常恳求发传单的大姐姐
> 她们的广告纸就是我的收获
> 我常常比别人眼睛尖跑得快
> 挣脱拴我的绳索抢到废纸盒
> 外婆夸我是孙猴子
> 捡的破烂比她的还要多得多
> 我说外婆是猪八戒
> 背麻袋像背媳妇双脚打哆嗦
> 外婆捡破烂
> 我在捡欢乐
> ——李圆圆《北漂的童年》

在另一些诗人当中，玩世不恭或寄情山野，成为他们面对现实的无奈选择，"我像一个孤寡老人，在这／过去属于皇帝的园子里／一切感觉都挺好的／克里米亚公不公投和我没有多大关系／不仅仅是离得远。只有马航／还能牵住了我一小半的心……乏了我就闭上眼睛眯片刻／太阳照着，这日子很美，无人打扰／一个人独自为这块大好河山活着……"（张后《为这块大好河山活着》）。谢长安的思路新奇怪异，他少谈人世，多谈自然，在生活之外的天牛、蝉、甲虫等身上发现的，依然是令人震惊的人道主义力量，"于是他提议，回归现实主义／在你们的防盗门上重贴两张照片／左边碧波荡漾、威严肃杀的螳螂／右边赤红如焰、腾云驾雾的蜻蜓／它们能消灭一切／恼人的蝉鸣与蚊蚋"（《门神》）。同理，李成恩的《过西域》《草原铺薄雪》几乎可以说是被城市逼出来的、移情大自然的想象，她诗歌中"雪还洁白""沙驻额头""风吹遗骨"的、多雪多沙多风的西域，恰是对拥堵、杂乱、聒噪的城市的逃离，她的"脸上有白云翻滚"的牧马人，必是对面无表情的市民的厌弃。王秀云强烈向往旅游佳处，以躲避城市的喧嚣与污浊也是这样的心态，"你要到文成去，离开坚硬的城市／接受翡翠湖柔软的目光，你要喝一口真正的水／让月亮和星空进入肺腑"（《你一定要到文成去》）。

对亲人和故乡的怀恋，玩世不恭或寄情山野，都是疏离感的体现，是对北京在精神上缺乏认同感的表征。那个流行词汇"诗与远方"，在此恰是部分北漂诗人的生动描述。所谓北漂是一种权宜之计，"我曾望过天空，望过N架次南航的黑蟋／我望过轻轨，望过飞驰的京广线／我手上／连一匹树叶也没有"（黑丰《在北方过年》）。一无所有，期待远离，并非与现实一一对应。这些诗人在现实中可能有所收获，成绩不菲。逃离源于现实的无力感。

我特别注意到诗人们关于呼喊的悖论式抒写。许多诗人写到京城茫茫人海中的呼喊，却无声喑哑，孤立无援，让我想起蒙克的名画《呐喊》，"呐喊。一个人的海啸。卑微到／可以忽略"（孤城《草木人间》），"嘶吼呐喊谁人痛惜扼腕／守望是五指山下的悟空"（孤狼《守望》），"那假寐的钟表在清点我内心的恐惧／叫喊像一辆呼啸而过的救护车，穿过美容院／为时间减肥"（左安军《时间把所有的重量压在我身上》），"但呐喊始终未被听见，一个低回声团块／始终沉默"（《蒋立波《蝉衣》）。周瑟瑟《一个男人在马路边大声喊》就描绘了这样一个在巨大城市里孤立无援、无处发泄、大喊大叫的主体形象。白连春的呐喊也许是最惊心动魄的，"我的心里沉默着十万个你，坚守／贫穷和疾病，叫喊着十万个你，捍卫／朴素和善良"（《我的眼睛里噙着狂沙十万里》）。将这些喊与后文将提到的打工艺术团孙恒的喊对比，就可以看出完全不同的精神状态："他带领大家高声喊：兄弟们！／团结一心跟他干！……团结一心跟他干！"（《团结一心讨工钱》）前者是孤立的，后者是群体的；前者是无奈的，后者是有主心骨的；前者是消极的，后者是积极的。最重要的，前者无济于事，后者心存希望。我们当然可以做多种理解。一方面，这些无声的呐喊录制了心灵的音轨，呈现了北漂一族压抑无奈、艰难痛苦的精神处境，有独特宝贵的价值。另一方面，从社会来看，这些外来创业者，呼唤无门、孤立无援的社会处境，则应当引起社会的关注，尽快为他们创造更好的就业环境和文化环境，不应让此种困局长此以往。我很少在北漂诗歌中看到参与的形象。要么是旁观者，要么是受难者，要么是愤世者，要么是隐居者。而在现实中，他们很可能是业务骨干，IP创意者，活动的发起者、参与者、组织者。这种精神分裂或许是北漂一族最复杂、最值得关注的历史体验。

四

从职业来看北漂诗人，也许是另一个有意味的角度。入选《北漂诗篇》的诗人来自众多行业。文学、戏剧、音乐、影视、书画、美术、设计、出版、编辑、商业、科技、网络、媒体等。更多的是自由职业者。他们文化程度较高，相当多的诗人受过大学以上教育。这是一百年来少有的。诗人不再是泥腿子。这种情况正印证了我的日常经验：北京一个送快递的，很可能是科技大学的学生；会场上一个端茶倒水的，常常是硕士、博士。应当承认，高等教育的飞速发展，极大提高了当下诗人的教育起点。

宋庄艺术家群体是北漂一族中令人瞩目的一群。李川、石梓含、马莉、朱子庆、邢昊、阿琪阿钰、吴震寰、沈亦然、潘漠子、王顺健等诗人，我对他们基本是零了解。从来稿简介中可知，这些诗人都是艺术专业出身或从事艺术创作的北漂，都在宋庄长期或短暂居住，可谓有相近的生活文化背景。宋庄一直作为艺术家聚居地而驰名于世，它诗意的一面又是如何呢？试图找出他们的共同点非常困难。这些艺术家如此不同，个性不同，思想不同，对待生活和世界的情感态度也不同。邢昊的诗是那样通俗不羁，谐里含庄；马莉的诗又是那样缥缈梦幻，执着内敛。吴震寰智慧超脱，潘漠子逆反思辨，阿琪阿钰失望嘲讽，王顺健有实足的烟火气，沈亦然狂放沉痛。沈亦然的一句诗，"只有祸害才能活千年"（《如果不轻易死去，我就能活千年》）包含了多少母女之间的不隔膜与复杂的情感。有些宋庄诗人长于自省，有强烈的自由意志和独立思想。艺术带给他们痛苦，也带来诗意。他们的表达呈现看破人生、透彻高冷的一面，"整日与屋顶对话成疾／你所想的我都透过时间的缝隙／了如指掌"（李川《雨酒之殇》）。心中仍然怀有某种不灭的坚守:"沉默是发光者向黑暗致意,正义的声音/此时重复出现,又重复消失。"(马莉《陷落在风景中》)某种可贵的忧患意识:"我仿佛触碰到泥土的神经/冰川 大海和零星的大小湖泊/像一团团神经元 放出/江河的闪电/把它们操控。"(朱子庆《沙尘暴》)宋庄艺术家八仙过海,各领风骚,凡此种种,很难用单一的概念打包格式化。如果有,也只能是"个性"一词,只能是他们的艺术敏感。李川对墙的敏感、沈亦然对书橱的敏感、石梓含对哭声的敏感、邢昊对于新闻和历史的敏感,也许这是艺术家的天赋吧。

  北京的媒体行业聚集着一批非常优秀的诗人,他们以诗歌记录了对北京生活的观感和体验。影视行业的周瑟瑟、老巢、宋咏梅、才旺瑙乳、李成恩、刘不伟,编辑出版、网站等行业的沈浩波、白连春、娜仁琪琪格、安琪、王秀云、不识北、孤城、林茶居、李兆庆、林平、星汉、谢长安、刘傲夫、苏笑嫣、于丹等,这些诗人创造力旺盛,活跃在北京和国内诗歌界。这些诗人与其从行业来讨论,不如从个人来得更深入。他们是如此自由不羁的闲云野鹤,无法捕捉。沈浩波是21世纪以来的重要诗人,在诗歌创作、诗歌理论、诗歌活动、畅销书和电影生产方面都有建树,具有爆发性能量。他的诗直接锐利,眼光宏阔,富于思想力,对当下世界的思考常有震撼人心的力量。周瑟瑟也是一位活动家式的诗人,对北京的打量既保持着距离,也置身其中。一种很奇特的观察方式"我怕自己喜欢上/一座万古常新的古塔/就像喜欢上慈禧"(《白塔》),一种欲罢不能的吊诡,传达出一个隐士式诗人的十足个性。对于安琪而言,诗是她北漂生活的闺密。她的诗有左冲右突的时光,有经纬四面的生活,个体的感受饱含群体体验,具有很强的公共性,"那时我年轻/青春激荡,梦想在别处/生活也在别处/现在我还乡,怀揣/人所共知的财富/和辛酸。我对朋友们说/

你看你看，一个／出走异乡的人到达过／极地，摸到过太阳也被／它的光芒刺痛"（《极地之境》），几乎是北漂一族最精简的心历总结。林平以许多生活细节且富于音乐性的诗句，呈现了北漂强烈的身份不平等意识，"我一张口，他们就知道我是外地人／躺在病房里，甚如最无助的囚犯""一个借调到财政部的女子／愤怒地斥责我什么都不懂／只因我委婉地指出／她的文章没按我的要求写""一个金发女骑车跑过宽阔的大街／她海一样的回眸让尘嚣退却"（《梦想拒绝的细节》）。林茶居似乎适应了生活的变迁，诗里有一种从容的、随遇而安的心理，"总会有你的消息，结婚或者乔迁"（《而我在北京》），"没有一个地方是不好的，只要你在"（《书房》）。总之，这些诗人各美其美，皆有特色，或在细微处令你会心，或在空寂时让你共鸣。

五

最后想讨论一下当代诗歌的文化想象问题。

《北漂诗篇》与其他各种诗歌选本一样，有一种定型化的想象，即个人化想象。隐逸、孤独、清远、超脱、苦闷、逃离、呼喊、乡愁、寂寞、痛苦，恨世者、落落寡合者、不合作者、遗世独立者，所有这些情感、主体形象、文化想象，都让我联想到一个词：个人化。个人化想象是当下诗歌，也是20世纪80年代以来诗歌的最大意识形态。整个文学界都弥漫着这样的想象，少有人能够逃脱这种意识形态的笼罩，就像少有人能想象一个没有金钱的世界。个人的等于真实的、真诚的；集体的等于虚构的、虚假的。这几乎是一个定理。在所有这些诗歌当中，尽管有种种不同，但在个人化这点上，完全一致。这就是意识形态观念，它束缚着诗歌的想象力和创造力，统治着诗歌的精神面貌。从北岛、顾城、江河、杨炼，到舒婷、王小妮、海子，到西川、欧阳江河、于坚,到沈浩波、张执浩、陈先发、臧棣,当代的优秀诗人中,无一例外地沾染、分享了这一意识形态。在告别革命之后,在苏东剧变之后,在消费主义向一切领域进军的消费主义时代,特别是在手机称霸、资本创造的娱乐神话大行其道的时代,中国人完全被淹没在资本设置的个人化的汪洋大海之中,也就是金钱及与金钱相联系的文化想象之中。除了金钱,什么也不信。这也许就是当代中国的思想状况。

打破这一意识形态化文化想象的,不是什么知名诗人,而是皮村工友之家文学小组成员们的写作。在社会学和思想史的意义上,这群聚集在北京皮村的打工诗人,呈现了20世纪80年代以来完全不同的文化想象。这正是他们的价值观,也是《北漂诗篇》的一个特殊诗人群体。他们不仅写出了打工生活的另一番面貌,而且重新提供了有关集体、互助、友爱、平等、进取、乐观等新的价值观。这些价值观如此珍贵、稀少,以至于我们必须将之放置在当代中国文化整体的层面上来看待。关于集体的想象,是皮村工友之家文学小组成员诗歌写作中的重要方面。这种想象源于他们的打工实践。苑长武《这里是皮村》是一个代表性的文本,"村里来了一群有梦想的年轻人——/一个背着吉他走天下的河南人/一个普通话说得很烂的江浙人/一个怀揣着相声梦的蒙古人/一个性格豪放像架子鼓的东北人/一个眼睛比崔永元还小的豫中人……/还有几个志同道合的打工姐妹/用七万五千元创办了一所'同心'学校/新工人艺术团在这里安下了家"。他们还"创办了同心互惠公益商店""服务社区工友 降低生活成本"。这个文本包含了对集体的强烈认同感,也承载了这个时代进城打工者新的文化诉求。它描绘了北京皮村这样一个城中村的文化存在,有时候想起来,在三千万人口的北京城,皮村简直就是个奇迹。当同一楼道里的居民们形同路人,当一个人数上千的单位的职工在茫茫人海中感到孤身无朋,当疯狂的网购、热闹的聚会、酒酣歌爽等的狂欢式消费结束之后顿觉冷清之时，大多数人都会为孤独凄清所困扰。在市场经济时代，真正讲究团结互助的反倒是商界精英。大佬们在各种俱乐部、论坛上碰面联络，加强沟通，反倒是那些进城打工的千千万万的草根，偏居各种胶囊公寓、城中村、租住屋的一隅，独自伤怀。

城中村是北漂生活的重要之地。许多诗人生活在这些地方，房租低廉，环境较差，但相对自由。他们一方面是这里的寓居者，另一方面，又是文化上的创造者和主人。这又是一个主体身份和精神分裂的怪现象。感情上他们少有对北京的认同，心里仍然惦记着千里之外的家乡，但手头正在创造着北京的文化。这是大多数城中村北漂一族的心理状态。然而，皮村这群新工人，以打工艺术团、打工文化博物馆、文学小组等流动人口合作型的文化社区，正在创造新的文化，那就是城中村文化。这个文化提供了超越个人、对付人情冷漠、治疗现代大城市病的文化想象。他们举办的打工春晚正是这样的代表。在打工春晚的舞台上，平日的女工作为主角走上舞台，手中的拉杆箱就是走秀的最好道具，这在我们这个已经高雅精致到晚会完全靠绚丽的舞美和出众的颜值来维持的时代，几乎是不可能的事情。但他们做到了。劳动者自己就是演员。打工春晚的美学，是劳动的美学，意在将普通劳动者，特别是快递员、建筑工人、服装工人、电焊工、装修工等体力劳动者的生活审美化，与明星文化完全不同。这些形象当然是粗糙的、扎眼的，缺乏专业化训练和镜头感，是我们的影视屏幕刻意遮蔽的形象，他们在自己创造的舞台上找到了表达空间。可以说，以皮村新工人艺术团为代表的城中村新文化，塑造了一种崇尚团结互助、推崇劳动光荣、鼓励积极创造的新的劳动美学。

孙恒、许多、小海、李若、苑长武等皮村打工诗人群体的诗歌，呈现了当代诗歌中独特新颖的面相。孙恒的诗歌是这种新文化的代表性表述。"他不唱富人有几个老婆,也不唱美女和帅哥/它只唱咱穷哥们儿的酸甜苦辣,它只唱咱自个儿的真实生活""它不唱晚会上的靡靡之音,也不唱剧院里的高雅之歌/它只唱黑夜里的一声叹息,它只唱醉酒后的放浪之歌"(《我的吉他会唱歌》)。孙恒《团结一心讨工钱》《天下打工是一家》这样的诗歌,一方面是打工者为生计而斗争的写照,一方面更是团结这一观念的呈现,在个人的文化想象中重新表达了团结互助的可能性。

想象一个可以抱团取暖、互助友爱的集体,是新工人诗歌的特点。正因为有了皮村文学小组、打工艺术团这样的集体支撑,他们的诗歌才表达出自豪与自信。80后新锐诗人小海才写出了这样的诗句,"我现在依然还要无比骄傲地告诉你/我又多了一个绝对高逼格牛顶天的庞大称谓/北漂"(《一个北漂的自白书》)。小海的诗歌抓住了时代总体性语境中个体感受某些重要症状,"我们对着手机说话/我们乘着机械飞翔……想想看/一具具没有灵魂的躯体在大街上嘻笑怒骂尔虞我诈/又是一件多么滑稽可笑的事情"(《致伟大时代中的我们》)。特别值得关注的是,孙恒在《劳动者赞歌》中大声地喊出了"劳动者最光荣"的呼声。这一句诗,很可能说出了千千万万普通打工者的心声。打工艺术团另一位重要代表,立意为普通劳动者歌唱的歌手许多,他的《生活是一场战斗》则将打工生活积极、乐观、进取的精神传达出来。如果说苦闷、彷徨、孤独、无奈的生活情绪占据了绝大部分北漂诗歌的精神空间,那么在许多这里,则是另一番气象。在一个急剧转型的时代,拥有一种战斗的精神,难能可贵。无独有偶,2016年石一枫的中篇小说《特别能战斗》,跟歌手许多的歌词一样,共同表达了我们这个时代潜在的、新颖的精神状态,具有可贵的思想价值。我更愿意将之看作治疗现代化城市病的新办法,比处处贩卖的心灵鸡汤更为有用。经过改革开放三十来年的社会实践，人们已经认同了个人奋斗伦理。个人奋斗没有错，但它不等于将团结互助、集体合作彻底流放。皮村打工诗人群体的实践有力地证明，独立自主的个人奋斗，与团结友爱的集体精神，在现代化、城市化、全球化时代的中国，同样大有用武之地。

（原载《北漂诗篇》，中国言实出版社 2017 年版）

"80后"的两种取向及其启示

——《人民文学》2009 年第 8 期《新锐作品专号》读后

在 2009 年 8 月《人民文学》创办以来的第 600 期上，刊登了名为"新锐作家专号"的作品。作者中除了赵松生于 20 世纪 70 年代，其余全部是"80 后"。这个作者名单包括郭敬明、春树、蒋方舟、马小淘、苏瓷瓷等"80 后"大牌，是"80 后"自出道以来第一次大规模在国家级大刊上集体亮相。这标志着，长期以来备受争议和怀疑的"80 后"，在体制内文坛开始拥有正面形象。"80 后"不再是"被怀疑的一代"，他们不再单独依靠市场生存，正在向多个方面挺进。

从艺术上讲，该期最好的作品并不属于郭敬明、春树、蒋方舟、马小淘们。郭敬明长篇小说节选《小时代 2.0 虚铜时代》我下文再论。春树的诗显然是海外异国生活的写真，虽然还保留着当年的锐利，但激情的火焰大为消弭，文化挑战性和破坏力也大不如前。春树已老。蒋方舟的散文《审判童年》，实际上只是一个读书笔记，引人之处在于文字间流露出来的他们这一代人的文化怀疑姿态。另外，苏瓷瓷的忧伤、吕伟的内敛、王甜的正统，以及赵松、朱岳、三米深、灯灯、茱萸等人的不同路数，都无法支撑"80 后"的大厦。能够体现本期刊物

"新锐"特征和"80后"整体风格的当属郭敬明的《小时代》和吕魁的《莫塔》。

《莫塔》是这一期杂志中最令人刮目相看的小说。作者吕魁体现了新一代年轻作家的锐气。他的这篇小说甚至让我想起了毛主席鼓励青年的那句话:"世界是你们的。"《莫塔》以一个大学女生在北京的闯荡,构筑了一个上层社会闯入者的梦想及其破灭,写出了现代大都市文化的两个症候:一、钱,只有钱,没有钱一切扯淡。二、男人全都不是东西。特别是小说中描写"我"与大老板王总在北京后海一家宫庭式饭馆的会面,表现出令人震惊的把握大都市生活的能力。年纪轻轻,竟然如此老道。《莫塔》敏锐地观察到当下社会巨大的贫富差异,感受到都市里不竭的欲望涌动,并揭示了金钱的高高在上与爱情的虚妄。在揭示社会的直接与锐利方面,吕魁显然早熟。他毫不遮掩生活的丑恶,仿佛与他自己无关。这使我震惊于"80后"作家的心理承受能力和生活阅历。他们好像过早地看透了这个世界。吕魁超越了一般文青作者的稚嫩和肤浅,像孙悟空一样劈波斩浪,直入龙宫,能迅速进入到社会关系的最根本层面。这种能力使他站在时代的最前沿,看到了历史的真面目。这就是弄潮儿。同样是一个打工仔,但却是怀揣偷天梦想的打工仔,是具有包举宇内气魄的打工仔,是放眼全球的打工仔。在这一点上,郭敬明、春树,都有同样的视界。跃跃欲试的"80后"表现得与那些胆小、谨慎、自卑、拘束,经常在都市里无所适从的农民工兄弟们截然不同。

《莫塔》有力地表明,"80后"是这个市场时代放出来的一群活宝,尽管眼花缭乱、良莠不齐,但却左冲右突,活力无限。这正是他们的锐气。然而,《莫塔》并非本期最重要的作品,最重要的是《小时代》。

这一期里,没有一部是完美的作品,《莫塔》《春夕》《小时代》的网聊式的贫嘴和新青年们惯用的口水泛滥，多少妨害了它们的艺术性。然而，语言正是"80后"的秘密所在。恕我不一一引用这些年轻后生们的华彩词句，他们的语言个性与风格已经被广大粉丝们了熟于心。语言的狂欢是"80后"共享的文化秘籍，郭敬明、吕魁、马小淘三人的文本都具有代表性。马小淘有自来水式的准成人腔，吕魁泛滥着网聊口水，而集"80后"语言风格之大成者还是郭敬明。他不愧是魁首之一。《小时代》的语言雍容华贵，机锋四溅，喋喋不休，上天入地。烟雾与彩虹齐飞，泡沫和珍珠共色。让我感觉其像当代的李商隐或者《楚辞》作者。再配以上流社会浮华生活的炫耀，另类男女的情感作秀，扮演出来的贵妇气质，一个嫉妒、机敏、尖锐、尊贵且包藏霸气和颓废的郭敬明跃然纸上。到此方可明白，以郭敬明为代表的"80后"，走的是表演生活的道路，倾力贫嘴与语言泛滥的道路，狂放不羁与目中无人的道路，近于装腔作势的道路。特定的圈子生活的图景，经繁复的语言多棱镜折射之后，呈现一片虚浮繁华的世界，这是一个万花筒般的浮华世界，美女、香车、别墅、金钱、奢侈品，琳琅满目，应接不暇。

一半是炫耀，一半是梦想；一半是尖刻，一半是自信。这一期专号作品中，只有《小时代》最充分地体现了"80后"的文化气质。道理非常明白，是郭敬明而不是别人成为《最小说》的主编；是郭敬明而不是别人被邀到香港书展；是郭敬明而不是别人成为超女般的文化明星。

因此，"80后"不同作者的写作个性，无论怎样细致地加以区分和甄别，都无法跟人们对郭敬明所代表的"80后"文化整体的想象划分开来，他们互为表里，相互推动，浑然一体。"80后"已然成为一个独断的能指，"80后"= 郭敬明 + 韩寒。也正因此，关注每位作家的个性，尽心竭力去描绘每个个体在文学地图中的位置,都是值得的,但最需要做的是,关注他们的整体性,从当代文学和文化的整体格局中来把握"80后"的创作。"80后"远远超出文学的范畴,业已成为一个社会学的概念,整体意义上大于局部意义。"80后"存在的理由不是个体特性,而是与传统文坛相对的整体性面目。

郭敬明当然是他们的一个领袖人物。他由一个小小的文青一跃而成为文坛大鳄。他的超越、霸气,尊贵与浮华,在这篇《小时代》中表现得淋漓尽致。还得用马克思的社会学理论来解释郭敬明。郭敬明代表了一个社会阶层的文化。看得出来,他已经跻身于浮华的上流社会。他是当代最富有的作家之一。他的作品通篇充满了那种天堂般的超脱与商界人物的算计。在这个文本中,他把自己变身为一个出身于小康家庭的白领女性"林萧",身处一群高级白领的俊男靓女中间,有贾宝玉和林黛玉的尊贵,却没有他们的悲愁。"林萧"过得如鱼得水,尽管表面上与姐哥儿们儿有点儿情感上的小风波,那也是种乐得享受的高贵的痛苦。"林萧"活在各种资本主义名牌商品的簇拥之下。看看这些令人眼花缭乱的高档日用品,你就知道当今社会人与人之间的差距应该以光年计算。卢旺达烘焙咖啡、Prada 毛衣、Channel 珠宝山茶花、Longchamp、H&M 大衣、Kenzo 包、Birkin 包、Marc Jacobs 羊绒大衣、Gucci 袋子、Mojito 饮料、Hermes 茶具、伊尔比诺伯爵红茶、Muji 饭盒、Nu Bra 胸罩,最让人咋舌的是那条四千九百六十五元的黑色缎带。郭敬明以卫慧的方式演绎了上海上流社会的奢华与高高在上。他是全球化时代的宠儿,那种无处不在的自恋、自尊与自信三位一体的作派,在文本中占据了百分之九十。可能郭敬明最让粉丝们神魂颠倒的就是他裹挟在时尚外衣之中的精明和练达,以及他对自由市场时代残酷竞争法则的推崇,以及对胜利者的崇拜。他的文本是成功的商业文化的经典表达，金钱、欲望、竞争、欺骗、权力、秩序，大都市上流社会的圈子生活所拥有的一切基本具备。他的文本，非常经典地为我们描绘了一幅成功人士那让人望尘莫及的生活情景：

> 在他慢慢地从门口走过客厅走进里间的卧室的这个过程里，他一边翻动着手里的文件，一边抬起眼，目光缓慢而又若无其事地从顾里、顾源、Neil、蓝诀等他从来没有看见过的面孔上划过去，同时还在对身边跟随进来的穿着黑色西服的三个像是保镖又像是助理一样的人说着"这个计划书明天带去给广告部的人看，然后取消我明天早上的会议，订晚上去香港的机票，等下你叫Rocky把明天需要签的合同副本从公司送到我房间里来，还有，让这些看上去不知道是干什么的人出去"。
>
> 整个过程行云流水面无表情，七秒钟之后他消失在走廊尽头转身进了他自己的房间。
>
> "你梦寐以求的不就是成为他那样的人吗，每天坐着私人飞机满世界折腾，上午在日本喝清酒下午就跑去埃及晒太阳去了，在高级酒店里英文和法文换来换去地说，别人打你的手机永远都是转接到语音信箱的状态，并且身边随时都有西装革履的助理们去帮你完成各种匪夷所思尖酸刻薄的指令或者去帮你从Hermes店里抢Birkin包包……你还记得你高中写的那篇叫作《我的理想》的作文吗？你的全文最后一句是：我觉得巴菲特是全世界最大的贱人——可是我爱他！"
>
> "他说，想要在娱乐圈或者时尚圈立足，那就只需要做到一点：接受不公平。"

毫无疑问，这种生活对十三亿中国人中的百分之九十九点九九来说是天方夜谭。但作为梦想，却可以成为成千上万的年轻粉丝们的生活支撑。作为"80后"的文化偶像之一，郭敬明非常娴熟地为整整一代人提供着这种虽然遥不可及但却潇洒无比的文化梦想，这个梦想给无数平庸生活带来的快感，决不亚于战争年代里的将军指挥千军万马驰骋疆场。郭敬明还不动声色地调用国族政治的话语来加剧这种文化刺激，"你演的这出《人鬼情未了》，应该直接去冲击奥斯卡，那《贫民富翁》肯定没戏！""我丝毫不怀疑如果她当上了美国总统，那么第三次世界大战就等于正式拉开了序幕——从某种意义上来说，她和唐宛如一样，有一种与生俱来、把一切搞得鸡飞狗跳一发不可收拾的天赋"。

《小时代》是个浮华时代，但它不是现实的浮华，是万花筒中的浮华，缥缈而脆弱。它虽然与大部分现实中国的生活毫不相干，但却撩动了和平年代里在没有枪炮的环境中成长的青年人的心，那种无法言传的人际沟通和交往的方式，那种酷，不可一世的帅。浮华中包裹着锐气和动力。

"80后"甘心认同于这种浮华而锐利的文化风格，那是他们的招牌，他们要维护这个招牌，以此与正统的、体制风格相对。在大致相同的语言风格的统摄之下，以网聊般的天马行空，以对历史的一无所知，以对传统观念的不屑一顾，以对成人正统的玩世不恭，以及以对财富早熟的、过于深刻的认识风行于当世。反过来，他们又被这个统一的形象设计捆住了，一律的喋喋不休、一律的油腔滑调、一律的准成人调侃、一律的江湖混混的姿态、一律的看破戏尘的劲头。不要对这种文化风格不屑一顾，他们是涉世未深的年青一代最好的精神食粮，他们在成长过程中需要反叛，需要自信，需要唯我独尊，需要精神宣泄和自我陶醉。

郭敬明的眼中只有个人，没有世界。工厂、民工、农村、集体、灾害、矿难，这些东西在他的作品里毫无踪影。像《高兴》《那儿》那样的生活，对他来说既遥不可及，也无关紧要。需要的只是商场、竞争、美女和耍酷。时尚、游戏、调侃、宣泄，迷恋与自我陶醉，这成为其小说最主要的内容。郭敬明走的是齐梁道路，有超级的繁华和靡艳，有贵胄般的生活追求。他已经修炼到生活即写作、写作即生活、生活与写作彼此交融的境界。他是全国发行量最大的小说刊物主编，是一代文青的半个领袖，是中国当代最为富有的上层人士之一。郭敬明无疑是成功商业文化的代言人，是成功的商人。对，郭敬明是商人。

到此，我们就会明白，尽管那么多人看不起"80后"的艺术水准，但却不能忽视他们的市场占有量。"80后"挟市场入文坛，占据文坛半壁江山，叱咤风云，这已经成为当下文坛最大事实。有自己的风格，有自己的代言人，有众多的社会追随者，这便是"80后"如日中天的根本原因。"80后"的发展壮大，实际上是文学市场化的历史结果。20世纪80年代以来，人们拼命地鼓吹纯文学，鄙视文学商业化，也鄙视文学政治化，但是，今天，这个局面被打破了。人们开始注意到，文学是多么地需要和依赖市场。

今天，人们不得不承认，文学既不能排除商业化，也不可片面鄙视政治化。商业化的例子是郭敬明，政治化的例子是韩寒。

第8期《人民文学》的"80后"阵容中缺少了一个重要人物，他甚至比郭敬明更重要，那就是韩寒。

在某种意义上，郭敬明是个"商人"，韩寒是个"政治家"。2008年汶川地震以来，"80后"在抗震救灾中表现出新一代年轻人不凡的精神风貌，并因此获得了主流话语的积极评价。韩寒成为"80后"抗震救灾的模范人物。韩寒在第一时间于新浪网发表了三篇博文，举国相看。《我不捐款我捐人》《灾区需要卫生巾》《北川政府的谎言》，三篇文章都雄居新浪博客排行榜榜首，点击率上千万。第三篇文章发表后，北川县委县政府向绵阳市委市政府做出检查，县委县政府主要领导受到了诫勉谈话，越野汽车购买责任人被调离。从此以后，韩寒几乎迷上了充当"议会外的议员"，他频频在博客上发表时事评论和热点问题高见，粉丝一片。特别是韩寒一步到位直奔灾区的壮举，的确让国人看到了"80后"领袖人物的风范。如果仅此一例便判定韩寒的英武，未免有些武断，那么，随后的行动持续证明，韩寒的确与众不同、特立独行。在地震初期，人们基本上都以为灾区需要方便面、矿泉水、帐篷、药品等物质，就在全国一拥而上，空中地下齐备这些救灾物资的时候，韩寒推出了一篇极具后现代色彩的博文《灾区需要卫生巾》。他表现出政治家的精明。如果要竞选，韩寒该赢得多少妇女选民的选票啊！

一篇文章就让一个地方政府公开检讨，并自我改正，这不是一般的文学，而是政治。以文学切入政治，韩寒的文学取向是"80后"与郭敬明不同的另一个方向。它给我们以巨大的启示。

20世纪90年代以来，文坛疲软的一个重要标志就是文学的政治冷漠，仿佛一谈政治就会降低文学的身价。相当一部分作家拼命地谈论男欢女爱、日常生活，使文学不痛不痒，日益冷清。此前在北京文学作品奖的评奖会上，不少评委指出，当前一个突出的创作倾向就是，直接切入当下现实问题的小说难得一见，得奖的几部小说均与现实较远。敢于以政治入文学，这是韩寒的最大特点。《他的国》显然是这方面的努力。所谓国，当然有政治。他在作品中表现一个作家尽可能的政治努力。无论韩寒做的怎样，他的立意是高大的，他的气魄是强悍的。还有一个例子可以佐证政治冷漠带来的问题,那就是海外华人袁劲梅的小说《罗坎村》的一炮打响。这个小说与国内无数小说的最大区别在于,它绝不回避政治,一上手就大谈特谈自由、公平、正义。然而,恰恰是这个通篇充斥着标语口号的政治篇章,几乎一致地赢得了国内评论界的赞誉。此外,我在网上看到一条消息,台湾作家痞子蔡在回答记者提问时说,在文学上"郭敬明跟韩寒根本不具有可比性"。

一味地把政治排除在外等于文学的自戕,固执地把文学与商业隔离也意味着自杀。郭敬明和韩寒两个人的文学取向,生动地向我们表明,文学不是一个玻璃球似的纯透明的东西,一尘不染,而是要五味杂陈,包罗万象。文学是社会有机体的一部分,与社会人生的美丑善恶血肉相连。唯其相连,才有生机。"80后"是不讲究纯文学不纯文学的,他们有机相连,生机勃勃,尽管他们不无稚嫩,不无浅薄。

不管怎么说,《人民文学》的这期"80后"专号,透露出让人震撼的锐利,并让传统文坛反思。郭敬明的浮华梦想与韩寒的指点江山,都蕴藏着无限生机。

(原载《郭敬明韩寒等80后创作问题批判》,湖南大学出版社2015年版)

下编 作品论

思想力和小说的可能性

——从石一枫、蒋峰看"70后""80后"小说

石一枫和蒋峰并非"70后""80后"作家中最当红的作家。韩寒、郭敬明、笛安、徐则臣、乔叶、张楚，还有另外一长串名字，可能名声更噪。然而，在反复考量之后，选择了石一枫与蒋峰。他俩的写作最便于阐明我的"思想力"论题。所谓思想力，就是思想的力量，就是强调思想对于创作的影响。近年来，他们各自的写作目标越来越明确，作品特色越来越突出，代表了当下小说处理中国经验的两种方式，我命名为"新现实主义"和"新技术主义"。他们既有区别，也有共性，关键是，有某种对话关系。蒋峰触及却随手放过的一些问题，在石一枫那里有较为详尽的思考。换句话说，思想力对于他们两人产生了不同的影响。石一枫具有思想的整体性、社会性，蒋峰则具有碎片性和传奇性。

先锋派小说之后，蒋峰创造了一个新技术主义奇迹，为形式主义注入了新的内涵，重新提振了人们对技术的看法。技术有助于讲述、讲深一个通俗的故事。技术与通俗并不像先锋派小说那样水火不容，相反，可以融得更好、更本土化。蒋峰强有力地证明，技术仍旧可以玩出新花样、仍旧具有强大的吸引力。蒋峰的出现似乎只有一个目的，那就是以他超人的才华论证技术为王的意识形态观念。这和晚会秀舞

台、影视拼画面、流行音乐热衷于飙高音是同样的文化逻辑：形式高于一切。而事实上，这是一个非常偏颇、容易迷惑人的认识。《平凡的世界》提供了这方面最好的反例。石一枫也是一个典型例子。引入石一枫，有利于我们重新认识和评估文学技术主义的成就及其危害。石一枫并非不重视技术。科班出身的他也是技术主义的追慕者和受益者。可是，他在技术之外，格外重视思想的作用。那么，思想给石一枫的创作带来什么样的面貌？在思想层面上与蒋峰形成了怎样的对话关系？他们的不同对当代小说创作有何启示？

一、新技术主义：蒋峰的技术清单及其思想碎片

1. 蒋峰小说的技术清单

罗列这个清单有助于理解蒋峰的形式主义特点。到2016年7月为止，蒋峰出版了近10部小说集。其中，长篇小说《维以不永伤》《白色流淌一片》最能反映他的技术手法。初版于2004年的《维以不永伤》，是蒋峰第一部长篇小说。2014年的《白色流淌一片》是蒋峰小说技术的集成之作，以多个视角叙述许佳明的人生轨迹，时间跨度30年。由可分拆的六个中篇组合而成。这些中篇曾单独发表在《人民文学》等刊物上。《遗腹子》讲许佳明的出身；《花园酒店》是许佳明的童年；《六十号信箱》讲高中生活；《手语者》讲大学生活；《我私人的林宝儿》是大学毕业后的爱情；《和许佳明的六次星巴克》讲许佳明的艺术追求及他死去的前因后果。整部小说结构新奇、叙述圆熟、悬念重生、高潮迭起，有很强的阅读吸引力，是新世纪以来长篇小说的一部奇作。

首先说语言，蒋峰具有突出的语言才华。语言是文学的第一张脸。蒋峰的语言颜值应该在95分以上，有强烈的语言自觉，运用自如：有时候字斟句酌，有时候诗意盎然；有时候刀劈斧砍，锐利无比，有时

候悠长缠绵，沉痛婉转；浓缩起来比卡佛还精简，铺张起来也常常华丽绚烂。

动词的运用："他去车站问过了，火车将近四十个小时，站着过去四百多块，躺着去再翻一倍。"（除注明出处外，均引自《白色流淌一片》）

"全是广告传单，他抽张活血壮阳的溜一眼，什么世界啊，那些有女人的老男人还得靠药顶着，他这天天顶着的少年却没女人。"

动词的历史感："那时候北京不是有户口才能买房子，是买房子就送户口。"

白描："'女儿自杀，是不是因为做父亲的很失败'，他打开窗户透口气，望着创业大街上的汽车想，都是小儿科，车速连他的零头都不到。"

反讽："据说现在工厂把人开除，都有专业职位了，好像叫人事经理。"

旧词翻新："说是同学，同也不同，学也不学，无非是挤独木桥的时候萍水相逢，用不着这么恋恋不舍、一衣带水的。"

出奇语："他又想他姥爷了，这一阵他好脆弱，总是想念死人。"半句平淡，半句冷酷，加起来却是动人。类似的冷温情多如牛毛。

夸张："他又想他姥爷了，要是知道姥爷在阴间的门牌号，他都想割腕跳楼加投河找他去了。"类似的热凄凉也比比皆是。

句子：作为标题句，"白色流淌一片"被有意镶嵌在小说的多个章节，表达不同却又有联系的意义。在《遗腹子》一章里是白色的云朵，象征高远的洁白；在《花园酒店》里是雪，容易融化的洁白；在《六十号信箱》里是精液，青春的躁动；在《手语者》里是雪、白沙、云三者的混合；在《和许佳明的六次星巴克》里是洒出来的牛奶；在

《我私人的林宝儿》里是面膜，表示爱惜，对爱情的回忆。把句子搞成装饰性的 LOGO，蒋峰好像是专利发明人。蒋峰是句子高手，有大量妙句，为其描述、议论、抒情增色。蒋峰也是对话高手，堪与余华媲美。《白色流淌一片》中耐克老师与许佳明的对话就是其例。

叙述角度：《维以不永伤》是小说叙述角度的大全，现代主义小说出现过的各种视角，差不多都用过了。第一、二、三人称频繁变换。话外音，意识流，顺叙、插叙、倒叙、信件叙述等，应有尽有，直到你感到智商不够。

伏笔：前边设置的道具，后边一定会起作用。重要的事物写两遍。"六十号信箱"写两遍，"白发老头"写两遍。前边是他参加"我继母"的婚礼，后边是他在家里与"我继母"偷情。包袱甩得让人心惊肉跳。谜底到最后才揭开。比如，关于老师"耐克"外号的来历一事。

节奏：深谙阅读心理，故事时起时伏，闪转腾挪，抑扬顿挫，曲线感非常好。此处风平浪静，下一处必定风雨大作。

细节：这是蒋峰才华的重要标志，在众多关节处，都有令人惊叹的细节。哑巴是《白色流淌一片》的核心细节。手语交流、哑巴楼，这些非常经验的叙述都展示了出色的才华和想象力。于勒越狱是哑巴传奇的精彩段落，其匪夷所思的程度，丝毫不亚于电影《肖申克的救赎》。"铁北监狱号称最现代化最安全的监狱，他们有四道关卡：刷卡、指纹、瞳孔确认，及武警把守。"一个普通的残疾人是如何成功越狱的呢？小说最大限度地榨取了聋哑人的剩余价值。先是以于勒的哑得到了狱警同情，并得到了同谋："我继父本不该有室友的，这也是得于付锐的同情和他的聋哑残疾。"聋又使他成功拒绝了警察对脸部的正面拍照，"如果他拍到了……他会发现我继父脸上没有绝望，反而多了一丝坚毅"。"两个同伙被这喧哗搞得直冒冷汗。听不到的人最冷静，于勒指着楼道缓慢摇动的监视器,要他们注意节奏。""于勒拾起枪,瞄准另一名武警的背影,打了一梭子的子弹。远处传来新年的钟声,鞭炮声又一次达到高潮,周围庆祝的人们,谁也没听到,今夜还有枪声。"这些环节环环相扣,缺一不可。无疑,这是一个与普通生活经验完全不同的传奇。

蒋峰对细节的营造达到狂热的程度。《白色流淌一片》中的"六十号信箱"跨时空铺垫,早在他10年前的长篇《维以不永伤》中就被预设了:

"下楼时他看了看六十号信箱,有人在上面加了一把红色的新锁……打开之后他才发现这不是他写过的六封信,而是一个男孩对女孩充满无限思念的情书。他坐在饭馆里读着这些信禁不住为那男孩秋雨一般的忧伤感动得哭了。"[1]这让我设想,蒋峰10年前就产生了冲动,要用一部小说来详尽展开废弃信箱的故事。10年后的《六十号信箱》一章,正是完成夙愿之作。这该是多么刺激、多么具有挑战性的狂想和游戏!《白色流淌一片》包含多处这样的狂想与游戏。前一章中仿佛很随意地提到的手语,在后一章中详尽展开;前一章中仿佛很随意地提到的花园酒店,在后一章中详尽展开;前一章中提到的信箱,在后一章中详尽展开。前一个小点,后面扩展成一片。蒋峰将两部完全不同的小说中的两个故事联系在一起,一个是警察的消失,一个是艺术家的消失,两个写作时间相隔10年的故事,竟然遥相呼应,心手相连,证明了蒋峰出类拔萃的联系能力。蒋峰以一种数学公式的方式,呈现了哲学中普遍联系的神秘命题。他真是个天才。

构思:死也要有想象力,有点儿像电影《死神来了》之类的意图:毛毛被掐死,唐继武卧轨,张文再溺水,朱珍珍冰冻而死,袁南死于

---

[1] 蒋峰:《维以不永伤》,太原:北岳文艺出版社,2015年,第324页。

车祸。(《维以不永伤》)

结尾：很漂亮："疲惫的小虫抖了抖断掉的羽翅伏在地面上一动也不动。一阵吹来的微风掀翻了它的躯壳。'永远也不会动了'，他想，'已经死了。'"近年小说中，另一部让我念念不忘的结尾，是刘慈欣的《赡养人类》："当烧（钱）到一百三十五万时，水开了。"

其次，必须谈蒋峰的结构。实际上，前边已经谈到，蒋峰试图建立一种超级链接式的结构。任何一个点、一个细节，都可以被打开，独立成篇，也可像零部件一样被安装在整体的机器中。放上去是整体，拆下来也是整体，整体与部分间的细节环环相扣，高度复杂。

最后，谈谈蒋峰的才华。蒋峰是典型的才华型作家。从字、词、句，到段、章和整部作品、作品系列，他都是高手，有意识地建造缜密复杂的纸上世界。显然，他是形式主义者。于他而言，形式就是内容。很小的片段，也会非常华丽炫目，令人叹服："有一阵是画林宝儿，他的前妻，耶稣似的张张有她，林宝儿在海滩，林宝儿在山顶，即使是云层之上，林宝儿依然在那里；后来是画肿瘤，挺好的一片芳草地，偏偏有个硕大的肿瘤肺落在草丛里；再后来更夸张，他迷上了病毒，从 HIV 到黑死病毒，反正除了电脑病毒，他一个没落下。他跟我解释就像是女人，越致命的病毒，DNA 的结构与色彩就越完美。""确切地说他画了一个女人体，把他认为最美的部分画到一起，比如在头像上他杂糅了几个女明星……脖颈之下才是他要说的，他画了苍井空的左胸和松岛枫的右胸，一大一小，仿佛一场隆胸事故。再往下他画的是林志玲的左腿，而右腿，画龙点睛一般，他画的是蔡依林。"

读过蒋峰小说的人都会有这样的印象，蒋峰的小说技术非同寻常。像钢琴中的郎朗一样，他喜欢炫技。如果抛开论资排辈的腐朽思想，我们可以看到，现代中国小说的技术颜值，今天已经达到一个相当吸引眼球的层次。蒋峰是西方现代主义小说技法最出色的学徒之一。在他那里，可以窥到毛姆、卡佛、海明威、马尔克斯、福克纳等一长串人物的影子。他在高中时代就读过西方1000部西方文学经典。不光是读，还有实践。"立志于写出最好华语小说的蒋峰，出手就是30万字的长篇小说《维以不永伤》，这是一本大杂烩的小说，魔幻现实，侦探故事，诉讼小说，拼贴元素，罗曼史情节，复杂的叙事人称切换，甚至还使用数字符号创作叙事游戏……"[1] 马原在《牛鬼蛇神》中使用过数字符号，但马原也仅限于此。

2. 蒋峰的碎片化、传奇化的中国想象

蒋峰到底写了什么？

还是用霍艳的话开始讨论。"蒋峰并不是不投入感情，但他的感情是支离破碎的……我以为，在当下，唤起读者的阅读热情有两个途径，一个是惊奇的故事，这交给网络文学足以完成，一个是感情价值总体性建立，而不是对经验碎片的描摹和拼贴。这种感情整体性建立在对社会的深度认知之上。"[2] 霍艳所说的"对社会的深度认知"，其实就是我指的思想力，就是一个作家如何总体性地，而不是支离破碎地看待这个时代。蒋峰恰恰是碎片化、传奇化的。蒋峰超越一般青春小说、校园小说、成长小说之处，是他东奔西跑、见多识广的视野。他的故事发生地遍及大江南北，长春、四平、荆州、北京、天津、上海、广州、深圳、香港、桂林、昆明、东莞、洛阳。各式各样的人物：军人、警察、官员、聋哑人、孤儿、精神病患者、妓女、毒贩、教师、画家、商人、打工者。各种各样的主题：孤独、憧憬、成长、恋爱、压抑、

---

1 霍艳：《面向自我的抒情乐章》，文艺报社编：《聚焦文学新力量》，合肥：安徽文艺出版社，2013年，第25页。
2 霍艳：《面向自我的抒情乐章》，文艺报社编：《聚焦文学新力量》，合肥：安徽文艺出版社，2013年，第26页。

冲动、反叛、堕落、绝望。各种经验：暗恋、同居、出轨、偷情、偷窃、抢劫、打架、越狱、逃亡、贩毒、赝品制作、连环杀人。天南海北，三教九流，都在蒋峰笔下过了一遍。蒋峰少写长期相处，喜欢萍水相逢，因此，就带来一种浅尝辄止的效果。

从《维以不永伤》开始，蒋峰就展现了扮演各种角色的爱好和能力。他迷恋于进入各种人物内心的叙述。从杀人者到被杀者，从警察到犯人，从医生到病人，从老师到学生。"不过她在心情愉快的时候却永远也改不了喜好恶作剧的习惯。十六岁前她读遍了朱姨结婚时带来的所有藏书。与书中各种角色的调换成了那时最大的乐趣。在网上有时候会假扮一位拥有丰富经验的探长给一位名叫马甲的年轻警员出谋划策。一个月前在线上碰到了一位名为鹤舞的孤独老人，她就买下了所有老年人的杂志扮成老妇人与他聊天。"[1]

蒋峰小说的心理地域也是广阔的。少年的孤独，青年的自负、冲动、压抑、梦想、爱恋，中老年的倔强、绝望、贪婪，都写得别具一格。

他有底层关怀。于勒可以进入底层人物的蜡像馆。他擅长写小人物，卑微挣扎，落魄坚韧，狡猾可憎，有一种切身的感受和复杂的心态。在与朋友见面中，他可以很意外地提到非洲挨饿的孩子，这不是随便哪一个作家都能做到的："许佳明不说话，看样子还有气。我换着说虽然没去过东非，但还真吃过一家埃俄餐厅……他们把非洲的摄影作品全贴在墙上，几十张照片全都是孩子，吃不上饭的那种孩子。……还有人在挨饿，之所以菜品贵，是因为餐厅会拿出我们消费的百分之十，来捐给这些孩子们。"底层关怀的作品不少，有才华的不多。蒋峰是才华型的底层关怀者。他有王小波式的犀利，力度像子弹，有时候，

---

[1] 蒋峰：《维以不永伤》，太原：北岳文艺出版社，2015年，第303页。

一句话就让人致命。比如他写年轻画家的潦倒:"上百幅画摊地上,再铺一层塑料布在上面,随便踩。"

蒋峰不回避社会问题,甚至喜欢像托尔斯泰那样大篇幅议论,并能在瞬间切入问题实质。"都是网瘾少年,吸引他们的不是发达国家,不是月入两万,是怎么玩都没人管。这些新希望啊。"他像一位遗弃子女问题的专家,写他们破碎的家庭、零乱的关系、无望的希望、无处发泄的冲动、不健全的人格、极端的处世方式,以及身不由己的飘零身世。"许佳明,这世上还有你的亲人吗?"这句话是蒋峰全部作品最令我感动的,属于蒋峰这一代80后作家不煽情的煽情,饱含无限悲伤。"六十号信箱"是孤儿的心灵家园,精神栖息地,这个孤独时代浪漫温馨的想象。《维以不永伤》最让我感动的是这么一句:"在他从警的二十多年里还没看到一位乞丐选择自杀的方式结束生命。"

这些闪烁思想光芒的碎片,这些小摆设,都增强了蒋峰的现实感和思想力。

然而,局部真实,总体传奇,碎片化、传奇化损害了蒋峰的思想力。蒋峰很少深入、持久、专一地关注某一社会问题。他总是点到为止。他真正深入思考的问题大概有三个:教育问题、爱情问题、遗弃子女问题。三个问题构成蒋峰小说的核心。而这三个问题,很明显都有自传性质,都指向80后这个青年群体。我时常会在阅读中想象真实生活中的蒋峰在高中时的表现。《白色流淌一片》的高中生活是出色的教育题材小说。一张红榜就是孩子们的最高理想,整个学校就围绕一百来个好学生打转,"剩下的都是炮灰,所有没考进快班还在平行班的学生都是炮灰。正是他们源源不断地找人托关系塞钱进来,才能让学校每年进账三个亿,如按寸计价的草皮一般,百年树人,万古长青"。大量的自费生、数目惊人的赞助费、各种名目的补习班,学校成了利益集团。不仅是资本,权力也介入。面对高分诱惑,"我"心目中的女神房芳甘愿与教育局局长长期发生关系。以身体换分数,成为对高考教育最痛彻的批判。

蒋峰打一枪换一个地方。他的目标不在社会问题,他想构建一个好的故事,一个令人称奇的、引人入胜的、匪夷所思的当代中国故事,并以此"等待荣光的到来"。他对社会现象有许多精彩看法,如果他当一个专栏撰稿人,很可能是合适的人选。很多时候,我多么希望蒋峰能停下来,对准一个社会问题,铺张开去,独成一篇!但是,他的心思不在此处,发表完议论和见解,又转入新的战场。那便是他有关死亡的故事。冲动、反抗、杀人、逃离,永不停息的周旋,与岁月一起变老。这是他心仪的节奏。

警察的符号化能帮助我们认识蒋峰思想的碎片化和传奇化。警察没有确定的价值观,根据情节需要,其社会性被抽空。在《维以不永伤》中,警察雷奇直接叫板财政局局长,是个好汉。而在《白色流淌一片》中,警察则成了无能的摆设。在《一二》中,警察雷奇是一个无力负担家庭重任的无用男人。

在一种游戏式的情境中讲述故事,是蒋峰的爱好。提纯的背景,戏剧性情节,极端的人格。于勒因为战场上的一泡屎换了一条命。虽然穷,却有超人的毅力、惊人的智慧、坚定的价值观,这些优秀品质原来只存在于英雄身上。还爱人,卡西莫多在他身上复活了。蒋峰通过悬疑、通俗、先锋等不同元素的奇妙组合,重新呈现了英雄形象。这样的人在生活中实在难觅其踪。结果就是,所有的元素符号化,抽空他们的能动性和社会性。蒋峰在气质上还有点浪漫主义的味道。这样的浪漫相当脆弱,经不起现实追问。

蒋峰所表达的主题其实只有一个,那就是现实与梦想的冲突。现实是严酷的,唯有梦想可以抵抗。警察雷奇的一生,继父于勒的一生,画家许佳明的一生,甚至林宝儿的一生,都是这种冲突的一生。阅读这些故事,与其说是思想的尖锐刺痛了我们,不如说抵抗的浪漫更令人心动。

二、新现实主义:石一枫的"传统"写法及其可能性

到此,我想先引用批评家刘复生的观点来讨论。

"中外文学史一再证明的是,没有思想深度与力量,就没有伟大作家。……所谓思想,并非存在于艺术性之外可以抽离的部分,它直接就是艺术性的内在构成因素,甚至是它的最深的动力源泉。"[1]

"叙事、故事性或戏剧性,在本质上决不是指那种曲折离奇的情节设置,而是指一种精神气质和一以贯之的逻辑力量,以这种方式,文学对现实世界进行了浓缩、提纯,使之获得了感性形式。故事是小说认识世界,表达思想和发现现实的手段。"[2]

阅读石一枫和蒋峰,会面对这样的问题:文学的目的是什么?是讲好一个故事,还是表达人对社会的看法?思想和技术的关系到底怎样?在现代主义占统治地位的当下,如何看待现实主义的"传统"写法?

石一枫引起批评界关注,是最近两年的三部中篇小说:《世间已无陈金芳》《地球之眼》《特别能战斗》。三部作品引发了我关于文学与社会、现实主义、传统创作方法等问题的思考。生于1979年的石一枫,一开始想"装成"80后,但是收效不大。他有过蒋峰式的形式追求,写过像《张先生在家吗》这样几乎是纯技术主义的东西。70后许多优秀作家有过这样的历程,如徐则臣《大雷雨》,东君《某年某月某

---

[1] 刘复生:《文学的历史能动性》,北京:昆仑出版社,2013年,第23页。
[2] 刘复生:《文学的历史能动性》,北京:昆仑出版社,2013年,第28页。

先生》，李浩的许多作品。石一枫找到感觉是在他转向现实寻求灵感之后。《世间已无陈金芳》通过陈金芳这样一个进城打拼的农村女性，失败之后又退回农村老家的故事，揭示了底层小人物创业的艰辛和社会上升渠道的堵塞。《地球之眼》穷二代安小男与官二代李牧光之间的人生较量，进一步呈现当今社会的阶层分化与残酷的丛林法则，进而思考全球资本主义笼罩的阴影。《特别能战斗》一如其名，表明了石一枫对抗争精神的关注。石一枫找到了与现实对话的有效方式，即抓住重大而普遍的社会问题，通过鲜活生动的人物形象，切入中国当下现实，反思历史，特别是反思精神的历史。这个写法在《世上已无陈金芳》中已经显现，在《地球之眼》中进一步成熟，到《特别能战斗》得以强化。这个现实三部曲，可视为石一枫对当下中国的整体性思考。《世上已无陈金芳》思考个人命运与社会环境，《地球之眼》思考贫富差距、人的道德和良心问题，《特别能战斗》思考市场语境中雇主关系，触及维权意识和"文化大革命"遗风的复杂纠缠。苗秀华是继陈金芳、安小男之后的又一个现实人物形象，在这个特别能战斗的女性身上，负载了当今社会常见的"闹"的因子，这个类似于"钉子户"的人物，有更为丰富的历史记忆和社会内涵。苗秀华百折不挠、无往不胜的"闹"的战斗精神，既保留了"文化大革命"特殊的历史遗风，又带上了新历史时代"维权"的市民意识。苗秀华由维权者成为专权者，由民主斗士成为民主的敌人，这个过程交代得令人信服，难以拒绝。

  石一枫触摸到我们民族精神传统中非常顽固的一种症结。思考民族精神症结的大问题，介入与时代整体的对话，是石一枫作品最能打动我的部分。《地球之眼》超越了问题小说的框架，超越了民族国家界限，在全球资本主义生产体系中，重新思考人与人的关系，重新定义阶层关系，重新思考人的道德。尽管并不能给出解决方案，但提供了在资本主义意识形态笼罩下,人何以解放的思考。我们讲现代化讲了这么多年,但真正对现代制度的反思,对城市化、市场化、科层化的反思才刚刚开始。在人们的思想日益被现代性大梦固化的今天,在社会生活形态越来越西化的今天,在人们的想象越来越小气、越来越可怜、越来越好莱坞化的今天,陈金芳、安小男、苗秀华们的抗争虽然都以失败告终,但给了我们质疑时代、抵抗绝望的勇气和感召力。文学是造梦的,美梦可以是梦,抵抗梦也可以是梦。随着中国参与全球化进程的深入,中国面临的问题正在成为世界性问题。中国的精神问题也将具有世界意义。《地球之眼》所触及的贫富分化问题已经纳入了全球视野。法国经济学家托马斯·皮克迪的新著《21世纪资本论》观察到,近几十年来,世界的贫富差距正在严重恶化,据预测将会继续恶化下去。当前在美国,前10%的人掌握了50%的财富,而前1%的人更掌握了20%财富。现有制度只会让富人更富,穷人更穷。他认为,我们正在倒退回"承袭制资本主义"的年代,也就是说未来将进入前所未有的"拼爹时代"。《地球之眼》思考的不正是这一问题吗?

石一枫现实三部曲恰好印证了刘复生的观察:小说不是一种曲折离奇的情节设置,而是一种精神气质和一以贯之的逻辑力量,是它的最深的动力源泉。故事是小说认识世界、表达思想和发现现实的手段。三部曲的个人奋斗史与失败史,都将我们引向对社会和时代的总体性思考。李云雷说,"如果说《世间已无陈金芳》可以在文学史上找到先例,可以在同代文学中找到相似的故事与人物,那么《地球之眼》则更加突显了石一枫的独特性——他开阔的全球化视野,及其将小说人物置于其中把握与思考的能力"[1]。这种总体性思考,正是刘涛在《顽主的幽灵——石一枫论》中所说的"大光芒""大气象"。

---

[1] 李云雷:《全球化时代的"失败青年"》,《文艺报》2016年3月25日。

在石一枫这里，小说和现实的关系，不再是手和橡皮泥的关系，而是脚和大山的关系。小说必须攀登。高山无法浪漫化，传奇化。如果说他此前的一系列作品，《b 小调旧时光》《红旗下的果儿》《节节最爱声光电》《不许眨眼》《恋恋北京》等，还有青春小说、成长小说之类的浪漫和忧伤，许多滔滔不绝的贫嘴、插科打诨，那么，三部曲则呈现了一位成熟的作家严肃、深刻的思想面相。

梦想，是蒋峰与石一枫共同涉及的主题。蒋峰有明确的"我这一代人"的思想："我真该质疑一下我的生活，为什么我会如此狼狈？为什么我会以谎言度日，最终一无所获？"[1] "我解释说我想通过二至六章展现每个人不同的性格，甚至表现'八零后'那代人——这个词真俗气——的生活状态。"[2] 蒋峰在小说中多次借许佳明表白，想成为一个"崇高的坦荡的青年"。但许佳明最后死于苏州河，被自己阶层的人给杀掉了，某种程度上代表了 80 后对于现实和前途的认识：无非如此。

梦想的失败是他们的共同结论，但失败的原因大不相同。蒋峰的回答是命运的偶然。许佳明死于意外杀害。雷奇的失败是由于偶然介入杀人案的调查。于勒偶然遇到了老许，又偶然遇到了好心的警官付锐。一个偶然加另一个偶然。石一枫似乎没有这样精密，他将目光投向整个社会。李云雷说，"而石一枫则将这一悲剧放置在世界经济的整体变动之中，强调的是一种必然，也更具社会分析色彩，从顽主时代的自由竞争到 2008 年的经济危机，这些现实的经济因素构成了陈金芳命运的一部分。在这个意义上，可以说这篇小说重新回到了老舍和茅盾的传统，老舍对底层小人物命运的关注，茅盾的社会分析与经济学

---

[1] 蒋峰：《去年冬天我们都在干什么》，太原：北岳文艺出版社，2014 年，第 28 页。
[2] 蒋峰：《去年冬天我们都在干什么》，太原：北岳文艺出版社，2014 年，自序。

眼光，在小说中都有所体现，这篇小说具有一种清醒的现实主义"[1]。

石一枫为什么将目光转向社会分析？或许与他的历史记忆有关。蒋峰没有大历史的焦虑，他的写作放松、自如，石一枫的写作显得紧张、拘束。石一枫既没有50后作家的历史主人翁的主体意识，也不像80后作家那样强烈的市场焦虑，他刚好处在从计划经济向市场经济，从保守向开放、全球化进程迈进的时期，有着转型一代典型的精神处境：犹豫不决，拖泥带水，既想重新找回在历史中的位置，又不得不接受市场分配的分散的、去中心的角色。感伤是石一枫小说的重要情调，失败者的感伤，历史的失落感。而蒋峰的人物果断、冷酷，游戏人生，不以为然。蒋峰除了爱情感伤，更像一个战士面对市场。他们都试图在网络文学、畅销书包打天下的语境中有所坚守、有所突破，一方面远离粉丝文化的窠臼，抛弃通俗文学，选择严肃文学，一方面努力创造新的中国想象。

蒋峰选择了故事。石一枫聚焦现实。石一枫意识到历史的力量和个人在历史中的位置：

"人从刚一出生，就像蒙着眼睛走夜路，谁知道历史的潮流会把你带到哪个沟里去，但是眼界一开，似乎也有了主动地思索自己以及别人生活的能力。这是一种虚幻的掌控感。"[2] 贺绍俊在《不许眨眼》一书的封底推荐语中说，"他用一种戏谑的方式去处理崇高，而不是否定崇高；他用一种民主的方式去迎接英雄，而不是颠覆英雄"[3]。

与茅盾、老舍一样，石一枫的意图是建设性的。他想以文学的方式介入社会改造。"文学对于我来说是一项有关价值观的工作。当被

---

[1] 李云雷：《全球化时代的"失败青年"》，《文艺报》2016年3月25日。
[2] 石一枫：《不许眨眼》后记，西安：太白文艺出版社，2014年，第300页。
[3] 石一枫：《不许眨眼》封底推荐语，西安：太白文艺出版社，2014年。

社会结构和生存状态所决定的、世俗层面的价值观不那么善良,不那么符合人性的时候,也就是文学的入场之时。它退则可以为人们提供精神的偏安一隅,进则可以实现马克思所言的'不是认识世界,而是改造世界'——尽管它在现实生活中的影响已经远不如上世纪八九十年代。"[1]

认识到这一点需要一个过程。蒋峰和石一枫早期都是现代主义小说的粉丝,都有模仿自己喜爱的作家的过程。西方影响在当下作家中是普遍现象。我曾随机问过几位年轻作家,谁是对他们影响最大的外国作家,得到的答案不约而同都是——卡佛。越往后,蒋峰和石一枫的方向有了不同。石一枫对西方现代经典的质疑越来越大,"翻译过外国小说,我对于所谓世界文学对中国文学的指导意义更加怀疑了"[2]。

石一枫说过,他已出版的5部长篇小说,都是"自我训练,自我准备""为以后更有分量的作品做铺垫"。他在找感觉,找方向。蒋峰的重点放在故事的完美上,他在一个创作谈中说,"我有开头选择恐惧症。一个故事从哪句话下手,从人物的哪个状态,高位俯拍还是低位仰拍?这些都会令我焦虑……每一部作品,长篇及短篇,开始阶段我都会写上5个10000多字的开头,仔细想想哪条路更适合我走下去"[3]。石一枫的现实三部曲说明,他找到了自己的道路,那就是向传统取法,写社会问题,致敬现实主义。谈到《世间已无陈金芳》的创作,石一枫说:"最大的经验就是能把个人叙述的风格与作家的社会责任统一起

---

[1] 石一枫:《不许眨眼》后记,西安:太白文艺出版社,2014年,第301页。
[2] 李云雷、石一枫:《"文学的总结"应是千人千面的》,《创作与评论》2015年第10期。
[3] 蒋峰:《永远不要从开头写起》,《文艺报》2013年10月26日。

来……不能仅限于为了艺术而艺术，为了风格而风格地玩儿技巧。"[1]

质疑西方的同时，回到中国现代"传统"，这是石一枫明确的努力方向，反潮流意味十足。20世纪90年代以来，沈从文、张爱玲一类的作家成为年轻作家的座上常客，而茅盾、老舍早就被打入了冷宫。这当然和哈佛教授夏自清的重写文学史、重排大师座次有关，但也与市场化、全球化时代告别革命的意识形态灌输密切相连。人们已经失去了总体性的冲动和把握大历史的愿望，写出"真实"的个人，成为几代作家垄断性的心理。很少有人再会像柳青、赵树理、茅盾那样去把握时代整体。人们似乎在潜意识中确立了这样两个公式：

茅盾 = 总体 = 阶级论 = 陈旧 = 虚假
张爱玲 = 个人 = 人性论 = 新鲜 = 真实

我相信，在相当多的年轻作家中，在70后、80后、90后作家心目中，都认同这样的公式。石一枫试图推翻这个公式，重新导入社会总体的新参数。向中国现代文学老派的创作方法借力，老老实实"刻画出一个让读者觉得在现实生活中'确实有这么一号'的人物"，他知道"这样的创作观念很传统，在许多老一辈作家的作品中曾经行之有效"。"也就是在这种想法的支撑下，我坚持把《特别能战斗》里面的苗秀华呈现了出来。"[2] "我文学的观念这几年变得越来越传统了……我觉得现实主义永远也不会过时，永远有活力，但想要让现实主义焕发

---

[1] 李云雷、石一枫：《"文学的总结"应是千人千面的》，《创作与评论》2015年第10期。
[2] 石一枫：《关于〈特别能战斗〉》，《北京文学中篇小说月报》2016年第5期。

出他应有的光芒，这个难度太大了。"[1]

不迷信西方现代主义经典，向中国传统老派借鉴，反映了石一枫对小说性质、功能、价值以及创作方法的一系列思考。在中西写法之间玩跷跷板游戏的纠结在他已经不是问题，问题只在于思考中国的难度。"也正像你说过的茅盾的传统一样，我在这篇小说里有意识地梳理了当代中国社会的人物命运变化、阶层变化和社会经济变化。……我也希望能把这种写作的思路延续下去。如果说进行调整，我希望克服的是两个方面的障碍，第一是如何讲出唯独属于这个时代的中国人的命运，而非空洞、没有意义的'普世的故事'？第二就涉及到另外两个对我触动很大的外国作家了，一个是毛姆，一个是雨果。毛姆是个不折不扣的人精，他总是能洞若观火地洞悉人物的特质，对社会和人性做出聪明绝顶的判断。如果只看毛姆的小说，会觉得毛姆把一个作家应该施展的才华施展得淋漓尽致。但如果把毛姆和雨果进行一下比较，就会发现他们在境界上真是差着一个档次，雨果已经不局限于作家了，他几乎是一个圣徒。《悲惨世界》写得再啰嗦再生硬，那种境界也不是《月亮和六便士》能比拟的。这样的差别我能够看到，但我可能永远也迈不过去，跟一只扒着窗台窜不进屋里的猫似的。从这个意义上来说，我对自己的写作也是灰心失望的，从骨子里有一种悲观和自我鄙夷。"

三、结论：从新技术主义走向新现实主义

石一枫与蒋峰的写作比较表明，两代作家正在20世纪80年代先锋小说的阴影下突围，一部分转向现实，一部分转向传奇；一部分转向思想，一部分转向技术。这种转向，突出地表现在他们对历史的理

---

[1] 李云雷、石一枫：《"文学的总结"应是千人千面的》，《创作与评论》2015年10期。

解和调用上。石一枫《特别能战斗》和蒋峰《翻案》是两个代表性文本。《特别能战斗》旨在反思当代"闹事"的性格与"文化大革命"的联系,是深刻的历史反思。《翻案》在于抽空历史的具体内涵,思考命运的哲学含义。《翻案》中的国民党警察局长薛至武,为什么能躲过一次又一次的政治运动,小说并没有给予交代。历史最终又让位于偶然性。许佳明命该如此,房芳命该如此,于勒命该如此。这和安小男的抗争、陈金芳的抗争、苗秀华的抗争完全不同。这种不同,并非源于写作技术或者追求风格的不同,而是源于思想的不同。石一枫思考社会,蒋峰思考小说。面对年青一代的失败,蒋峰是绝望的,石一枫则留有希望。石一枫的思想力量表现在不服输、不认输。他要挑战时代的主流意识,那就是安小男对李牧光的胜利,苗秀华对单位、对物业的胜利,尽管这些胜利道德上可疑,有精神瑕疵,但迈出了积极抗争的一步。抗争而不是认同,是我们时代最稀缺也最宝贵的品质。这个小说的能动性、创造性溢于字里行间,在弥漫当下小说的悲观气息之外,平添了一种昂扬气息。这种气息,我在红日《报道》、刘洋《单孔衍射》、宋小词《开屏》等作品里看到了。"《地球之眼》止住了失败者叙事对绝望沮丧情绪的宣泄,并提醒着我们:在庞大的社会机器面前,个体不是只能悲观绝望地等待宿命的抉择,我们还拥有主动选择的权利。……我们都是一些孱弱无力的蝼蚁,但通过某种阴差阳错的方式,蝼蚁也能钻过现实厚重的铠甲缝隙,在最嫩的肉上狠狠地咬上一口。"[1]

(原载《创作与评论》2016 年第 11 期)

---

[1] 曾于里:《超越"失败者叙事"——从石一枫的两个中篇说起》,《文学报》2016 年 6 月 16 日。

一个人想说出时代

——论徐则臣《耶路撒冷》

《耶路撒冷》是迄今为止徐则臣体量最大的写作，既有集大成意味，也有先锋实验倾向；既不乏灵动广阔的现实触摸，也闪烁着高蹈飘逸的精神烛照。而后者显然是区别于绝大多数写作的重要品相，即使放在当代最优秀的大部头中间也不丢人。这个长达509页的大部头自2014年3月出版以来，就受到了热切关注。诸多媒体纷纷聚焦于徐则臣这位70后代表性作家，翻检他的创作家底和最新成果。国内最重要的两个文学奖，鲁迅文学奖和老舍文学奖，在前后不到两个月时间里，都毫不吝啬地将荣誉给予了徐则臣。资深的、年轻的，几乎所有活跃的重量级批评家都对作品发表了看法。这样热闹的局面在近几年长篇小说创作中并不多见。

但是，就至今我读到的评价来看，对这部长篇小说的认识恐怕才刚刚开始，诸多方面有待深入探讨。特别是它细密、繁复、广阔的叙述，还有许多话题可以展开。比如，俯拾皆是的俏皮话，是否可以看作徐则臣独特的语言风格，这些俏皮话如何与忏悔、救赎这样严肃的命题和谐相处；"恐惧"成为一个章节标题的用意，"恐惧"话语在当下应当怎样理解。这一章有这样一个例子，一位70后旅游公司副总在接受名为"恐惧"的学术调查时说,"我对偶然性有种神经质的惧怕"[1],另一位接受调查的艺术家则说,"谁说小恐惧就一定不是大恐惧呢"[2]。这些叙述既是感觉层面的,也有哲学层面的,它们是不是当代中国新的精神问题?反正我把这两句话当成诗句。文学之所以是文学,而不是社会调查,就在于它不一定以实事为据,而以求似取胜。又比如,"凤凰男"一章,新婚城市女孩会认为,接个电话会影响她们的家庭生活。类似这样细微的新经验叙事此起彼伏,仿佛徐徐展开的涟漪,使整部书跃动如一面风致别具的湖水。再比如,童年记忆的作用和位置,铜钱的傻和景天赐的死,是否可以在心理学范畴中得到更好的解释?再有就是,如何看待易长安逃亡过程中的"纵欲"叙述,它与全书的严肃主题是否构成了一种不同于张贤亮式的新的灵与肉关系。类似这样的问题还有不少,我都没来得及消化,未找到满意的解释,只好期待贤者。本文仅就徐则臣在精神价值层面和当下时代形成的对话关系,做一点儿浅显探讨。

一、拦火车:重估梦想的语境和价值

《耶路撒冷》提出了我们时代新的精神问题。忏悔、赎罪、感恩、反思。我们是否具备这样的能力?这个时代是否需要这样的精神能力?换句话说,我们能否从吃喝拉撒的日常生活中抽身出来,从赚钱、打拼、郁闷、无聊、挣扎、愤怒的乱如麻团的生存状态中抽身出来,反观我们所生活的世界和日子?

在《耶路撒冷》第247页,塞缪尔教授邀请初平阳前去耶路撒冷希伯来大学社会科学学院做访问学者,塞教授在电子邮件中说,"你还

---

[1] 徐则臣:《耶路撒冷》,北京:十月文艺出版社,2024年,第358页。
[2] 徐则臣:《耶路撒冷》,北京:十月文艺出版社,2024年,第359页。

有忏悔、赎罪、感恩和反思的能力。在今天，具备这种能力的年轻人何其之少，在世界各国都如此，中国大概也不能例外。非常好，真的，非常之好！来吧，年轻人，我和耶路撒冷一起欢迎你！"这当然是徐则臣的想象，但这段话流露的热情和兴奋却不是想象，我宁愿将它看成徐则臣真实的内心活动，或者说梦想。他梦想有这么一种国际交流，精神层面的，与整天充斥于我们耳目的国际纷争、武力威胁、暴力残害完全不同的人类关系。这种关系极其类似于中国传统的钟子期、俞伯牙式的知音关系，一种令人梦寐以求的美妙的精神对话关系。有这种能力的年轻人何其之少！有这种能力的国家又是何其之少！徐则臣的问题首先是个人问题，然后也是世界问题。小说从淮海到北京，从中国到中东，从一百年前到一百年后，纵横捭阖的时空中所纺织的，恰是世界中的中国，中国连着的世界。所谓"世界各国都如此"，正指向一个不折不扣的全球化时代。

　　梦想的价值有时候不在于它的可能性，而在于它的梦想性本身。美梦是假的，但人生不能无美梦。梦想是美的、积极的，因此，是必要的。我们太过沉溺于世俗生活的沉重、困扰和纠缠，我们的文学也太过沉溺于世俗生活的沉重、困扰和纠缠，我们已经有相当长的时间把梦想淡忘了。我们真的连好莱坞都不如。他们是梦工厂，我们只有工厂。在当下的文学实践中，故意淡忘梦想成为一种标榜现实、"我在此处"的生活哲学秀，好像作品追求梦想就是虚伪一样。看看泛滥着的口水诗，看看海量的关于日常生活的小说，看看那些无穷无尽地对客厅、卧室、床笫、厨房等私密空间的描绘，就会明白当下的文学空间是多么狭小、多么务实。一生为一所房子所累，为一个情人所累，为一个职位所困，为一支股票所困，我们在小说中的梦想是多么可悲。小说有物质性，也应有精神性。可它的精神性在哪里呢？"不义而富且贵，于我如浮云"（《论语·述而》）、"天生我材必有用，千金散尽还复来"、"安得广厦千万间，大庇天下寒士俱欢颜"的气度在哪里呢？

嵌入式专栏是理解这部小说精神探索的重要部分。这种以不同于正文宋体而采用楷书字体排版呈现的叙述，以副题形式出现在每个正题章节的后面，如"初平阳"一章后面是"到世界去"，"舒袖"后面是"一半是海水，一半是火焰"，"易长安"后面是"这么早就开始回忆了"，有点交响乐里的协奏曲的味道。它在正文/物质叙事的结构之外，又创造了一种辅文/精神叙事的空间，是在对称结构（后文将提到）之外的又一个结构特点，起到一种烘托、补充和阐释作用。这些章节交代在正题章节中不易或不便出现的叙述，特别是一些近于托尔斯泰式的议论，比如对于社会热点、焦点、难点或新事物、新经验的关注和讨论。在"到世界去"这个专栏中，集中展示了各式各样好玩、奇特的想象世界的方式：大串联（这是社会主义中国独特的历史经验），乡下的母亲以抢电视遥控器的方式来满足对首都北京的向往（这是城乡差别语境中独特的中国经验），老同志不相信一架钢铁制造的巨大房屋，可以在天上连续飞上13个小时之后，到达美国的城市而掉不下来，他们想知道这东西到底是怎么就能跟世界建立起联系的（这是现代性语境中落伍的中国之表征），还有我们更闻所未闻的新鲜事："一个村庄的人都被遥远的想象弄得躁动不安，每次火车将至，他们就站在村边的泥土高台上，看它荒凉地来，又匆忙地去，你怎么招手它都不会停下。"[1]最惊人的是，为了让火车停下，一个拉平板车的年轻人走上铁轨，"火车的确停下来了，那个年轻人死了"[2]。当这些叙事凑在一起时，它还是现代传奇吗？我觉得不纯是。它可能正是被我们忽略的中国现实，至少是一部分现实。当年《哦，香雪》所传达的偏远山村对外界、对现代文明的渴望或许依然存在，只不过面对日益现代化了的主流想象已经不那么突出罢了。徐则臣想说的是，这恰恰是当代中国的奇观，是大飞机文明与拦火车愚昧交织的中国，是更为复杂、更

---

[1] 徐则臣：《耶路撒冷》，北京：十月文艺出版社，2024年，第32页。
[2] 徐则臣：《耶路撒冷》，北京：十月文艺出版社，2024年，第33页。

为传奇的中国,"想一个'到世界去'的大问题"[1]的人依然存在。火车或许修通了,甚至高铁修到了家门前,但是,一个人如何在精神上抵达现代?徐则臣想从这看似朴素、可笑的现象中提取时代精神的新命题。这个命题对谁都可能构成挑战,无论他生活在乡下还是城市,无论他坐着飞机还是坐着马车、牛车。

徐则臣之所以有这样的思考,是因为他的小说永远在路上。

二、在路上:流动时代人的宿命或乌托邦旅程

在路上,是《耶路撒冷》的一个重要主题,也是它的几个重要人物的生存状态,甚至是宿命。杨杰奔波在发财路上,易长安逃亡在路上,初平阳孜孜在求学路上,秦福小苦苦在流浪的路上。在路上,是理解他的重要线索。留心一下徐则臣的作品标题就可以发现,他老在表达"出走""到世界去"的冲动。《三人行》《雪夜访戴》《长途》《轮子是圆的》《跑步穿过中关村》《这些年我一直在路上》《夜火车》。这些作品许多会涉及这样的场景:一个人像河水一样在漂泊流动,或者像火车和汽车乘客一样辗转不定,忽然又在某个地方下车,站定、眺望、遥想。移步换景中,有变幻着的人情世故,也有变幻着的心理状态。"我就想有辆车……到没人的路上随便跑。一直跑。"[2](《轮子是圆的》)《这些年我一直在路上》开头第一句便是"车到南京,咳嗽终于开始猛烈发作"。再看长篇小说《夜火车》里陈木年大学毕业时的心态:"他就是想出去走走,走得越远越好,到一个陌生的地方,看那些从没见过的人和事。最好是白天步行,晚上扒火车,不要钱的那种火

---

[1] 徐则臣:《耶路撒冷》,北京:十月文艺出版社,2024年,第33页。
[2] 徐则臣:《轮子是圆的》,《通往乌托邦的旅程》,北京:昆仑出版社,2013年,第220页。

车，如同失去目标的子弹那样穿过黑夜。"[1]这些不单纯是虚构，与徐则臣自身的火车情结相关。在一篇类似于自传的文章中，他写道："多年前我向往能在铁轨上走来走去，一脚踩上一根，张开双臂，一直沿着寂静的原野走到铁路的尽头，最好是隐隐能够听到火车的吼叫在身后追赶……三十多年来，这个念头伴随了我的火车旅程的始终。"[2]如果说，童年时代的出走愿望仅仅是一种少不更事的冲动，和对外面世界的好奇，那么，多年以后，随着阅历的增加，这种愿望便包含越来越多的内容，对原有空间的不满、对平庸生活的厌恶、对束缚的反感、对自由的向往、摆脱生活困境的挣扎、寻求新机遇的努力、对城市及整个世俗社会的厌倦、对漫漫人生的神秘感的探求、对于乌托邦世界的难以抵挡的渴望，等等。用他的一本书的标题来概括这种冲动便是，"通往乌托邦的旅程"。所谓流动时代，不用谈什么高深的理论，想一想史无前例的春运就可以明白。这是960万平方公里国家大市场的分工，和高速发展的加工制造业、交通运输业合力创造的劳动力转移所带来的世界奇观。难道我们不是总在路上吗？

出走，在路上，到世界去，构成徐则臣小说一脉相承的主题，越来越呈现出精神向度和哲学意味。这些心理并非徐则臣特殊的个人心理，它是许多人的心灵映象，是徐则臣力图借以呈现当代中国社会精神状况的全景式构思。这些小说呈现的五花八门、眼花缭乱的世间百态，恰恰折射了"70后"一代人的精神世界。他们随着中国社会的巨大变迁而变迁，他们跻身于全世界最庞大的流动人群中间，在城市与乡村之间、富裕与贫穷之间、繁华与荒凉之间、现代与传统之间来回奔波、挣扎、闯荡、打拼，正如易长安、杨杰、初平阳、秦福小、舒

---

[1] 徐则臣：《夜火车》，广州：花城出版社，2009年，第11页。
[2] 徐则臣：《通往乌托邦的旅程》，北京：昆仑出版社，2013年，第32页。

袖们的奔波、挣扎、闯荡、打拼一样。徐则臣试图以这些多样的身份形象来概括纷繁复杂的中国社会诸多阶层的生活体验与文化诉求，呈现出相当大的写作雄心。李云雷认为《耶路撒冷》"是徐则臣的野心之作"[1]，这个观点非常有见地。细心的读者应该能体会到《耶路撒冷》在设置人物方面的苦心。全书是一个对称结构，以少年自杀的景天赐为中心，初平阳、舒袖、易长安、秦福小、杨杰的叙述对称排列，他们的身份可视为不同社会阶层的代表。由师范大学教师辞职而到北大读社会学博士的初平阳是知识分子；卖假证的易长安是市场经济中的不法分子；先参军后转业做水晶生意的老板杨杰是成功商人的典型，算这个社会的新富阶层或成功人士；跑遍大江南北最后落脚北京的秦福小是进城打工者，属于底层民众；舒袖是初平阳的前女友、现地方富豪周至诚的太太，可以视为全职太太的代表，她的成家立业和秦福小的四处漂泊构成两种不同的女性形象。虽然都不是呼风唤雨的大人物，但作为遍布中国社会城乡的几个重要阶层形象，这几个人物有很大的代表性。他们的喜怒哀乐和精神世界，部分地折射当下中国社会的喜怒哀乐和精神世界。再加上以插入式专栏出现的当代描绘，加上那里边的各式人等，如15张不同的脸，妓女的脸、嫖客的脸、地产商的脸、青年作家的脸、杀人犯的脸、IT精英的脸等，如与"恐惧"调查有关的赵甲、钱乙、孙丙、李丁、郑庚、王辛等符号式的小人物，当代中国社会阶层的丰富性和精神状况的复杂性就清晰显现了。这显然是一个庞大的工程，是徐则臣写作野心的重要见证。那个杀人犯的脸让我过目难忘，让我想起近年来频发的袭警案："他在法庭上唯一的一句话就是：'我不能无节制地妥协。'所以，他拿菜刀砍了那个每周都要上门收保护费的家伙。他就是个卖熟食的，煮点牛肚和五香猪头肉，

---

[1] 李云雷：《70后的"小史诗"》，《北京青年报》2014年5月16日。

再加上老婆拌的几样凉菜在街头卖。挣的钱都不够交保护费的。他去街道告，去派出所告，没用，那家伙上头有人，有一天还带人调戏了他老婆。……那家伙在自己脖子上比划了一下。他的刀就怯怯地过去了。他只想吓吓他，给自己壮壮胆，但是那家伙没躲。刀很快，猪骨头都是一刀就开。"[1]这个案例是我们当下生活中最典型的案例之一，有着强烈的现实概括能力（同样类型的小说可参见弋舟《你的眼目遍察全地》）。暴力冲突在这里是以嵌入式边脚料"报纸专栏"的面目出现的，但它并非可有可无，它构成了全书当代中国社会扫描图的有机部分。一方面，我非常看重徐则臣赋予底层关怀全新的形式，一直以来束手束脚、老实巴交的"底层写作"终于有了自由飞翔的哲学意味。徐则臣拓展了描绘世界的方法。另一方面，我更看重的依然是徐则臣的精神追问。他仿佛在问：这个人的暴力与我们有无关系？如果我们是他，是否会选择杀人？我可以随处感受到，在《耶路撒冷》的每个案例后边，在那些形形色色的痛苦的灵魂后面，都携带着一个巨大的问号：我们是否应该忏悔、赎罪、感恩、反思？这个时代是否需要这样的精神能力？

　　徐则臣从狭小的私人空间里走了出来，行走在大时代的路上。《耶路撒冷》呈现了人们在路上的状态和精神。从"故乡"花街走出来，从少年时代走出来，从计划经济的 70 年代走出来。以各种各样的人生角度观察世界，以水晶老板杨杰的商业经营方式，以读书人初平阳的北上求学方式，以易长安辗转各地做假证的方式，以秦福小奔波在全国各地打工求生存的方式。他们都是徐则臣的化身，他们也是我们。徐则臣奔走着许多人的奔赴，打拼着许多人的打拼，梦想着许多人的梦想。因此，他的小说既与这个时代有了千丝万缕的血肉联系，也表达着"70 后"一代对世界的独特体验和观察。他来了，他看见，他

---

[1] 徐则臣：《耶路撒冷》，北京：十月文艺出版社，2024 年，第 254 页。

说出。

三、"耶路撒冷":重启另类的世界之旅

《耶路撒冷》不乏物质生活的层面,但更进了一步。徐则臣重点探讨的是,人的精神和灵魂问题:"人都是要死的,问题是,他因为什么死了?固然是天赐自己割了血管,因秦福小嘘了一声,但你无法抹掉你所隐瞒的十分钟,因为你可以救他。没有及时阻止正在消失的生命,算不算凶手?很多年里你都在想这个问题。"[1]同样针对天赐的自杀,老板杨杰这样自责:"他一直都喜欢关羽和他的青龙偃月刀。这些年我都觉得是我杀死了天赐。"杨杰说的声音沉下来。"我的一点小虚荣害了天赐。"[2]《耶路撒冷》提出的问题,显示出徐则臣的思想能力,代表了"70后"作家所能达到的精神高度。祖传的大和堂的出卖,易培卿的老宅的拆迁,运河景观带的建设,翠宝宝纪念馆的酝酿,是物质问题也是精神问题。我们如何面对这些多少有些匪夷所思却又不无现实依据的新事物、新现象?在这里,徐则臣提出了自己的疑问,《耶路撒冷》使我感到一种久违的心灵交流的喜悦。

在图像和网络联手横行霸道的新媒体时代,已经很少有真正意义上的心灵对话,很少有精神碰撞。一部作品还在襁褓中时,它已经被出版和市场绑架了。一幅少女的油画,她还在头脑中怀孕时,已经被商业时尚玷污了。写作首先要面对心灵,这个原本最朴素、最简单的原则,在市场时代变得艰难起来。对于许多老到的写作者来说,技艺不足为虑,但心灵的敞开始终是个难题。心灵,真正的心灵,困扰我们的心灵,在多大意义上能够成为被市场接受的话题?

"到世界去"是全书的点睛之语。所谓到"耶路撒冷"去,其实就

---

1 徐则臣:《耶路撒冷》,北京:十月文艺出版社,2024 年,第 246 页。
2 徐则臣:《耶路撒冷》,北京:十月文艺出版社,2024 年,第 298 页。

是到精神信仰层面去，到与物质世界相反的精神世界去。小说异想天开地为我们展开了另一种全球化想象，有着强烈的对世俗化的反思和对全球美国化的反拨。"耶路撒冷"具有高度的文化象征性。当下中国走向世界有多样的方式。欧洲10日游数万块钱就能成行。中国人行走在世界各地。在纽约购物，在非洲施工，在加拿大定居，在意大利被抢，在塞班岛生孩子，在马尔代夫游泳，在世界各地观光、炒房、炫富、插队、喧闹。百年前的"华人与狗不得入内"，变成了现在的华人与钱满世界晃荡。此外，莫言获奖、姚明扣篮、刘翔跑步、郎朗弹琴、李娜打球，这些不断出现的经济事件和文化事件，持续地填充人们日益高涨的走向世界的想象空白。与此同时，中国的发展方式不断遭到质疑。巨大的能源消耗，人口红利的消失，血汗工厂的残酷压榨，土地财政的疯狂扩张，越来越多的负面效应显现出来。快速发展的中国，问题层出的中国，步入了前所未有的历史。当中国频繁地遭遇世界，也会不断遭遇如下提问：除了钱，中国还能贡献什么？《耶路撒冷》正是在这样的大背景下面世的。它特别让我关注的问题是，在物质中国不断走向世界的过程中，精神中国该走向何处？何处安放我们的心灵？中国是否能够在信仰的层面上与世界对话？这是徐则臣6年思考的问题。难怪孟繁华说，"他敢于直面这个时代的精神难题，也是我们普遍遭遇的精神难题"[1]。

小说围绕景天赐的自杀，几个同龄孩子展开了漫长的心灵自剖和精神追问。虽然他们不是法律意义上的杀人者，但他们都不同程度地意识到与这起自杀事件的关联，特别是心灵上的关联。老板杨杰认为，天赐自杀的那把手术刀是他送的，天赐用这把刀割开了自己的手腕，失血过多而死。秦福小是天赐的亲姐姐，在天赐割开手腕的时候，福小犹豫了一会儿。天赐没有了之后，福小才发觉自己错得有多严重，

---

[1] 参见《直面一代人的精神难题》，《北京晨报》2014年11月21日。

于是她离开了家，一个人到各地流浪。直到 19 年后，她收养了一个弃儿天送，他们都认为天送就是天赐的转世。社会学博士初平阳也看到了天赐的割腕，但他没有在第一时间喊出来，丧失了一次救人机会，成为他心中永远的痛。"没有及时阻止正在消失的生命，算不算凶手？很多年里你都在想这个问题。"徐则臣提出的这个问题是当下社会的短板，特别突兀，因而也特别重要。《耶路撒冷》正是围绕景天赐这样一个草根小人物自杀这种"本不起眼"的事件，结构了不同人物的命运和精神历程。核心是初平阳等几个童年小伙伴，外围是秦奶奶、齐苏红等故乡人物，再外层是北京大都市的众生，再外层是来自欧洲的犹太人家族、知识分子，再外层是"我们"、所有人。《耶路撒冷》建造了一种形散神聚的星云结构，各个层面的旋转集结皆指向一个方向，这就是草根小人物的精神和信仰问题。小人物身上有大问题。用小说中典型的说法是，我不收藏瓷器，我收藏人的脸。脸成为关注精神的隐喻。小说的潜台词似乎是，中国要真正走向世界，应当从精神信仰层面展开与世界的对话，而不是仅仅拿着钱到全世界晃荡。因此，《耶路撒冷》具有一种可贵的前瞻性品质。

《耶路撒冷》在轻松戏谑的表面之下掩藏着悲壮的努力，在形而下的澡盆中泡着一个形而上的婴儿。它试图在贫富分化、共识破裂的时代找到共识。精神信仰正是这样的"共识"。草根小人物的精神困惑正是中国现实困惑的曲折表达。正是因为贫富分化的加剧，大量复杂纠缠的社会痼疾的出现，才导致人们认识的困惑，进而出现信仰的缺失。近年来不断有小说触及中国人的信仰问题。刘震云的《一句顶一万句》借杨摩西之口，说出了一位中国农民对精神归宿的强烈而朴素的追寻，他一生都在追问那个西方传教士带给他的问题：我从哪里来，到哪里去。毛建军的《第三日》呈现了农民信仰基督教成风的现象。因穷信教、因病信教成为重要原因。在当下的生活当中，信教成了时尚并非真相，真相是社会问题以一种时尚的方式表现出来，这正是精神危机的暧昧之处。《耶路撒冷》不是从贫病交加来提出问题，而是从死亡来思考信仰。它超前了一步。他人的死我们有无责任？这样一个形而上的问题，虽然有些超前，但对"事不关己，高高挂起"的当下国人来说是当头棒喝。建构一种普遍缺乏的灵魂追问、忏悔自觉，成为小说最重要的动力。秦奶奶、斜教堂、犹太人与中国人相同的命运，对屠杀的憎恨，对和平的向往，对二战纳粹和"文化大革命"的"共同"回忆与重述，都在忏悔意识这一精神层面上找到了"共识"，这个共识超越国界，超越阶层，也超越美国化，是另类走向世界的文化想象。之所以说悲壮，是因为作者在清醒地认识到残酷的现实世俗化前提下仍坚持理想主义的精神诉求。

如前文所述，徐则臣清楚地知道现实的复杂与庸俗。小说有关大和堂的激烈争夺、易长安渗透警界的假证业务、牵涉面广的运河风光带建设、妓女翠宝宝纪念馆的立项等世俗化呈现，特别是舒袖离开博士初平阳最终嫁给开发商这一极具当下性的叙事，都增加了小说的在场感，避免了形而上的危险。小说中有这样一句判断，能代表徐则臣对中国问题认识的深刻："'穷地方只会产生苛政。'初平阳说，'哪有什么桃花源。'"[1]徐则臣不会不知道全世界存在的阶级分化、种族隔离、性别歧视，不会认识不到当下中国存在的贫富分化、共识破裂和市场价值对人性的挤压。早在《啊北京》《跑步穿过中关村》《逆时针》这些作品中，就已经表达了他对现实的清醒认识。长篇小说《夜火车》甚至带有悲观色彩。主人公陈木年学术上找不着北，生活上找不着北，爱情上也找不着北，政治上就连边都不沾了。他生活在一张看不见的大网之中，一次次地想逃离，"他甚至希望，有朝一日能和火车并肩散步"。然而，到《耶路撒冷》的初平阳，似乎有了转机和亮色。初平阳

---

[1] 徐则臣：《耶路撒冷》，北京：十月文艺出版社，2024年，第477页。

设想一种与世俗流行的美国化完全不同的心灵救赎方向，这就是"到世界去"，到"耶路撒冷"去。不像那些自欺欺人的新田园主义那样退隐到故乡山林，也不像全盘西化的自由主义者那样投入美国怀抱，而是将目光转向一个非常不主流的文化能指"耶路撒冷"。"耶路撒冷"被涂上希望之光，被寄予厚望。这不能不说是一种悲壮的文化想象。小说结尾部分有一段话："我知道这个以色列最贫困的大城市事实上并不太平。但对我来说：她更是一个抽象的、有着高度象征意味的精神寓所；这个城市里没有犹太人和阿拉伯人的争斗。穆斯林、基督徒和犹太教徒，以及世俗犹太人、正宗犹太人和超级正宗犹太人，还有东方犹太人和欧洲犹太人，他们对我来说没有区别，甚至没有宗教和派别，有的只是信仰、精神的出路和人之初的心安。"

我将初平阳的自白看成徐则臣的自白。

徐则臣自出道以来，始终没有放弃理想主义的冲动。挣脱世俗世界的束缚，奔向理想之所，是他创作道路中绵延不绝的线索。他在《夜火车》中与火车并肩散步，他欲阅尽人间的《长途》，他的《跑步穿过中关村》，都贯穿了这样的冲动。这一次的《耶路撒冷》，他又义无反顾地走向一个去美国化的全球化世界，开启另类的世界之旅。

（原载《新文学评论》2015 年第 1 期）

打开一座村庄呈现中国

——读梁鸿《中国在梁庄》《出梁庄记》

一、呈现中国与阐释中国

20世纪90年代以来,学术界一直有阐释中国的焦虑。在全球化和市场化共同作用下的中国发生了千年未有之变,令人眼花缭乱。大转型、后革命、后工业、后现代、后冷战、消费文化时代,对这个时代的种种理论概括不一而足。在我看来,"呈现中国"的焦虑也同样存在。是《超级女声》的中国吗,是《杜拉拉升职记》的中国吗,是《小时代》的中国吗,还是格格版、房奴版、《蜗居》版、《心术》版、宫斗版抑或春晚版、网络春晚版、打工春晚版的中国?相信13亿中国人至少有一百万版中国。要阐释中国,恐怕先要呈现中国。呈现中国是阐释中国的必要准备。也可以说,呈现中国就是一种对中国的阐释。梁鸿的这两部著作既是"阐释中国"焦虑的表征,也是"呈现中国"的尝试。她从一座村庄打开了中国,同时,还打开了一种写作方式,一种人生态度。比如,写作何为、人生何为、文学是什么、文学与社会的关系、纪实与虚构的关系,直至现实主义是什么、农村怎样、农民怎样、进城务工的农民怎样、中国怎样等这些实践或理论层面的问题都牵扯到了。两部著作试图回答这样一个总问题：中国是什么样的。两书的特点，除了强烈的现实关怀，还包含着对文学理论和写作观念的一系列对话关系。这是突破学科界限、文体界限的写作，是一次短路的写作，许多理论上的、实践中的弯弯绕在此显得多余。对于许多专业人士来说，这两部书到底是文学还是社会学，是报告文学、纪实文学还是虚构作品、小说，在呈现中国的关怀下已经不重要了。

"呈现中国"是两书最显著的用意。作者以绵密的针脚、辽阔的画面，将当下中国的"现实"呈现出来。这种感觉是如此强烈，有一种集大成的意味，比媒体报道更深入，比影像叙事更全面，比小说写作更真实。有朋友跟我聊天，谈起对这部书的感觉时说，许多方面的现象已经在其他媒体，比如新闻里边看到过，超出想象的东西和经验并不太多。这样的感觉或许不少人都会有，但若仔细琢磨就会发现，这种似曾相识的阅读感受，恰恰证明了梁鸿的观察和叙述效果。也就是说，她"呈现中国"的努力已经大见成效。两书问世以来获得的许多奖项能说明些问题。在大众层面的传播也能说明，她的"呈现中国"已经越出了圈子的范围。2014年春节我回太原，在动车上的一本《旅伴》杂志中看到《中国在梁庄》的一大篇文章被转载。80后作家笛安主编的《文艺风赏》2014年第3、4两期连载了梁鸿和笛安的对话。《旅伴》和《文艺风赏》的定位完全不同，《旅伴》是旅游类消遣型杂志，《文艺风赏》带有浓郁小资风格和时尚色彩，时尚杂志关注严肃写作，这种学术混搭完全超乎我的经验。但这并非坏事，反倒证明梁鸿的写作将严肃的观察思考与大众的消费趣味结合在了一起。据我所知，许多学院派学术，包括那些实践性指向非常强的学术，都存在一个裹足于象牙塔的局限，不为公众所知。最近又看到受众可观的凤凰网读书频道做了一期梁鸿的专题。这些事实证明，梁鸿的"呈现中国"正在重构大众的中国想象。

《中国在梁庄》从梁鸿故乡农村的社会状况来折射中国。《出梁庄记》以梁庄在全国各地（包括其他几个国家）打工的农民的经历来呈现中国。两著一内一外，互为掎角，以小见大，辩证统一，构成一部"呈现中国"的大全。每一个个案都指向中国。局部与整体的关系处理得非常好，表面是局部，是一个个个人，同时又是总体，是众数。既呈现个人，又指向群体，个人的即社会的，社会的即个人的，读者很难将二者截然分开。如果是写作的行家里手，应该能体会到梁鸿的功力。她制造了一种细腻绵长的辽远感，能充分还原个人在中国的感觉，透露出一种横跨时空的野心。当然，不只是打工者生活的时空呈现，还顾及生命及其源头的总体观照。时空的流淌和绵延，是这两部书的重要特征。合上书之后，它们仍然在流淌。

"从梁庄出发，可以看到中国的形象。"书一开始的这句话，既是梁鸿写作的追求，也是她的野心。"呈现中国"需要大气魄，特别是想借一个村庄来回答中国农村的问题。这样的写作并非首次。我们所熟悉的鲁迅、赵树理、柳青、贾平凹、莫言等作家的现代性书写，都像山峰一样成为梁鸿前进的障碍。但是，梁鸿没有被这些高山所阻挡。她说，故乡是一个民族的子宫。她写出了中国的血肉之感。对于中国这样一个以农民为主体的国家来说，梁鸿的视角特别有效。每个人心目中都会有一个中国形象，但是，将这个形象呈现出来，并取得广泛的认可不是易事。我看过许多对中国的描绘，满意之作不多，总会觉得哪点不像，哪个判断不准确，哪方面完全错误。这些想法是如此明确，以至于我有时候怀疑自己是不是太自信，太武断。但无论如何，这些感觉并不能抵消阅读的遗憾。李云雷针对《中国在梁庄》提了三个"三座大山"似的问题，如何理解农村，如何理解时代，需要什么样的文学。这三个问题立体化地相互缠绕，浑然构成了文学、个人与社会的对质关系，实际上也是对梁鸿攀登高峰的考验。农村也好，社会也好，时代也好，随便哪一个都是顶天立地的海拔，非轻易可越。同时，他们都不是作为与写作者无关的研究对象、描写对象而存在的，不是学术意义或文学意义上的对象，而是写作者自我和内心必须诉诸于其中的，必须赖以生存的土地和环境，是无法离弃的故乡。梁鸿呈现了三十多年来乡村中国之种种，温厚的故乡，淳朴的故乡，耕种的故乡，医疗的故乡，拆迁的故乡，教育的故乡，荒芜的故乡，冷清的故乡，衰败的故乡；留守的乡亲，进城的乡亲，打拼的乡亲，辗转的乡亲，抱团的乡亲，热情的乡亲，冷漠的乡亲，空虚的乡亲，势利的乡亲，无助的乡亲，堕落的乡亲，绝望的乡亲，可爱的乡亲，可恨的乡亲，真的是包罗万象，纷繁复杂，机遇与挑战同在，希望与绝望并存。综观两书，我觉得梁鸿的写作基本上成功越过李云雷提出的"三座大山"。

二、新的中国经验与现实感

"呈现中国"的一个重要指标是现实感。之所以不用"现实主义"这一概念，是因为现实主义是一个非常复杂且纠缠不清的问题。相比之下，现实感是更多诉诸于读者主观感受的一个范畴，更易把握。一部作品是否具有现实感，理论家和批评家可以定，读者更可以定。这两部著作具有强烈的现实感，这是为什么能引起广泛社会关注的重要原因。

现实感是通过个案达成的。这些个案凝聚了新的中国经验。他们不是美国经验、欧洲经验。《中国在梁庄》中的德仁寨是这方面很好的例子。德仁寨是农民进城生活的缩影，这里的生态包含了农民生活的各个方面。许多地方出乎我的想象，同时又不乏新的"中国农民"的主体形象：万立二哥所住的西安德仁寨，没有西安当地的居民，外来的农民鸠占鹊巢；长期住在城市却对城市有无比的敌意；死亡赔偿上巨大的城乡区别（城市姑娘三十多万，农村姑娘十几万）。如意旅社自制的绳子控制出水的热水器所表达的生活创造力、蹬三轮者高超的骑车技艺、拿铁棍当铃铛的中国农民创造，那种劳动的美学，以及为一块钱打架所表达的农民对于个人尊严的追求，对于收受贿赂的三轮车队管理队长一年挣几十万的艳羡所传达的农民的劣根性；二哥那种"打架必须参与，找人则与我无关"的分裂的心态；无处不在的食品造假，治理者和被治理者之间的默契；城市化与打工者之间的较量。此外，还有年利润几个亿的公司，年底的红包只有二十块钱！如果是闭门造车，很难想象能够造出这样的经验来。

两本书通过德仁寨这样的个案，提出了许多具有共性的中国经验。当然，这里所谓的经验，并不主要指向积极的经验，更多指向问题。

比如中国经济发展中的原罪问题，或者说新富阶层的合法性问题。在梁鸿提供的诸多个案中，要么送礼，找关系，要么坑蒙拐骗，要么依靠暴力或黑社会。为富不仁，这个似乎过气的概念用来描述当下中国新富阶层依然有效。富人和资本家在民众的眼中，从来就是为富不仁，从来就是一副地主恶霸的形象。新近出现的所谓"土豪""富二代""官二代"正是这种仇富、仇官心态的表征。这又回到《中国农民调查》中所涉及的老问题，经济发展不是完全依靠市场上的公平竞争，而往往依靠家族势力和利益集团。这是这两本书一个非常重要的内容。富二代、官二代、土豪这类新命名一方面是阶级记忆的复活，另一方面是大众对少数既得利益阶层的深刻怀疑。在中国，富人们很难获得比尔盖茨那样的社会声誉。

基层干部的心态问题。第六章《被围困的乡村政治》中《县委书记》一节，现实感特别强烈。这一节当然是梁鸿个人的观察，只是河南一个县委书记的陈述，而且这种陈述加上了梁鸿的摘编，并非原封不动。但是，我觉得这位县委书记如在眼前，栩栩如生，让我想起我接触过的一些基层干部，特别有水平，讲话非常生动，非常了解农村和农民。问题常常不在于他们没有工作能力和政策水平，而在于他们是否真心为农民办事。这位县委书记的一番话，胜过许多社会调查。他引用赵本山的《三鞭子》台词，抓到了干群关系的要害："你看你那腐败的肚子。"我记得当年看这部小品时，深为这句台词叫好。这位书记对农村教育的结论也非常准确，"现在上学没有出路，没有多大用处，感觉上到大学与上到高中差别不大，尽管升学率高，但孩子上学的意愿还是不高"。还有他对农村信仰危机的观察，"越来越多的新的信仰危机，宗教信仰很迷茫"。对这些重要社会现象，这位书记抓得很准，而且有战略高度。

再比如，乡村文化的萎缩问题。《何处是故乡》中《文化茶馆》中提到，除了学生应试所必须学的课本和国营的新华书店之外，整个民间阅读处于一种极度萎缩的状态。我自己也是农村出来的读书人，特别关注农村读书的问题。"耕读传家久，诗书继世长"，这个信念在我们那里已经被打破。读书改变命运的神话，这几年已经被拼爹、拼钱的神话打破。记得我小时候，农村文化生活实际上是丰富的，除了各种具有特色的、成本几乎是零的少儿游戏外，还有免费电影、戏剧、魔术杂技、小儿书、连环画等。现在农村文化已经被"一网打尽"，上网、看电视、玩手机是主要的娱乐，与城市一般无二。我弟弟家的两个孩子来北京玩，对天安门、颐和园、天坛等景点毫无兴趣，原因之一可能是还没有他们在电视里看到的美丽和震撼。问题是，农村这样畸形的文化资源，将来会哺育出什么样的心灵？梁鸿在此发出了少有的感叹："我看到的是一个民族的文化、生活的颓废及无可挽回的衰退。"

还有乡村精神寄寓的失落。《出梁庄记》第五章《北京》中采访设计师正林时有一句话，"梁庄或许只是虚拟的一个理想之地，一个失落的寄托而已"。这些出来打工的年轻人再也无法回到过去的故乡。城市待不下去，农村也回不去，这种"进不去、回不来"的状况正是新一代人的普遍处境。古人仕途不畅还有山林可以退隐，现代人则已经丧失这样的居所。正常的社会流动是社会发展的必然结果，但是，大量进退无据、精神无所依傍的流动人口的出现，却往往是潜在的社会不稳定因素。在此，梁鸿表达了一种巨大的隐忧。她提出的问题实质上是，这种丧失是现代化进程的必然结果呢，还是一种战略性的失误？是我们还没有适应文明进程的不成熟的表现呢，还是人类固有的精神软肋？

还有精神中国的呈现。"呈现中国"没有停留在物质呈现，精神呈现也足够充分。人们早已注意到当代中国的精神危机，比如说20世纪90年代以来知识界出现的有关"旷野上的废墟""文学和人文精神的危机""人文精神大讨论"等话语。这些话语呈现都停留在学院和知识分子阶层，与大众脱节。梁鸿的写作在这方面做出了出色的示范。她的精神诊断既是整体性的，也是个体性的。比如，那么多亲戚朋友跟着出去干传销，除了想发财外，还有对于成功的追求、自我价值的实现、寻找家的感觉、相互之间的平等的追求等，这些价值观被强行嫁接到一种赌博式的发财活动中。既是物质冒险，也是精神冒险，她敏锐地指出了这种现象包含的精神向度，这是我喜欢这两本书的重要原因。几百个活生生的精神个案，勾勒出中国的精神状况。一些迷茫的、低沉的、冷漠的、孤独的、算命的、信教的、迷信的，各种精神现象都有典型性。这两本书中提到很多人的精神状态，都是麻木和孤独的，除了发财之外，很少有其他的价值指引。

还有信仰危机的呈现特别值得关注。贤义学易经，给人算命，他的混搭的理论储备，及其"大忽悠"式的算命方式，实际上点到了当下中国的精神危机。人们普遍缺乏精神支撑，缺乏生活的目标和人生指南。书中提到明太爷和灵兰大奶奶的婚姻，由于灵兰大奶奶信教给家庭带来巨大问题。明太爷甚至下定决心，让儿子在找对象问题上坚定一条，"信主的，一个不要"。信教现象近几年特别突出，我们已经很难将"信教热"与新时尚区别开来。去教堂、过圣诞节的年轻人越来越多。好多小说中基督教徒成为重要符号，如徐则臣长篇小说《耶路撒冷》、刘震云长篇小说《一句顶一万句》、葛水平长篇小说《裸地》。毛建军中篇小说《第七日》揭示了因病信教、因穷信教的社会动因。这些现象表明，信仰问题已经浮出水面。梁鸿的书里提到人们对信教者的看法，"有一种普遍的轻视，他们的行为、语言及方式经常被作为一种笑料谈起"，但同时又说，"他们在其中找到了一种尊严、平等和被尊重的感觉，找到了一种拯救别人的动力和自我的精神支撑"。[1] 这一发现相当有启发性，也有全局性。两部书以活生生的事例告诉我们，精神意识的不健全和社会结构的不稳定，是中国社会面临的困扰。

类似上述的描述比比皆是。梁鸿始终从最普遍、最常见的社会现象入手，对中国的现实进行扫描和诊断。尽管作者一直在书里提醒读者，这只是一部主观性观察的书，而不是现实本身，并不能妨碍读者获得现实感。这是我近十年来看到的对当下中国底层社会描述最为真

---

[1] 梁鸿：《中国在梁庄》，北京：台海出版社，2016年，第187页。

实的一本书。许多反映农村的小说、影视剧，很难具备这样的现实感。虚构可以让读者获得现实感，这已经是被文学史反复证明了的。这两本书在让读者获得现实感方面，在提供新经验和社会细节方面，居于塔尖的位置，非普通的小说或调查可比。

三、文学性：带入感和覆盖力

搞文艺的人常会有一种强烈的感受，那就是思想与艺术得兼非常之难。许多创作者很有想法，但落实到作品就变成了观念、图解。另有一些创作者技艺很好，就是缺乏思想，正如《中国好声音》，只有声音没有思想和感情，歌手唱功都很好，模仿可以乱真，但他们不明白为什么要这样唱，这样唱要表达什么样的感情。梁鸿的这两部书非常好地处理了思想与艺术的关系，解决了写作何为的问题，也提供了如何写作的示范，是当下"呈现中国"的一个比较理想的范本。

文学性是个很难定义的概念，但文学性总可以在一定历史时期相对稳定地被感受到。我读这两部书能强烈地感受到它的文学性。"那个黄昏，天色将暗，月亮已经升上天空，是一种奇异的淡黄色，如宣纸。中间一抹轻淡的云，清雅、圆润，恰如青春的哀愁，有着难以诉说的细致。"(《回到梁庄》)这样的句子是非常典型的文学笔法。"恰如青春的哀愁"，这句话让我猜想梁鸿可能是一个诗人，最起码她喜欢过诗歌。一个书写者的语言，有时候只几句话便可分高下。我读马尔克斯《百年孤独》的第一章时曾猜测他是个诗人，因为句子的诗意、节奏感特别强烈。后来得知，果然马尔克斯早期是个诗人。他写给读者的告别信，绝对是一首好诗：

> 上帝呀，如果我有一颗心，我会将仇恨写在冰上，然后期待太阳的升起；我会用凡·高的梦在星星上画一首贝内德第的诗，而塞莱特的歌将是我献给月亮的小夜曲。我会用泪水浇灌玫瑰，以此体味花刺的痛苦和花瓣的亲吻。

梁鸿这两本书中，许多人物和事件描述得生动传神，这也是两部书被广泛认可的重要原因。比如，第四章《内蒙古》恒文、恒武、朝侠兄弟姐妹之间的微妙关系的描述，完全是小说人物形象的笔法。这也可以帮助我们理解为什么80后作家笛安要采访她。还有大量衬托人物心态和性格的场景描写，历史背景交代，社会环境刻画，对话描写，动作描写，人物外貌、衣着、言行等，许多方面这两本书都有出色的表现。还有剪裁功夫。两部来源于大量采访，但并不臃肿，材料处理得非常巧妙和条理。文字繁简得当，节奏有张有弛。这需要相当的功夫和才华。

写法上，我最想探讨的就是带入感和覆盖力。

两部作品每一段都能让我反求诸己，不断对照自我。总觉得梁庄就是我的故乡；梁庄那些外出打工者的生活经历和心路历程，就是我或者我熟悉的亲戚朋友的成长历程和心路历程。第191页有个词叫"支客"，与我家乡晋东南的方言用法完全一样，都是"招待客人"的意思。还有"贵贱不上学"的"贵贱"，是"无论如何"的意思。[1] 同样，对于这个时代，也不单是打工潮，进城务工，留守子女，底层弱势群体，城市化等这样较为抽象化的描述，而同时更是我自己的历史，一个农村孩子接触大城市的历史，一个前现代的、社会主义农村的孩子

---

1 梁鸿：《出梁庄记》，北京：台海出版社，2016年，第46页。

接触现代的、后现代的、消费主义的城市居民的历史,求学进城、遭受歧视、逐渐适应、租房、找工作、打拼、子女上学等,这些具体而微的个体体验,是如此奇妙地与她的书写对应起来,这样的阅读感受是非常罕见的。

第八章《何处是故乡》开头有句话说,"乡村犹如一张大网,纲和目太多,无从下手",但我觉得两部书已经纲举目张了。梁鸿的书写有很强的吸附能力,使那些试图分开、各表一枝,或泾渭分明、学科分类、中药抽屉式的讨论失去光彩和动力,而使那些滚雪球式的、旋风式的探讨前行,有强大的覆盖力。事关就业、养老、医疗、上学、婚丧嫁娶、吃喝拉撒、邻里亲情等方方面面都涉及了,可以说是农村现状大全。我曾产生一个怪念头,如果让梁鸿去当一个县委书记或乡镇领导,她是否称职?

四、写作立场与知识分子的自省意识

两部书回答了一个文学写作常见的大问题:为什么人写作?文艺为什么人服务?这可能是达到一定程度以后的写作者都会面临的问题。并非解决得越早越好。当年的左翼文学可能恰恰是写作者过早地获得了左翼立场,而伤害了文学。一个后果就是,许多年来,人们把张爱玲奉为文学正宗,而对鲁迅不断质疑,更不用说对蒋光慈一类的观念图解型作家了。

梁鸿的写作立场十分鲜明,就是要为底层农民写作,为进城农民写作,为处于弱势的群体发声。尽管她在书写过程中不断质疑自己的客观性,不断反思自己的立场,但都没有损害这种立场的鲜明性。即使对那些社会弱势者也有反思和质疑,但最主要的还是关怀和体认。

否则的话,作者也不会走出书斋,到民间去,到工厂车间去了。我甚至倾向于认为,梁鸿的写作是我目前看到的最满意的写作。很难想象还有什么比这更精确、更丰满。有些读者可能会提出完全相反的质疑,比如,两部书不够客观,或者不够主观和尽兴。那样的话,要么走向纯粹的所谓社会学的调查,要么走向小说叙事。而这两样写作,到目前为止也依然各有其局限。

《中国在梁庄》体现出非常严苛的创作要求,对于真实地再现访问对象的真实情态的要求,达到了严苛的地步——直接引用被访者的语言,让他们直接表述自己。但梁鸿认为这样的文本方式"仍然突兀、割裂,有时候又因为我的叙述之间的反差而使得这些自述显得冗长、啰唆,其实是因为我的叙述过于拔高和抽象,反而伤害了人物自述所具有的活生生的美感"。可见其苛求之深。在接受了后结构主义理论洗礼之后的今天,越来越多的人知道,即使是摄像也不可能达到完全真实。

对此,梁鸿有强烈的自省和疑虑。她引用韦勒克在《文学理论》中的观点,认为"真实"从来都不是艺术的标准,一切艺术都是创作。她非常怀疑自己写作的真实性。在真实与叙述之间的挣扎是两部书最突出的写作状态之一。人生识字忧患始。在《中国在梁庄》的"后记"《艰难的重返》中,她对自己的写作姿态、主体意识以及叙述效果进行了大量反思,可谓翻来覆去,那种自省和矛盾的心态,前所未见。知识分子如何关心乡村,如何关心社会,在她坚定地关心的同时又成为问题。当然要与鲁迅的启蒙姿态拉开距离,但也有如何面对当下的考虑。即,这两部作品是在历史与当下的夹缝中来书写和思考的。那么,是否存在一种超越历史和当下的写作?

自我反思肯定是一种优秀的品质。我们怀疑那种居高临下、自以为是的定案式的判断。但如果对所有的叙述和观察都犹疑不定，是否会走到它的反面？我的判断是，梁鸿的这种犹豫姿态，很可能是我们这个时代权威性话语缺乏的表征。之前出现的那些确定不移的叙述，如果不是主观武断，就是出于一种对权威话语的复制。我们时代文化的多元化，换种说法就是犹豫化。

这里就涉及如何看待鲁迅的启蒙姿态的问题。鲁迅笔下的村庄并不抽象，而是他那个时代最为真实的表达。如果我们用现在的目光来打量他，看鲁迅的作品就不会有那种抽象的感觉，反而非常感性，除了《阿Q正传》有这种抽象的感觉，其他的作品反倒是活生生的。对启蒙色彩的自我反思可以保留，但没有必要影响和动摇自己的写作姿态。每个写作者都会有自己先验的想象，这是无法克服的，警惕就已经足够，遵从自己的内心就足够。更重要的是，先验并不重要，重要的是将这种先验与自己的亲身的后验相互验证，这个过程才是最难得的。梁鸿的写作是这种方式的典范。

我们可以反思原来的现实主义和创作理论，但也要反思韦勒克的观点。他们的社会文化和我们有很大区别，不能简单照搬。承认书写者的主观性和文化偏见，不等于就贯彻这种主观性和文化偏见。

五、本土化的可能性：呈现中国的理论创造

阐释中国的中国化一直是学术界和思想界的一个焦虑。近现代以来的一百多年，我们的学术思想都是在搬运和模仿西方理论的状况下进行的。离开西方话语我们就无法进行理论思考。那么，我们在阐释中国的历史进程中是否永远只能做西方理论的搬运工？我相对乐观一

些。随着"中国制造"不断向"中国创造"迈进,中国经验越来越具备世界性。比如说我们的手机文化、网络文化、娱乐文化、购物文化、打工文化、互联网经济、环境治理实践,等等。这些文化和经验越来越具有领先性质和世界性质,不是我们向西方学,恐怕要西方向中国学,原因很简单,因为他们没这个,或少这个。这两部书的写作或许是一种尝试。

许多读者可能感觉梁鸿的这两部书在理论上不够过瘾,觉得其缺乏一个明确的概念提炼,或者贯穿性的理论纽带。这确实是这两部书遗憾之处。但这并不等于说,这两部书在理论上毫无建树。它们对社会学理论形成了强有力的对话关系,对社会学理论构成"威胁"。比如,像"扯秧子"这样的概括就带有很浓的理论色彩和原创性,有启示意义,可能包含了较为纯粹的本土化理论创造因素。

我越来越相信一个观点,人民群众是历史的创造者。中国之所以能有现在的发展奇迹,离不开这种创造力。战争年代可以发明地道战、地雷战、游击战等各种形式,市场时代每天都在发生这样的创造。或许这方面我们的发现和关注还不够。单纯从制度政策的层面来解释中国奇迹,会漏掉很多宝贵的东西。梁鸿书中写到的如意旅店的那根控制出水的绳子就是这样的创造。德仁寨这样的城中村也是这样的创造。

我相信,新的创造正在来临。

(原载《当代作家评论》2015年第6期)

非职业化写作与冯骥才的意义

——读冯骥才先生四部自传《无路可逃》《凌汛》《激流中》《漩涡里》想到的

今年以来，我一口气读了冯骥才先生新出版的四部自传，产生了强烈的评说冲动。作为一名文学编辑，近年来这样的冲动已经很少见。原因在哪？一度想不太清楚，冯先生这几部自传令我豁然明了。《无路可逃》回忆10年"文化大革命"的经历，直面个人与民族的创伤历史。《凌汛》写他1977年至1979年在北京朝内大街166号人民文学出版社"借调式写作"时经历的人和事。《激流中》记录他在20世纪80年代新时期文学的激流中亲历的社会、文学与生活。《漩涡里》呈现他介入文化遗产保护的心路历程。这一部最令我感慨，用他自己的话说，"这是一本生命之书""我投入文化遗产保护，是落入时代为我预设的一个陷阱，也是一个一般人看不见的漩涡"。四部作品的标题放在一起，呈现了一股浩浩荡荡的历史潮流，以及一个于其中歧路彷徨、弄潮抗争的作家主体形象。四部作品既是冯骥才先生的个人史，更是50年来当代中国的心灵史、思想史、文化史，分量很重。

2018年，我有幸在《北京文学》编发了冯骥才先生的散文《意大利读画记》，觉得视野开阔，与众不同，好想写点文字表达感受，但由于种种原因，未果。2019年，他的四部自传又一次刺激了我，读得我欲罢不能。读完这四部自传，我又一口气读了他近年来其他一些作品，如长篇小说《单筒望远镜》，短篇小说《俗世奇人》系列，以及文化遗产保护方面的言论，还有一些诗画作品，过了一把阅读瘾，结结实实当了一回"冯粉"。从文字到绘画，从抒情诗到读画记，从虚构的短篇小说到战斗的民间文化遗产保护檄文，如此门类遥远、性质霄壤的创作放在同一位写作者身上，或许在专业人士看来有些不可思议。然而，它是事实，无可争辩的事实。如何理解这些四面出击、门类庞杂、挑战专业界限的创作？我想到的，首先不是才华、精力、机遇，甚至不是命运这些偷懒的解释，而是责任，社会责任，一个写作者的社会责任。社会责任的概念，是冯骥才先生一以贯之的创作理念。责任构成他写作的重要线索和根本动力。这是四部传记给我的重要印象。

为什么要写作？推动文学发展的动力是什么？这正是冯骥才先生的写作令我思考的问题。在20世纪80年代以降"告别革命"的消费主义时代，当叙事圈套和纯文学成为令人艳羡的"香草美人"，特别是当各种文学的专业学科、专业机构、专业平台、专业机制越来越走俏之时，专业化写作蔚然成风，写作越来越固化为一种职业化的技术生存模式。文学专业化的想象主导着绝大多数写作。对此，敏锐的批评家蔡翔在《文学写作的专业性与非职业化想象》一文中提出一个问题，"推动文学发展的动力究竟是专业技术还是更为广阔的人文社科领域非职业化的思考"。我觉得这个问题真正切中当下文学写作的要害，值得思考。但是蔡翔提出的问题，似乎并没有得到重视。正如现代大学教育体制的专业化越来越雄视阔步一样，当代文学写作的专业化也似乎越来越风光。文学正从80年代的形式主义滑向如今的技术主义。散文写得像散文，诗歌写得像诗歌，小说写得像小说，报告文学写得像报告文学。坊间流传一个说法，"三卡一博"（卡夫卡、卡尔维诺、卡佛、博尔赫斯）成了中国小说的导师。这或许是文学专业化的后果。

貌似正确的文学有没有问题？蔡翔的问题应当怎样理解？冯骥才先生的四部自传以及一系列写作，或许提供了一个不错的回答：为了责任写作，为了担当写作。用他的话说，"艺术，对于社会人生是一种责任方式，对于自身是一种深刻的生命方式。我为文，更多追求前者，我作画，更多尽其后者"[1]。事实上，他作画也常常用于抢救文化遗产。

冯骥才先生有诸多身份面目，"横看成岭侧成峰"。命名冯骥才是个难题。他是官员又绝不像官员。作为文联领导人，他其实更近于文人。小说家？他的诗也很好，真正得诗家三昧，骨子里的诗人，并非徒有其形。他的一本画册叫《诗写人生》，可见他的诗心。作家？他又是画家。艺术家？他又是学者，民间文化的专家。阅读冯骥才先生就会发现，他是拒绝命名的，仿佛只有"大冯""冯骥才"这两个命名才最准确、最全面。他确实是现代百年来少有的全才之一。他常让我想起苏轼、郭沫若这样的文艺人物。诗、书、画、文、人，高大俊秀，出类拔萃，思诗融会，集文艺之大成，各领域均有建树。最重要者，他并非躲进小楼成一统的专业写作者或者纯文艺标举者，而始终甘当介入社会的知识分子。他的写作中，记录了他和他这代知识分子所亲历的文化命运、历史进程和时代色彩。这一点，对于当代文化史来说，难能可贵。他说自己一生有两次重要"转型"，从绘画跳到文学，再从文学跳到文化遗产保护，其缘由竟然是相同的——好像都是为时代所迫。他最初有志于丹青，由于时代的天翻地覆、大悲大喜的骤变，使他想用文学的笔记下他们一代人匪夷所思的命运，便从画坛跨入了文坛。后来由于文化本身遭受重创，文明遗存风雨飘摇，便不能不伸以援手。这是什么？是社会责任。当纯净的文学和混浊的文化发生冲突

---

[1] 冯骥才：《漩涡里：1990—2013 我的文化遗产保护史》，北京：人民文学出版社，2018 年，第 8 页。

之时，他选择了文化。他离开文学了吗？恰恰相反。现在来读他离开文学、投身文化的这些文字，会发现，离开反倒是一种接近，而许多心无旁骛、一心创作的专业化写作，却不无画地为牢、远离文学的意味。文学成为一个专业的领域，这个趋势恐怕没少危害文学，这也正是蔡翔发问的缘由。

冯骥才先生的创作与此相反。他有自己的原则。从20世纪80年代的小说、散文，到90年代有关民间文化遗产保护方面的战斗性文字，直到21世纪今天的这四部自传，文类的转变并未影响他的写作原则，那就是，写作是对社会和人生的大思考，是介入的而非回避的，是庞杂的而非纯粹的，是与时俱进的而非原地徘徊的。一句话，是去专业化、去职业化的，是蔡翔所说的非职业化的。绝不是说冯骥才先生的写作在技术层面上不专业，恰恰相反，他于小说、散文、文化遗产保护呐喊文字等各类文体，皆游刃有余，可谓众体兼备，五彩斑斓，为当代文学贡献了大量精品，在文学性上大有可圈可点之处，这方面的研究多如牛毛，此处不赘。我想说的是，于他而言，特别是于当下文学的专业化风气而言，文学不单是语言、技巧、形式、结构，更重要的是情怀、责任、使命、担当。后边这几个词是冯骥才先生的高频词，诸如"文化责任感"（1999年的一篇文章标题）、"不能拒绝的神圣使命"（2002年2月在中国民间文艺家协会系统的演讲）。再看他1979年的创作观念：

> 1979年我写过一篇文章《作家的社会职责》。我说我们的社会职责是"回答时代向我们提出的问题"，我们的写作是"在惨痛的历史教训中开始的，姗姗而来的新生活还有许多理想乃至幻想的成分"。在这样的时代，"作家必需探索真理，勇于回答迫切的社会问题，代言于人民"。我在这篇文章中专有一节是"作家应是人民的代言人"。这是"文革"刚刚过去的那一代作家最具社会担当

与思想勇气的一句话。[1]

无须再引用,已经能看清他的写作观念史了。"文化责任感",我将之理解为文以载道传统的现代阐释。之所以说是现代,因为传统的载道以排斥言志为要旨,而冯骥才先生的载道实践包容了言志,为个体生命体验预留了足够空间,矫正了文学史上常见的放逐言志的载道。关于此点后文将进行讨论。

富于才华的社会担当,艺术充盈的思想勇气,这便是我理解的冯骥才先生,也是我理解的当代儒家。他从一个作家向文化遗产保护者的转型,是文学担当、文以载道的最好例证,也是文学去职业化、去专业化最好的例证。文学转向文化的历史细节在他的《漩涡里》一书中得到详尽呈现。在此,我看到了一个有忧患意识、危机意识和责任意识的知识分子转型的艰难与坚定,及其丰富的心路历程:有放弃心爱的文学写作的不舍、痛苦;有进入新的领域的矛盾、艰辛;有在官员间奔走辗转的无奈、无力;有小见战功时的兴奋、激动;有与同道们发动并奔赴文化保护一线的快乐、焦虑;有面对官场和舆论压力时的镇定、无畏。用他的话说,是一场"你死我活的复杂艰苦斗争",他置身的是一个巨大的"历史漩涡"。

有关文化保护之战的文字,或许是冯骥才先生最重要的写作,属于大地上的书写,气壮山河的书写。如他所言,"面对着每天至少消失一百个村落的现实,保护传统村落难道不是一件被逼到眼前攸关中华民族文化命运的大事?"[2] 是啊,难道非要像阿房宫、圆明园那样被烧掉,才能引起重视?他关于乡村保护的那些呼吁文字,已经远远超出

---

[1] 冯骥才:《激流中:1979—1988 我与新时期文学》,北京:人民文学出版社,2017 年,第 5—6 页。
[2] 冯骥才:《漩涡里:1990—2013 我的文化遗产保护史》,北京:人民文学出版社,2018 年,第 304 页。

文学的范畴，让我想起鲁迅"救救孩子"的文化呐喊，这呐喊在利益至上的时代或许是微弱的，但若以个体之灵魂面对，则会聆听到弥天的惊雷在胸中震响。文化遗产是中华民族的根，是华夏子孙的根，是当代中国奋力前行的根。其实我们都明白，多年以后，许许多多的形象工程将灰飞烟灭，而那些孕育潜藏于生活中、文化中的文化基因，那些曾一代代陪伴过我们、营养过我们的文化习俗，还将长久停留心中，一如逝去的先辈和拆迁的老宅。

　　做行动的知识分子，这是冯骥才先生让我格外敬佩之处。走出书斋，到田间地头，实质上接续了"文章入伍""文章下乡""和工农相结合"的优秀的现代文化传统，是当代知识分子宝贵的文化品格。综观40年来的写作，冯骥才先生由文学到文化，由文化复回归文学，他的激情、才华、热爱，始终未减。对周庄迷楼、宁波贺知章祠堂的保护见出他的文化情怀，对天津老城区的保护见出他文化视野的高度，对杨柳青年画的发掘见出他的热爱与专业。特别是对有着七百年历史的天津估衣街的保护行动，可谓慷慨悲壮。这次保护行动，激发了他跳进文化保护旋涡的勇气和信念，激发了他知其不可为而为之的壮士精神。他由一个才情十足的文学青年，一步步陷身文化巨变的漩涡，越来越宏大的设想、越来越复杂的斗争、越来越严峻的形势、越来越繁重的工作，见出了他的思想境界和生命价值。人生转变的轨迹清晰可见，一以贯之的写作原则不言而喻。

　　能够看到，冯骥才先生富于思想力的行动和写作，作品含量远非普通的文学写作和艺术创作可比，呈现一种民族传统与个体生命高度融合的境界，并赋予载道这种古老传统以新的时代内涵。

　　必须指出，冯骥才先生的介入是艺术的而非概念的。这一点同样重要。百年来，写作从不乏介入的冲动，缺乏的是艺术性的介入。不用说众多体制性的集体创作，就说那些时常出现于纪念节庆档的个体介入，也常常一副概念化、格式化的面孔，不但起不到化人的作用，还令人生厌。冯骥才先生深谙介入担当之道。他有艺术的功底和对艺术的足够尊重。他的画是写意的、抒情的，"我心存愤懑就画出一丛大火，忽有激情便放笔于长风巨浪；若是一种忧郁或感伤飘然而至，就让一只孤雁飞过烟雨里的河滩"。他发现，画笔居然能像写散文一样诉说心灵。他是典型的文人画。他称自己的画是"看得见的文学"。

冯骥才先生是一位去专业化、去职业化的写作者，同时又是一位有真功夫、真才华的文艺家。他关心民生社稷，但他的关心来得专业，来得文艺，非但没有说教、概念，还文采飞扬，心思灵动。很少有人提到他的诗，这里不妨一读。一首写老宅的诗，其中有一句，"翻新泥屋认老瓦，破败石径猜旧痕。窗前还是那般影，井中依然这片云"[1]，将一所破败的老宅写得灵光四射，华彩生辉，可谓化腐朽为神奇之笔，显示了压抑不住的灵感和才华。从《秋天的音乐》一文中能看出，他的音乐感觉竟然也那么好。冯骥才先生集各种名头于一身，但我特别看重他诗意的一面。这种自然流露的诗意表明，他在骨子里是一个文人，继承了中国文化诗意的传统，同时，这诗意并不携带他隐居山林，置身世外，就像竹林七贤那样。他是行动的知识分子，是有担当的文人。他曾在身边的本子上写过这样的话：

> 我喜欢每一天的三种感觉——
> 醒来后活力焕发，
> 白天与各种困难较量，
> 还有静夜思。[2]

---

[1] 冯骥才：《漩涡里：1990—2013 我的文化遗产保护史》，北京：人民文学出版社，2018 年，第 24 页。
[2] 冯骥才：《漩涡里：1990—2013 我的文化遗产保护史》，北京：人民文学出版社，2018 年，第 230—231 页。

如果从传统上看，他不是儒家又是什么？当今佛老基督之风盛行，人们大讲隐逸无为，而他独独要追求"斗争"，可谓特立独行。

他为古村落保护而写的诗句，不是儒家的载道又是什么？

> 古村哀鸣，我闻其声，
> 巨木将倾，谁还其生，
> 快快救之，我呼谁应？[1]

冯骥才先生骨子里是个诗人，心中常有诗情画意，由于介入文化保护太深，事务繁忙，有时不免叹息文学的远离。但他依然与文学藕断丝连。那些记录只言片语、诗性句子的《心居清品》《灵性》，他自己都怀疑是否是文学创作，我倒认为，这些东西比许多更像文学的文学更属于文学，正如鲁迅的《野草》比起当时许多乏味的新文学更属于新文学一样。这些闲余小品恰恰是一位行动知识分子大花园里的奇葩。

从创作持久性来看，20世纪80年代以来的文艺名家中，冯骥才先生是为数不多的几位长跑者。如果说王蒙先生是小说专业户，那么冯骥才先生则是文艺托拉斯，举凡小说、散文、诗歌、书法、绘画、民间文化，他无所不通，无所不精。

他有着持久的创作激情。看看他1979年的创作状态：

> 1979整整一年，我都陷在一种冲动中，片刻不得安宁，不得喘息。半夜冲动起来披衣伏案挥笔是常有的事。这一年我写的东

---

[1] 冯骥才：《漩涡里：1990—2013我的文化遗产保护史》，北京：人民文学出版社，2018年，第303页。

西太多太多。中篇就有三部：《铺花的歧路》《啊》《斗寒图》，都是从心里掏出的"伤痕文学"。还有许多短篇和散文随笔。往往在一部作品写作的高潮中，会突然冒出一个更强烈的故事和人物，恨不得把正在写的东西放下，先写这个更新更有冲击力的小说。我有点控制不住自己了。我感觉自己整天是在跳动着。

再看他2003年投入民间文化遗产抢救工程时的激情：

> 我在致辞时，感到自己心里不断涌出一种悲壮感，因而致辞后浑身火热。如果这时我去拥抱一块冰，一定会立刻将它融化。[1]

40年后，冯骥才先生又于两年内连续推出四部自传，以及长篇小说《单筒望远镜》，短篇小说集《俗世奇人》。简直不敢相信如此大量的写作出自一位年近八旬的作家之手。真可谓宝刀不老，老骥千里。2017年，他在我刊《北京文学》发表的4万余字长篇散文《意大利读画记》，令我深为喜爱。不仅让我看到了绘画技术、形式审美、文本自足这些专业画家的职业水准，还看到了文化担当、社会情怀、历史责任等专业之外的东西。该作立足全球，打通中西，深入浅出，雅俗共赏，不卖弄，不掉书袋，站在人类文明的至高点上，思考中西艺术佳作，既不乏对文艺复兴大家名作的探赜，也充溢着对中西文化独到的理解，是近年来不可多得的文艺鉴赏力作。纵观冯骥才先生40年的文艺创作，已经走向一种通达境界，众体兼备，左右逢源。正所谓大之则弥于宇宙，细之则摄于毫厘。

---

[1] 冯骥才：《漩涡里：1990—2013我的文化遗产保护史》，北京：人民文学出版社，2018年，第174页。

冯骥才先生太丰富。也许20世纪70年代末，人民文学出版社总编辑韦君宜《祝红灯》一文对他的评价最合适，"多方面的才能"，简洁而有概括力。最近又想起一个概念，"正大"。我在研读杜甫的过程中，曾得到一个感觉，那就是杜甫的正大。叶嘉莹提出，杜甫之所以伟大，是由于他博大均衡、正常健全的才性。叶嘉莹认为，成就杜甫集大成的因素，最重要的，"乃在于他生而禀有着一种极为难得的健全的才性——那就是他的博大、均衡与正常"。博大均衡，正常健全，我想简称为"正大"。读冯骥才先生的文字，也让我产生类似的感觉。

（原载《文艺报》2019年8月19日）

《宝水》为什么宝

——读乔叶长篇小说

新农村建设作为重要的中国经验,在文学中表现得怎样?读了乔叶的长篇小说《宝水》,最想说一句话,《宝水》可视为一部新农村建设宝典。《宝水》是对正在进行中的新农村建设的最新捕捉和同步呈现,是一部深入的有关新农村建设的调查研究,和一部操作性很强的行动指南。书写的低调,旁观者的叙述,超然的姿态,商量的口吻,蜻蜓点水的定位,介入太行山南麓宝水村的考察,不显山不露水。但随着散文化叙事的展开,精彩描述、新颖情节和高拔见识翩然而来,有一种独到的冲击力,像白云中挟带雷电。作者显然有备而来,对农村有深入的理解和独到把握。对以民宿经营为龙头的新农村经济模式零距离观察,追根溯源,其脉络和肌理、问题和方法,一一呈现。貌似平静的叙述带给我巨大的冲击力,从中能窥见时代的宏大身影和崭新细节。宝水村是活生生的,真实得像世上真有这个村子。大英、九奶、孟胡子等人像真的存在。水,至柔至刚。人在人里,水在水里,一切都水波不兴,一切又都雄沉有力,有一种独特的魅力。

《宝水》的宝贵处,首在社会实践性。大作品不拒绝实践,与经世致用不违和,正如《三国演义》不拒绝政治、军事、外交一样。人们可能会较多关注《宝水》的文学性,但我更关注它绵里藏针的实践性。

《宝水》叙述的情形正是新农村建设的情形,揭示的问题正是新农村建设的问题,提供的解决方案可操作,可推广,可复制。比如,新农村建设思路问题,小说告诉我们,农村可以新,但必须量身定做,一定要因地制宜,千万不能一刀切,不能跟风。并非所有的农村都能成为宝水,只有宝水才能成为宝水,这缘于它的气候、土地、人口,等等。以此类推,宝土可以成为宝土,宝草可以成为宝草,宝石可以成为宝石。比如,新农村建设利益分配问题,小说细致入微地呈现了民宿这一农村新经济体的投入、经营、分配,包括村民的心理过程和精神状况。后者可能更重要。再比如,新农村建设的组织动员。行动起来,组织起来,乡村就是生机勃勃的乡村,农民就是焕然一新的农民,农村就会迈步走向新境界。组织行动需要人,闵县长这样的上级领导,孟胡子这样的乡建专家,大英这样的村干部,几种人精诚合作,村里的事情就好办。大英这个新农村女性形象是全书的亮点,她是村主任、村书记,用小说中的话讲:扑得开,收得住,能应上,能管下,大事明,小事清,典型的能干事的村干部的脾气。大英的形象塑造得令人信服,先进得真实,能干得真实,灵活得真实,胆大得真实,务实得真实,比梁生宝们更接地气,活生生的。农村是个小社会,指望村民一夜之间一齐好起来绝对是幻想,干事业必须有个带头人。农民一旦组织起来,利益得到保障,创造性便会激发出来。选好带头人是头等大事。大英、孟胡子等人联合在一起,激发出来的,是一种遇强则强见招拆招的行动力和伟大实践,生动诠释了中国乡村的基层智慧和创造力量。

在现代城市文明和市场价值冲击下,重估和重建乡村伦理也是小说的有机组成。当下乡村的各种关系,婆媳关系、父子关系、母女关系、邻里关系、干群关系等,都面临新的利益冲击。而恰恰是一位老太太九奶成了道德标杆和优良道德传统的维护者。她在社会变革的洪流冲击下，代表的怜贫惜弱、与人为善的乡村道德虽然弱小，却安定人心，特别是对"我"的安定作用无法替代，不可或缺。乔叶以女性特有的体贴和细腻，发现了九奶身上的道德价值。从经济，到政治，到道德，《宝水》进行了全方位思考。

《宝水》是以优秀散文打底的社会学、经济学、文化学、风俗学和美学。特别是它独特的美学。它不同于现代以来鲁迅等"知识者"的启蒙视野，也不同于左翼作家"革命者"下乡改造的视野，而是自觉自愿地以一个"自然人"的身份加入乡村生活中去，呈现出一种自发体认的视野。在这种视野中，城市和乡村是平等的。乔叶和乡村的文化距离比现代"知识者"和"革命者"可能都更小，情感上更亲近。"粪的气息"这一节令人惊叹。作家如果没有种地农民的审美，是不会以粪味为五味杂陈的，甚至"还有一点儿香，幽幽的"。"把人粪称为大粪……这是对粪的尊称。"只有乔叶才敢伸张这样的美学。放下身段，抛弃城市优越感，去体验、去感受、去认同，从心坎里赞美乡村，这在百年文学史中也是一个新变。水在乡村上升到一种人生哲学，文化美学，"你以为水往低处流就贱了？它可厉害着呢，到哪儿降伏哪儿"。《宝水》充满了令城市文明反省的乡村美学。

《宝水》捕捉到乡村文化自信。比如，有关先进和落后的观念。柴火不脏，泥土不脏，反而先进。这跟住平房、住四合院不落后，住楼房才落后的观念，本质上是一样的，具有革命性的意义。经过四十多年的改革开放，国人对先进的理解开始转弯，不是楼高车多、马路宽才是先进，而是青山绿水、宜居幸福才是先进。小说以大量优美的文字向我们展示了乡村的优势。我迂回了解过该书的写作过程，作者下了很多功夫，查阅了大量的研究资料，并进行了长期的实地考察，其厚重深入，绝非闭门造车之作所能比拟。我越来越相信，面对大历史的书写，更需要心血。

　　《宝水》为什么"宝"？半年多来我一直在想这个问题。题材依旧是乡土，但一百年来这方面的作品太多了，对任何一位想上手的作家都具有严峻的挑战性。从鲁迅、沈从文到赵树理、周立波、柳青，再到刘震云、贾平凹、莫言，大咖们已经提供了足够丰富的乡村书写。旧饭如果炒不新，会很尴尬。十多年前，孟繁华先生在《乡村文明的崩溃与"50后"的终结》一文中指出，百年来作为主流文学的乡村书写遭遇了不曾经历的挑战。"在发展的同时我们也看到，发展起来的村庄逐渐实现了与城市的同质化，落后的村庄变成了'空心化'，这两极化的村庄其文明的载体已不复存在。"批评家不看好乡土文学，并非个例。一个时期以来，乡土题材创作陷入低谷，几成共识。但是，《宝水》的问世，一改乡土叙事低迷的局面，让我们又看到了乡村蕴藏的巨大潜能。农村是个宝藏，但只对有眼光、有勇气的作家开放。《宝水》紧紧盯住新世纪以来新农村建设幼小而有潜力的萌芽，像培植一株新苗那样，以倍加呵护、倍加珍惜的笔墨，从细部进行工笔画式的描绘，将这一蕴藏着创造性因素的历史进程呈现出来，体现了不凡的艺术功力和巨大的创新勇气。

（原载《长江日报》2023年10月19日）

娜夜：那些危险而陡峭的分行

偶然在何立伟的微博中读到这样一句话："在《花城》上读了一位名叫娜夜的女诗人的诗，写得真好，读着舒服。这个世界再怎么物质，再怎么趋利，也还是有人诗性地生活、思量……传递哪怕微弱然而温暖的星光。"

这令我大感意外。娜夜这组诗发表于 2011 年。心安的是，依然有人能在物质、趋利的时代专注于传递诗的星光，而且，这星光被仰望天空的人看到了。在当下，一位小说家对新出炉的诗作发表看法，算得上新鲜事了。都知道小说比诗歌要大众得多，如今，诗歌的写作和阅读典型地圈子化了，连本来特别圈子化的书法、收藏等的声势都超过了诗歌。原因很简单，诗歌不物质、不趋利、不赚钱。再加上先天不足，与古典诗歌的脐带被五四新文化运动剪断，大家都懒得理它。

在这样不利的阅读环境里，娜夜的诗歌却显示独特的魅力。在此之前，我几乎对她一无所知。我曾经想当然地认为，娜夜是南方人，依据就是"娜夜"这一太过婉约气息的名字。20 世纪 90 年代初，我第一次读到她的诗作。因为这一名字，我武断地认为娜夜的诗作不过是众多柔软、暧昧、千人一面、毫无特色的女性诗歌的翻版或重复性项目，只读了她很少的诗作便放弃了。那时候，我跟千百万文青一样，总把眼光放在北岛、杨炼等硬派明星诗人的身上。然而这正是我历史性的失误。在梳理 2012 年出版的 10 余本诗选，然后进行排名的过程中，我频频遇到"娜夜"的名字。我坚持认为，多人看好，必有原因。好奇心使我又开始阅读娜夜。通读她从 20 世纪 80 年代中期出道以来的大部分诗作，我最喜欢《在这苍茫的人世上》："寒冷点燃什么 / 什么就是篝火 / 脆弱抓住什么 / 什么就破碎 / 女人宽恕什么 / 什么就是孩子 / 孩子的错误可以原谅 / 孩子可以再错 / 我爱什么——在这苍茫的人世啊 / 什么就是我的宝贝。"特别是最后一句，柔软又强大，悲伤又自负。

坚守诗歌的独立品质和个人立场

娜夜的诗中有一种源自生命本身的忧郁，这忧郁既区别于悲哀也区别于伤感。她似乎一直在为摆脱这种忧郁而努力，不幸却在这忧郁中陷得更深了。这忧郁既是娜夜个人的，同时又是人类共同面临的永久困境：隐秘的激情、爱的短促、破碎断续的意念、注定会消失的微弱快乐、个体的渺小与困惑、死亡与病痛及时间的流逝。她在诗歌中寻找到一种不可替代的只属于她自己的语调，在表达上自然、放松、舒展、柔软、节制、含蓄、真切、注重直觉，于轻触微温之中让人感受到一个女人的心跳和脉搏。她的许多诗篇在敢于正视人的自身的局限性的同时，还进一步折射出这样的含义："美的短暂性会提高美的价值。"

《浮土》似乎是娜夜抒情诗的代表作："我心中静默的风啊 / 厚厚的积雪就是它的影子 / 冷静　柔软　照亮夜色 / 我心中的那层浮土 / 雪地上的光 / 是我不能开口 / 对第二个夜晚说出的话。"还有《亲吻》："我亲吻了这个春天的第一个绿芽"，"春天 / 我要向你交出 / 做人的快乐"。《写作》："我一面梳妆／一面感恩上苍／那些让我爱着时不断生出贞操的爱情。"感情充沛，感染力强。

在当下的诗江湖，抒情几乎是矫情、蹩脚，甚至是保守的同义词，而且的确到处泛滥着假抒情的语言泡沫。但娜夜的抒情诗挤掉了泡沫，出类拔萃，别具一格。她的诗有时飞扬通透，有时隐秘幽深，读着过瘾。如《简历》："使我最终虚度一生的／不会是别的／是我所受的教育／和再教育。"没有任何铺垫，不要那么多弯弯绕，直抒胸臆。它坦率直接和断语式的姿态，让我想到北岛那标志性的诗句："高尚是高尚者的墓志铭。"当下新诗太需要这样的断语了。娜夜或许说出了一个知识分子内心深处最隐秘的感受，这既是无所顾忌的个性张扬，又分明包含历史的况味、人生的坎坷。

不要以为娜夜是那种关注现实意义上的诗人。她不是，她追求艺术。她对艺术的锻造和打磨明显大于对现实的关注，换句话说，她对艺术的尊重就是对现实的尊重。她的潜台词是：如果没有艺术的支撑，再结实的现实必将在诗歌中坍塌。她在一个对话中曾坦言，汶川地震时，她没有写一首诗，她"也不为此低头羞愧"。她说："在人类的灾难面前，我允许自己失语。就我个人而言，那些时刻，眼泪或愤怒比写诗更诚实！"这句话至少有两层含义：一、在诗歌创作上，她更遵从艺术和灵感；二、相当一部分"新闻诗歌"是失效的。换句话说，在娜夜看来，她对灾难的关注或许已经表达在另一些诗歌当中。下面这首是不是呢："一场雪　覆盖了许多／另一些／还露着／一个忧伤的肉体背过脸去／从天堂出发的雪花／并不知道／它们覆盖了什么　不知道／神　怎么说／人的历史／怎么说／宽恕一切的太阳／在积雪的瓦楞上／滴下了它／冰凉的眼泪。"（《现场》）

娜夜总是这样，在立场上决绝，在情绪上婉约，在语言上精致细腻。她的诗是真正的抒情诗，省略一切多余的修饰，取消一切不必要的迂回。简洁、倾心、直抵人心。极少长篇大论，10 行到 20 行完成。诗不是用来讲故事的，也不是用来拉家常的，而是言志、抒情，要抽象，要形而上。在娜夜这里，抒情是大漠中的泉水，是草地上的羊群，天生合理。

所谓抒情，就是直接与心灵对话，让语言与人心发生短路，迸发火花。一首好的抒情诗一定能直抵内心深处，心灵的顶尖。"春蚕到死丝方尽，蜡炬成灰泪始干"，这是多少万吨级的悲痛？是怎样级别的毁灭呢？娜夜绝大部分的诗都在向这种极端的抒情冲刺，她发动了全部的体验和感觉，将语言减到最少，将事物发生的过程压缩到最短。"我崇拜你／像一枚青春的金钮扣／崇拜一双沾满爱情的手"，"我的等候／已将含情的叶片卷成静默的耳朵／等候你灵魂的风声"（《崇拜》）。"我把黑夜含在嘴边／就像把意义置之度外"（《使甜蜜甜蜜的声音》）。

这些诗句告诉我一个经验——抒情必然经过压缩，注水或者口水，都是零收益。

拒绝商标化的女性意识和感性体验

娜夜的诗绝少知识、理论，她似乎本能地拒绝这些。她只相信感受、体验。女性经验是她天生的诗歌草原。是否可以说，娜夜与当代、现代的优秀女诗人一道，正在建构一个新的诗歌王国？她们正在对古典诗歌挑衅，并造成压力。古典诗歌的头号缺陷就是性别缺陷，是女性经验短缺。当代女性诗歌的预期远好于男性。在这项事业中，娜夜是位佼佼者。

娜夜诗歌呈现了许多幽深细微的女性体验和感悟，散溢着当代诗歌的芳香。她的诗有着科学实验都难以抵达的细腻、精深和透彻。刹那间的感受、火花、灵感、闪念、潜意识、冲动,这些要素如萤火般闪现。《幸福不过如此》呈现细微的感受,你"突然转过身来,为我抚好／风中的一抹乱发／幸福不过如此"。《择枝而栖》表达对男性的想象:"当我微闭右眼　绽开娇媚／还原水／像是对女人的答应／又像是对女人的报复／我一会儿把你尊为皇帝／一会儿把你宠为孩子／一会儿又把你诱为情人／今夜啊今夜／今夜作为我们一生不可多得的财富／将被黎明／夺走。"《纪念》这样回味爱的欢悦:"随时可以抓住的欢悦／像蝌蚪般游动","呵,现实比梦境更好／爱之中诞生的爱／灵魂答应着肉体"。这里,日常生活的物质体验占据着诗歌的天堂。但是,很快就转向了现实生活的残酷或曰真实:"亲爱的／在新欢迷失我们之际／让我们把旧情遗忘。"这样的表达坦率、新颖、雅致,张力尽在欲擒故纵之中。《酒吧之歌》是娜夜少见的一组长诗,呈现当代男女最隐秘的内心世界和欲望,有极强的时代概括力,是娜夜离现实最近的诗作之一,功夫老到。《纸里包火》具有明显的精神分裂气质,既有自我怀疑和恐慌,"内心的虚弱使随之而来的惶恐／慌不择路／我的脚印比我更痴迷",又有自我迷恋与坚定,"现在　赞美我的皮肤　气味　脸蛋　脚趾／他们用心忽略的／正是他们想要得到的"。

在娜夜有关男性想象的诗中,有两首格外醒目。《拒绝》揭示青春萌动的心理:"我拒绝的是他　还是／他这个年龄的爱情?""他真的可以分清:情欲事件／与爱情?／他这个年龄——／我身体中最柔软的母性在哭泣。"与之对应的是《橙色和蓝色的》,写一个忧郁气质的男孩对女性的迷恋和不可名状的爱:"他叫我 NY／他指给我看的图片是美和情欲的／办公室里不敢细看的。"莽撞大胆的男孩拨动了我的内心:"渴望复杂生活的女人／都渴望爱他一次／然后／回忆／没有哪一个良宵／更能释放如此丰腴的母性情怀。"这些诗有鲜明的女性立场和女性意识，是新时代女性主体姿态的精粹表述。此外，《黑白乐章》《梦回唐朝》《复述》《支流》《一个字》《逆光的诗句》《你不再是个孩子》等诗作也是这方面非常精致的篇什。

鲜明的艺术风格与多样的题材手法

娜夜诗歌的魅力，在于针尖般的穿透力，在于爱、忧郁，赞美中隐含祈祷的姿态，在于不动声色的诗行刹那间爆发的蝶变，在于她不可替代的只属于她自己的语言方式。她不似欧阳江河的玄虚、西川的高蹈、臧棣的迂回、于坚的形而下、翟永明的晦涩、沈浩波的粗鄙。

三段式结构加结尾的点睛之笔，是娜夜诗歌结构的突出特点。她的诗往往可以划分为 3 个段落：第一段落是事物本身；第二段落是对事物的思考；第三段落是点题。三段之间层层递进，最后一段或最后一句，常常是诗眼，点睛之笔。如《起风了》：

起风了 我爱你 芦苇／野茫茫的一片／顺着风／／在这遥远的地方 不需要／思想／只需要芦苇／顺着风／／野茫茫的一片／像我们的爱，没有内容

《飞雪下的教堂》《表达》《现场》，很多诗都是如此。魅力当然不只是来自简单的 3 段，还来自精巧的构思。比如《事件》，是对一个死去的熟人的追思，写得隐约含蓄，充满张力："我为他拉上／被颤抖拉开的拉链／在他疼痛的地方吻了一下／他站在那儿／又暖 又凉。"娜夜善于在标题与内容之间制造张力，《一朵花》并不写花，而是写风，"风"与"男人"构成隐喻关系。由物及人，是娜夜的长项，屡试不爽。《地板上的连衣裙》是移情于物的好例子，"它是长的／保持着上一个时代的式样"，而现在，"空荡的袖管里涌出细密的哀伤"。

娜夜诗歌的丰富还体现在对多种题材主题不拘一格的使用。《朝向秋风的脸》是对一个失去母爱的孩子的怜悯："秋风啊／你不能再刮走这里的／一草　一木。"《忧郁》是对一个患有抑郁症丈夫的女人的观察和理解；《花朵的悲伤减轻了果实的重量》表现为美而牺牲的气概："呵，她的美／比一次日出／更能带给我们视觉的黎明／如果我们刚才／还在和这世界争吵／现在　要停下／要倾听／她最轻的叹息／比一颗呼啸的子弹／更能带给我们牺牲的渴望／她的美。"诗人客串男性的英雄主义，抒情大气，有如神来之笔。还有各式各样的构思和手法：类似悬疑小说的《1998年的情人节》，活泼、清新、可爱甚至有点撒娇的《刺的光芒》。《漂亮的女人晴朗的天》则汲取了民歌营养："风把风吹远／灯把灯照亮""有一点点老实／有一点点钱。"还有《共勉》这样的题赠诗，诗人大胆地以白话入诗："动情的诗　要写／平淡的日子　要过"，"对阴谋诡计笑一笑／你戳穿它／比它更尴尬"，有小令的风姿，或明媚，或旷远，或悠长，如《一幅画》《最美的弧》。

《革命或〈动物农庄〉》在娜夜的诗中绝对是一个异数，对革命下了断语："革命就是废弃一些标语／就是一些鞭子／被另一些鞭子抽打／在奥威尔的动物农庄里／就是那支高亢的野兽之歌／和那些动物们的喊／两条腿：坏／四条腿：好／就是一只绵羊和一阵北风／被追认为烈士／但　很快／就被遗忘了。"这些看法多少透露出诗人的历史观，使我想起鲁迅的那个老问题：革命之后呢？

娜夜并非一夜成名。从她1990年的第一本诗集《回味爱情》到2005年获得鲁迅文学奖的《娜夜诗选》和后来的《娜夜的诗》《睡前书》《大于诗》，娜夜诗歌所呈现的独立品质和个人立场，真正契合了诗歌美学所要求的自我内省意识和独立批判精神以及人道主义的张扬。

毫无疑问，诗人最终还是要靠诗歌来说话，正如她的诗《当有人说起我的名字》所写:"当有人说起我的名字／我希望他们想到的是我持续而缓慢的写作／某一首诗／或者某一些诗／而不是我的婚史 论战 我采取的立场／喊过什么／骂过谁。"

(原载《文艺报》2013年11月11日)

锻制文学的"金蔷薇"

作为一位实力派小说家,姚鄂梅的创作特点显而易见——注重讲故事,不搞叙事圈套;顺着人性这根藤蔓,将悲惨命运一撸到底,黑色阴影笼盖四野;把理想主义冲动和悲悯情怀深深埋藏,将现实的严酷呈现到不尽人情的地步;寓历史意识于小故事之中。

远离先锋,回归讲故事的传统

读过姚鄂梅小说的人都会发现,她是一个非常善于讲故事的作家。姚鄂梅小说总以非同寻常的故事情节来推动。比如《马吉》,中国农民遇见了外国姑娘,会发生什么事?这个悬念会迅速抓住你。《在王村》围绕一对从城里来乡下定居的夫妻展开,悬念重重。为什么不住城里?住乡下目的何在?这里的"讲故事"是通俗意义上的讲故事,而不是先锋实验意义上的。事实上,姚鄂梅远离先锋实验。在她的小说中,人物、事件、原因、结果都交代得非常清楚。但这并不等于她只讲故事,她将故事的容量扩展到相当深的层次。正如梁海所说:"她的小说往往悬念迭起,由一个个不为人知的秘密串联起来,一直通向狭长而幽深的结局。一个秘密套着另一个秘密,让我们迫不及待地读下去。"毋庸讳言，姚鄂梅小说有着通俗的属性，不挑战读者智商，但会震动你的心灵。这是一种相当难得的功夫。

姚鄂梅有很多作品常被提起，像长篇小说《像天一样高》，中篇小说《马吉》《穿铠甲的人》《黑键白键》，很少有人注意到《漫长的瞬间》这部中篇。小说异常精彩，描写老年人的生活，在故事性、节奏感、细节描绘、反映现实等方面都堪称精品。100多岁老太的死其实只有一瞬，然而，这个过程被无限延展，其中上演了种种令人哭笑不得的闹剧。老太躺在床上等死，孙子、重孙不顾她的尊严，围在床前大声争论她的丧事，仿佛一件喜事："一个说要穿七件，一个说要穿八件，一个说要穿单数，一个说要穿双数。""老家的墓地、棺材和寿衣、运送灵柩的车辆、灵牌和花圈、响器班子、酒席、等……""外面突然一声惊呼：'哎，老太叫什么名字啊？好多地方都要写她的名字才行。'这下问倒了大家，都说不知道，从来没听人说起过老太的名字，他们只知道她是婆婆、太婆婆、老太……'没名字也不要紧，就写袁老安人。''但是寄冥洋化包袱的时候一定要写全名啊，冥府银行跟我们这边一样，也是实名制，也要身份证。'"这还不算完。重孙子将老人的死当成仕途晋升的阶梯，力主把她安排到医院，无视她的痛苦上呼吸机维持生命，以便延迟到市领导重阳节前来探视做秀："爸，领导秘书打电话来了，今天上午九点半，准时到医院。""爸，衣服都换了吧？粉都搽了吧？""一屋子人正在高兴，走廊里一阵脚步响，一群人拥了进来，屋里很快就密不透风。那些簇拥着的人群，到了老太的床边很自然地两边分开，留出一条小小的走道，让领导上前慰问。领导是个白白净净的大高个，只见他抢前一步，将老太的一只手捧在他硕大的掌心里。闪光灯唰唰唰地亮起来，屋里顿时像扯起了闪电。"这些段落显示了姚鄂梅对细节的把握能力，让她的小说有生活底气，具备经验上的公共性，不是官场小说而胜似官场小说。

《漫长的瞬间》只是姚鄂梅小说百花园中的一朵小花。无论是在艺术审美还是在意识形态方面，姚鄂梅都是风格多样的。诗意充盈如《像天一样高》，想象大胆如《真相》，环环相扣如《户口往事》，扑朔迷离如《在王村》《讨债鬼》，哀婉低回如《穿铠甲的人》。她的小说所涉及的题材有关注打工者命运的《大路朝天》《一线天》《大约在冬季》、有探讨仇富心理的《罪与囚》、有探讨复仇主题的《黑眼睛》、有涉及家庭教育的《黑键白键》《心理治疗师》、有反映老年生活的《狡猾的父亲》、有关乎社会阶层分化的《你们》、有饱含寓言性质和乌托邦色彩的小说《西门坡》、有探讨中西文化的《马吉》，还有思考女性命运和心理的《在人间》《隐形眼镜》《玫瑰》《辛丽华同学》，等等。

可以说，姚鄂梅的小说风格、题材、语言、结构等都是多种多样的，难以用单一的标准来衡量，唯有拿人性这把尺子最合适。姚鄂梅所有的小说都在探讨人性，执著而心无旁骛。她对时尚、潮流、历史这些大命题毫无兴趣，对于身体、欲望这些材料也不大加装饰，她的目的似乎只有一个：把层层埋藏的人性挖掘出来。她曾说过："我以我的写作为杖，执著于向人性深处的东西靠拢。"人性，深处的人性、黑暗中的人性，是讨论姚鄂梅小说的关键词。她所写种种，家庭、性别、身份、命运、欲望、爱情、复仇、救赎，所有这些题材、故事、主题，都在为探讨人性做铺垫。

挖掘人性黑暗的小说辩证法

姚鄂梅小说的主色调是黑暗，她的绝大部分作品都涉及人性黑暗或残缺人生。在这个意义上，姚鄂梅是最清醒、"最冷酷"的作家之一。她的故事几乎全部是悲剧。没有一个爱情是完美的，没有一个人格是高尚的，也没有一个结局是理想的。姚鄂梅果断地、无情地将光明的尾巴剪掉了。她没有给幸福、美好、温暖之类的想象留任何表演舞台，她拒绝平庸而肤浅的温暖和善良。或许，在姚鄂梅看来，温暖、善良、美好用来探讨深层人性过于浅显。生活唯其苦难，命运唯其多舛，人格唯其复杂，人性才具真实深刻。

《心肝宝贝》中，远秋为给自己的双胞胎儿子交重点中学择校费，不惜去狗市骗人。他往狗毛上涂色冒充斑点狗，被人识破。这种做法最终遭到儿子们的唾弃。"我比狗更可怜"，"养一个孩子不如去养一条狗？"这是《心肝宝贝》中最让人难受的话，但又何尝不是人性最隐秘处？《妇女节的秘密》中有言："母亲是个妇产科医生。也许她这一辈子见了太多女人的下体，爱情在她眼里早就褪去了花里胡哨的衣衫，只剩下赤裸裸的本质。""从她进入妇产医院那天起，她就觉得爱情是很可笑的东西，所有的爱情最终都要到她那里去解决，靠那些冰冷的器械去解决，女人在那里又羞又怕，冷汗直流，转眼间又好了伤疤忘了痛。她觉得所谓爱情，其实就是犯贱。"在小说中，爱情是如此遍体鳞伤。

姚鄂梅以普通人的视角、现实主义的方式、原生态的细节真实观察和理解人性，她不像王朔那样把崇高拉下水，也不像卫慧那样把爱情脱光，但她却更加全面彻底。她笔下的小人物就像我们身边的你我一样普通平凡、复杂难解。他们自私、狭隘、功利、虚荣、目光短浅、心胸狭窄。母爱、亲情、友谊、团结、和睦，在她的小说中都面目可疑。她一个挨一个地探测这些人性的真相，一步一步地逼近道德的底线，结论却常常是令人绝望的。

有人说姚鄂梅的小说"读起来在心酸以后还是心酸"。这是确论。在她笔下，生活是一连串的悲剧，人性是悲剧叠加的产物，人活在悲剧和无奈之中。生活的琐碎、命运的曲折、爱情的虚幻、婚姻的功利、亲情的脆弱都成了岁月宝鉴，照出人性的另一面。《黑眼睛》中，阿玉夫妇与医生一家都是无辜的，但由于一次变故引发的一连串变故，双方被推向仇恨的狭路，善良人的邪恶被逼迫出来。姚鄂梅总是在悬崖边上俯视灵魂的深渊。当她说出了人世的黑暗与人性的残缺，她就说出了善良与悲悯。这是姚鄂梅小说的辩证法。姚鄂梅发现了表达爱和悲悯异常沉重的方式，几乎需要将美好的事物消耗殆尽，美好与善良才能水落石出。

身处社会关系中的具体人性

姚鄂梅小说没有背离"人是一切社会关系的总和"的规律。她的一系列小说，从不同层面和角度透视了转型期中国人的心灵悸动与精神创伤。如《户口往事》《马吉》《一只蚂蚁的现实》《一线天》《你们》《辛丽华同学》《像天一样高》等，分别涉及城乡户口差别、中西文化碰撞、市场经济转制、打工者遭遇、贫富阶层分化、个人在体制内命运的沉浮、诗人梦想的破灭等重大社会问题。《一只蚂蚁的现实》是典型的历史文本。一个中专毕业生和一个高中毕业生的不同命运，以及他们所在的粮店的转制，正是中国转型的真实写照。"一夜之间，粮食部门也不景气了，先是买粮不再凭本子，接着就是粮店不再是国家的专利，一些家庭开始蠢蠢欲动地试着开私人粮店。"粮店从国营到个人承包，再到"我的丈夫"开饭店，这个过程恰恰对应着中国经济发展的历史。

关注打工姐妹这一特殊社会人群的心灵状况是姚鄂梅创作的重要方面。她不是从问题小说的角度切入，而是从人性、心灵和姐妹的切身体验来切入的。《大路朝天》呈现了打工者恶劣的生存环境："我们全都染上了头晕恶心的毛病……是蚊香熏的……蚊香架成了随处可见的小摆设，每张床头都摆着一个，一到夜里，十个蚊香一起燃烧起来，袅袅娜娜，十分壮观。"《大约在冬季》无情地抛弃了丑小鸭变成白天鹅的老套，堵死了杜拉拉式的升职幻想。一个底层女性在陌生的城市，无亲无靠，无立锥之地，更无尊严可讲。她不得不与男性同睡一屋，甚至被他当成自己的老婆："李默穿得严严实实地躺在一头，小萨穿着裤衩躺在另一头……睁眼一看，小萨正闭着眼睛压在她身上。"

在这些作品中，我仿佛看到了《骆驼祥子》《包身工》的影子。李默的遭遇成为千千万万打工者的缩影，这或许是世纪之交中国的一个侧影，也是最为灰色的侧影，她的名字叫李默。姚鄂梅甚至将《大约在冬季》《玫瑰》《黑色》《婚纱》几部小说的女主人公都叫作李默——沉默，或者沉默的大多数。这个名字表征了一种集体无意识，千千万万的打工者是无名的，他们被遮挡在城市的角落、工地、车间。他们以前的名字可能叫李欢、李乐，如《玫瑰》中的两姐妹。显然，她们是另一个作者，或者作者精神上的姐妹。姚鄂梅没有局限于做一个打工问题小说家。她不是文学研究会意义上的作家，不是为人生的作家，而是为人性的作家。她不写官场，不写商场，连情场都不写，只写心灵黑暗的场域。

姚鄂梅将一篇小说命名为《心理治疗师》。而实际上，小说探讨的是子女教育问题。但这能够表明她的文学抱负。《罪与囚》也是这样，一个非常有前途的、聪明的、公认的好学生易清，怒杀同室的富二代同学古铜。不是由于深仇大恨，而是由于他看不惯富二代子弟的骄纵与跋扈。这个故事不能不让我想到目前社会中存在的种种问题，这便是文学的魅力。

超越悲观的现实主义者

不过，姚鄂梅也有理想主义的一面。在市场价值冲决一切的情形下，姚鄂梅顽强地、执拗地保留了乌托邦冲动。这从她的两部长篇《像天一样高》《西门坡》和中篇《穿铠甲的人》等作品中不难发现。这几个文本与前述那些众多的文本一起构成了她创作的两极——现实与理想。虽然《穿铠甲的人》中的"文学青年"杨青春终生困顿，但他的文学梦想、纯真的感情，像一副脆弱的铠甲将他与世俗区分开来。同样，《像天一样高》强烈的理想主义打动了我。这部名为《献给80年代》的长篇，力图呈现当代都市人逃离世俗的冲动。以诗人康赛为核心的小团体的桃花源试验以失败告终，这符合姚鄂梅将悲惨进行到底的原则，但这个文本最令人心动的是那种现代桃花源的理想主义冲动，是诗人康赛坚守的树林诗歌。《西门坡》的理想主义实验性质更加明显。所谓西门坡就是一个专门收留不幸女人的女性乌托邦小社会，过着类似公有制的集体生活，基本生活条件由集体提供，个人没有财产。像诗人康赛的桃花源一样，西门坡最终破产了。西门坡带有寓言性，以浪漫的理想主义开始，以悲观的现实主义结束。

理想主义也好，现实主义也好，姚鄂梅都是将其放在人性这一框架内来观察与展开的。她的所有作品都是如此，通过对人性点点滴滴的收集来锻制文学的金蔷薇。这是她自己的话："我至今还十分喜欢许多年前读过的《金蔷薇》。'每一个刹那，每一个偶然投来的字眼和流盼，每一个深邃的或者戏谑的思想，人类心灵的每一个细微的跳动，同样，还有白杨的飞絮，或映在静夜水塘中的一点星光，都是金粉的微粒……用几十年的时间来寻觅它们,不知不觉地收集起来,熔成合金,然后再用这种合金来锻成自己的金蔷薇——中篇小说、长篇小说或者长诗。'"

(原载《文艺报》2013年8月9日)

飞得起来落不下

——读欧阳江河长诗《凤凰》

《凤凰》是高傲之作。它展翅高飞,在我脑海里回旋。它的爱憎并不分明,手法并不新鲜,但是,它的独特纠缠着我。在宏大叙事普遍式微之后,《凤凰》给我一种大的感觉。它升到俯瞰世界的海拔。它表明,匍匐在地上的诗歌完全可以站起来,飞起来;诗的视野完全可以超越厨房、卧室、高楼与城市,伸向历史和宇宙深处。

《凤凰》也是缥缈之作。虽然高蹈辽远,却无从着落。它暴露出来的情感缺失、态度暧昧与写作难度令我关注。对于当下诗歌来说,《凤凰》的症候性或许大于它的成就。在这一意义上,欧阳江河既是一位探险者,也是一个牺牲者。

《凤凰》以大幅度的飞越展示了诗歌的雄心,又以大尺度的失衡暴露出写作的软肋。

一、起飞与鸟瞰

《凤凰》给人的第一印象是大而炫目。它写出了神采飞扬的东西,写出了属于诗歌专有的东西,写出了小说、散文或电影无法企及甚至望尘莫及的东西。这令人兴奋。在当下中国,诗歌已经近于一个贬义词。欧阳江河有能力保持诗歌的声势和尊严,而这种品质在许多二三流作品里,早已一塌糊涂。当代诗歌和足球一样,成了我们的公众任意调侃的对象。真所谓"大雅久不作,吾衰竟谁陈"。《凤凰》不但恢复了诗歌的元气,还恢复了我们对物质世界的俯瞰,而不是仰望。它以放纵的想象和难以复制的语言技术,将这个物质世界重新扫描了一遍,将一切繁华与灰烬尽收囊中。

凤凰真不枉被雇佣一回,"飞"的功用几乎被用到极致。飞翔成为整首诗的线索,欧阳江河称之为"飞翔玄学"[1]。飞过资本,飞过金融,飞过工业,飞过城市、历史、传统,掠过物质与精神、资本与劳动,飞与不飞、死去与再生、过去与现在、肉体与灵魂,这一系列二重性矛盾被鸟瞰聚集在一起。这些主题,随便拎出一个都是大家伙,何况放在一起。但欧阳江河有这样的气魄。像那些他曾经雇佣过的悬棺、咖啡店、工厂、广场等类东西一样,凤凰这一虚拟形象的再创造,使诗获得了时空穿越和鸟瞰世界的超能力,使他痛快地过了一把思接千载、神游万仞的瘾。凌空飞起,俯仰古今,上天入地,不亦乐乎。在物质与精神、历史与现实、天空与地面、人世与自然交织的时空中任意穿梭,不啻是一次自由的精神漫游,是平庸的精神生活的政变,是钢铁、水泥、玻璃、文明培养出来的怪异之花,是有限的生命对无限宇宙的一次堂吉诃德式的冲刺。

这种带有英雄气质并掺杂着自恋色彩的诗兴喷发,使《凤凰》成为一次逆光之旅,一种蝙蝠侠式的逍遥游。人的想象力和他的思想自由程度是成正比的。思想的自由并不等于身体的自由。鸟的想象力未必大于树的想象力。一个肉身不动的作家,他的思想可能早已在千里之外。这就是为什么庄子、李白的想象力比飞机时代的我们要强大的

---

1 《欧阳江河:写诗要克服灵感》,载香港《晶报》2012 年 11 月。

原因。环顾诗坛，无数的诗人匍匐在地上而不自知，或自得其乐。

诗歌从来都是在现实与想象的夹层之间行事。行得好，便是飞翔，行得不好，便成了爬行。欧阳江河想做诗歌里的齐天大圣，跳出日常生活。他厌倦地上，喜欢匪夷所思的领域。他热衷于与古往今来打交道。他要驾语言的筋斗云，他想拿诗歌的照妖镜照出后工业时代和全球化时代的原形。正如诗中所言："为最初一瞥，有人退到怀古之思的远处／但在更远处，有人投下抽丝般的／逝者的目光。"

敬文东注意到，欧阳江河的词语有逐渐升级的特点。这首诗中，上升成为突出的意象。工地、脚手架、景点、版图、地漏、深渊、升降梯、峰顶、空中、登机、新月、晚霞、银河系、天空、万古、天外……这是一个逐渐展开、呈几何级数迅速上升和扩大的视野空间，历史之声在宇宙空间回响。

《凤凰》的叙述者是一个跳在云端里的主体形象，俯瞰着世界和芸芸众生。当然不是上帝，也不是玉帝。这是一个曾被压在五行山下的普通人，从私人领域和工业资本的双重统治下跳将出来，看到并说出这个世界的痛："痛的尖锐／触目地戳在大地上／像一个倒立的／方尖碑。"连痛都是巨大的、尖锐的，这是《凤凰》的气魄。而这样的痛在许多诗人那里，被表述成针尖般大小，更遑论他们笔下的生活。

但是，宣泄感情不是诗的重点。重点是外科医生般的观察，观察这个被钢铁、水泥、玻璃格式化的世界，观察它的工业化、同质化、冷漠、变异或悖论："树上的果实喝过奶，但它们／更想喝冰镇的可乐，因为易拉罐的甜是一个观念化。""百炼之后，钢铁变得袅娜。／黄金和废弃物一起飞翔／鸟儿以工业的体量感／跨国越界，立人心为司法。""但众树消失了：水泥的世界，拔地而起。／人不会飞，却把房子盖到天空中／给鸟的生态添一堆砖瓦。"

首先是工地场景。搭、造、钢钎、水泥、工地、民工、脚手架、升降梯，都是指向工地的符号。

还罗列了大量当代文化符号：暂住证、印花税、证件照、工作室、升降梯、电话线、超音速、中南海、地漏、成交、晶片。这些符号指向农民工、人口流动、社会管理、私人企业、新兴行业、白领生活、现代节奏、都市时尚、高科技、新领域等，足以勾勒当下社会的主要图景，透着一种无所不包、应有尽有的气度。

我更看重他开出的下述透视图和诊断书："凤凰向你走来，浑身都是施工。""艺术史被基金会和博物馆／盖成几处景点，星散在版图上。""地产商站在星空深处，把星星／像烟头一样掐灭。他们用吸星大法／把地火点燃的烟花盛世／吸进肺腑，然后，优雅地吐出印花税。""而急迫的年轻人／慢慢从叛逆者变成顺民。／慢慢地，把穷途像梯子一样竖起。""金融的面孔像雪一样落下。／雪踩上去就像人脸在阳光中／渐渐融化，渐渐形成鸟迹。""资本的天体，器皿般易碎，／有人却为易碎性造了一个工程。""支起一个雪崩般的镂空。"

雪是一个重要意象，第一次出现在第三节第一句："身轻如雪的心之重负啊／将大面积的资本化解于无形。"或许是轻、飞、漫天的性质，使雪与心、与资本的化解联系起来。类似的句子，只可意会不可言传。到第四节，"金融的面孔像雪一样落下"，雪便有了较为清晰的含意：雪像钞票，或者说钞票像雪。漫天飞钱既可覆盖一切，又将迅速融化，不能长久。"雪踩上去就像人脸在阳光中／渐渐融化，渐渐形成鸟迹。"这一句非常传神，也很巧妙。人与钱的关系，物质与精神的关系，在这里被转化为人脸与雪的关系，而"雪崩般的镂空"恰恰是"资本那易碎的工程"。这些意象让人联想到的是金融危机，还是经济泡沫，抑或其他？局部模糊，总体清晰，这是一个非常独特的美学特征。描绘也好，结论也好，预感也好，担忧也好，这些心理似乎都具有公共性和暗示性。因此，欧阳江河的长处在于总体性的把握，这使他的诗歌具备了一种大的气势。

在题材意义上，既像打工诗歌，又像底层写作，但与曹征路的小说《那儿》、郑小琼的车间流水线诗歌完全不同。对资本的描述成为全诗最精彩的部分，将这个世界最为抽象的东西形象化了，显示出不同凡响的概括力和创造力。张清华称欧阳江河在某种意义上"可以说是一位最具理论素养与雄辩才能的诗人，是一位具有对现实发言的能力的、可以使用诗歌直接来思辨当代中国重大社会历史问题的诗人"[1]，称他的诗为"真正的政治抒情诗""转折时期的精神制高点"[2]，可谓确论。

二、穿越

工业化、城市化带来的异化问题已经引起关注。所谓"钢铁柔软""工业体量""黄金和废弃物一起飞翔"，都是城里人日常现实的反讽性说法。人们本应看到这些现实，然而被灯红酒绿掩盖了，被繁忙的奔波占有了，被无法逾越的规则拦住了。人们没有时间来思考精神世界，只是疲于应付生活。我父亲来北京，看到小区高楼林立，说，这地方不好，人住得像鸽子窝，空气不新鲜，从这个口里呼出来，吸到那个嘴里去，不如农村老家好。

外来者才能看清我们。置身于其中的人已经被遮蔽。欧阳江河保持了一种高高在上的视野。在他看来，历史和现实紧挨在一起，仿佛历史是家里的自来水管，历史感一直在那里存在。他不仅展示当下，还感知历史的当下性，他将自己置身于两千年的巨大时空之中，闪转

---

[1] 张清华：《欧阳江河：谁是那狂想和辞藻的主人》，《人物》2008年第5期。
[2] 《十大诗人（1979—2009）：十二个人的排行榜》，《钟山》2010年第5期。

腾挪，往来倏忽，通过一首诗使历史复活。从庄子的大鸟到李贺的凤凰，从郭沫若的女神到凤凰牌自行车，可谓思接千载，神游万仞。他装扮成诗歌中的至尊宝，手拿月光宝盒，穿越时光的山洞。

这便是诗人的自由。李白根本不把源头和海拔当回事。我想起艾略特的忠告，诗人要了解整个历史，要在历史中寻找出最完整的意象来，而不仅在自己的时代打转。当下的人必然要与古人发生关系，也必然要与未来发生关系。艾略特的原话这样说："历史意识，对于那些想在二十五岁以后还继续做诗人的人而言是必不可少的。而且历史意识也牵涉到一种感知力，不仅是要领悟过去事物的过去性，而且要领悟过去事物的此在性。历史意识迫使人们写作时不仅要与他自己的时代一起，而且还要意识到从荷马以来整个欧洲文学史以及整个本国文学是一个同在的实体，构成了一个同在的秩序。这种历史意识，既是一种永恒的意识，也是一种现世的意识，同时也是关于永恒与现世相结合的意识。"[1]

欧阳江河恰好符合这一定义。在时空穿越中，他特别喜欢搬用革命历史符号，这一点非常像政治波谱艺术家。第11、12小节，呈现了一个近现代革命史的基本轮廓，大清、鸦片、武汉、演说家、凤凰党人、武器、地契、耕者、列宁、托派、资本论、巴黎手稿、东方革命，都指向革命历史。革命历史刺激了诗的灵感。不过，他的兴趣不在于复述历史，而在于在历史与叙述之间操练一种修辞的魔术。我们根本弄不明白，他是颠覆还是还原，是沉醉还是超拔，是炫技还是微言大义。很多看上去漂亮之极的语句，细究起来高深莫测，让人一头雾水。比如："如果雪不是落在土地的契约上，／就不能落在耕者的土地上，／

---

[1] ［英］托·斯·艾略特：《传统与个人才能》，卞之琳、李赋宁等译，上海：上海译文出版社，2012年，第2—3页。

不能签下种子的名字。/如果词的雪不是众声喧哗，/而是嘘的一声，/心，这面死者的镜子，/将被自己摔碎。"只可意会，不可言传。假如翻译成这样的意思：如果不是土地革命，农民就不可能得到土地，就不能有自己的粮食，如果不是群众运动，而是跟风起哄，那么老百姓的命运就不会改变，而这种命运是谁造成的呢？显然是自己。你会笑掉大牙。反过来说，如果原意与此完全无关，那又能是什么意思呢？这个时候我明白，欧阳江河要达到的诗歌效果，完全是声音方面的，是提示性的，其意义不可能确定，也不应该确定。真应了韩东的那句老话，"诗到语言为止"，又应了那句理论术语，声音的现象学。有人说，欧阳江河的诗有一种演讲的、雄辩的音调，这是很贴切的看法。

第12小节还让我看到，马克思的幽灵复活了。马克思，这位已经仙逝130年的革命导师，对当代中国诗人的影响不可低估。在欧阳江河这里，马克思又显灵了："一代凤凰党人，撕开武器的胸脯/用武器的批评撕碎一纸地契。"很显然，"批判的武器当然不能代替武器的批判，物质力量只能用物质力量来摧毁"，这是马克思一百多年前的谆谆教诲，欧阳江河牢记在心。这个多少有些自由范儿的才华诗人，一旦叙述革命便不由自主地走到马克思身旁。欧阳江河比当今社会众多自以为是的诗人要聪明十几倍。实际上，我们无法遗弃马克思。在当代生活的诸多时候，马克思仍然是一个生龙活虎的人士，他活着、时尚、超前、年轻，是比那些网络上活跃的公知要深刻得多的公知。只要我们接触商品，接触社会，一句话，只要我们活着，我们就必须面对马克思曾经面对的问题：商品关系、社会关系、生产关系、阶级关系。而事实上，单位、家庭、个人三点一线的生活轨迹，很容易让人产生世外桃源的幻觉，仿佛这个世界上真存在与世隔绝的私人领域。《凤凰》无情地丢掉了这一幻想，仅仅面对公共问题：工业、工地、建筑、资本、商品，劳资关系、契约关系、资产关系。以至于工业与资本无孔不入：天空被钢铁腐蚀；甚至一个地漏也连接着太平洋："天空，锈迹斑斑：／这偷工减料的工地。有人／在太平洋深处安装了一个地漏。"

可以看出，因为题材的缘故，《凤凰》将诗歌的疆土无限拓展了，展示出恢宏的气势。

更重要的是，必须面对马克思所说的异化。欧阳江河敏锐地抓住了这一要害，而且表现得得心应手、游刃有余："凤凰向你走来，浑身都是施工""人不会飞，却把房子盖到天空中""而急迫的年轻人，慢慢从叛逆者变成顺民。／慢慢地，把穷途像梯子一样竖起"。既轻松又悲观，还有点儿黑色幽默，整个诗歌都用这种方式运转。诗歌的异化正是人的异化。我们能够使钢铁飞翔，却不能使自己飞翔；肉身被束缚在机票里、梯子里、银行里、水泥里、钢铁里、玻璃里；钢铁是我们的产物，也是我们的主人。而凤凰，这种具有辉煌的美丽与极端的自由的形象，在城市和工业的包裹下，却成为一堆废铁。

机器世界和工业世界二合一的异化图景，成为现代人精神废墟、精神异化的轴对称图形。无论是工业和城市景观，还是时空穿越的空间设计，抑或飞翔的那种速度感和画面交替，特别是那些频频闪现的宇宙空间场景和画面，总让我想起《机器人总动员》《超级大坏蛋》《卑鄙的我》等一类动画片。我看到了诗歌与大片的竞赛。

与其说《凤凰》是有关中国的叙事，不如说它是一个跨文化的、杂交的文本。它首先是一种本土资源的视觉转换。北京、望京等地理符号，凤凰的形象，近现代革命历史符号的重新拼贴，当代中国城市工地景观的呈现，都可以看作"中国"的表征，包含着"中国叙事"的冲动。同时，《凤凰》在骨子里是抽象的、无根的、飘移的。所谓工业、太平洋、资本、金融、地产商、印花税等这些意象，我很难将它完全与西方资本主义文化符号剥离开来，也很难与好莱坞大片撇清关系。我不但看到了时空的穿越，还看到了文化的穿越。或许，凤凰的身体里有恐龙的影子？与其说《凤凰》是将当代中国放在人类文明的语境中，放在东西方文化对话的关系中呈现，不如说用西方话语讲中国故事，也就是诗里所说的"孩子们在广东话里讲英文""黑板上，英文被写成汉字的样子"。在这一意义上，《凤凰》的症候性更加典型。它既是诗人自身矛盾的表征，也是中西文化碰撞的表征。作为一位频繁游走在东西文化之间的艺术活动家，欧阳江河的跨国艺术活动经验在诗人里边并不多见，这使他罕见地具备了一种跨越太平洋的视野和气度。

《凤凰》包含了多种可能性，正如飞翔有多个方向一样。它在古往今来、广阔无垠中思考当下。诗歌爬到了现实的山腰上，虽然没有登顶，一览众山，但它挣脱了日常生活低矮的樊笼。这已经是相当费力的事情了。《凤凰》的难度便是当下诗歌的难度。这是否也意味着，它的高度就是当下诗歌的高度？

三、语言魔术与审美疲劳

《凤凰》主要的看点之一是语言。阵势铺天盖地，古往今来。欧阳江河的诗是 21 世纪的汉赋，是诗歌中的春晚。像一场魔术，花样繁多，变幻莫测，灵感像吸毒之后的那种不可遏制，尽管他声称诗歌要克服灵感。"一分钟的凤凰，有两分钟是恐龙，／ 它们不能折旧，也不能抵税。／ 时间和金钱相互磨损，／ 那转身即逝的，成为一个塑造。"随手就能找出这样的句子。语言魔术是欧阳江河的后台。双关、谐音、反讽、悖论、自我辩驳、否定之肯定，这些技艺在这首诗中俯仰可拾。比如对"漏"的透支性使用："一些我们称之为风花雪月的东西／ 开始漏水，漏电，／人头税也一点点往下漏，／漏出些手脚，又漏出鱼尾／和屋漏痕。"比如，他玩的意象与词语纠缠的游戏："铁了心的飞翔，有什么会变轻吗？／如果这样的鸟儿都不能够飞，／还要天空做什么？／除非心碎与玉碎一起飞翔，／除非飞翔不需要肉身，／除非不飞就会死；否则，别碰飞翔。／人啊，你有把天空倒扣过来的气度吗？／那种把寸心放在天文的测度里去飞／或不飞的广阔性，／使地球变小了，使时间变年轻了。／有人将飞翔的胎儿／放在哲学家的头脑里，／仿佛哲学是一个女人。／有人将万古交给人之初保存。／有人在地书中，打开一本天书。"

这些诗句，有明确的气场和不容质疑的气势。断语、格言式的句式使用，极具陌生化效果。熟悉的符号焕发出陌生的意义。语气上的坚定与意义上的含混，强化了神秘感与庄严感。一句话里必有两个意义相反的词语，而且火力密集，连珠炮般发射。悖论式的张力美学成为欧阳江河的金科玉律。每首必有悖论式张力，每节必有，甚至每句必有。"把一个来世的电话打给今生"，类似的句式随处可见。一种修辞风格似乎成为诗歌全部的趣味。然而，当这种修辞被频繁使用之后，就像过度发行的钞票一样，贬值了。这是欧阳江河诗歌创作最令人烦恼的问题。独特的技巧似乎帮他找到了一劳永逸的招数，但用过之后发现，化解了的难题反而变得更加艰难。写诗不是为了回答问题，而是为了制造问题，这或许是他的信条？他重视技巧，重视含混，轻视情感，轻视透明。欧阳江河沉迷于扮演一个蒙面魔术师。

这套技巧由来已久。在1984年欧阳江河写就的《悬棺》中，悖论张力式的句子已经成型："所有的人死于同一个杜撰，死于比死亡更为可怕的永生、每一个诞辰和忌日，都把众多亡灵从各自的超度中唤醒，为了再度死去。""所有的归宿是同一个归宿。""直到汹涌的阴影在亮光中形成水晶般清澈的茫然。""白而猛烈之光挥动如逆之笔草就黑暗,挖出眼球命中盲瞳。"看得出来,他很得意。对于我来说,眼睁睁看着那些在形而上学的思辨之中飞舞的词语,像扑火的灯蛾一样来路不明:"穿颅术以一念之差洞穿千里,反串从死到生的悬殊。万类在轮回之圆同心,造化终极布满转捩点,每一种语言都是倒叙;每一次前行都是逆向。要走出自身必须反身进入。""吃土的植物有牙而无嘴,有衣饰而无身段。很深的渴意来自水,海的未来仅有一滴。沙漠最后会钟情你们,达到新月的湿度,代替海蒙受正午的狂热而水的波动将无人问津。""鸟的高贵羽毛和山岳有相同的重量。仅有的一个字和全部书卷有相同的重量。"这些充满了达利、毕加索式超现实主义手法的诗句,令人喘不过气来。再列举欧阳江河的长诗《泰姬陵之泪》的几个句子:"委身于忘我和无我还要小。/一个琥珀般的夜空安放在泪滴里,/泪滴:这颗寸心的天下心。"

完全可以说,喋喋不休,无视观众。从接受美学的角度来看,欧阳江河有点仗势欺人。

一位网友在博客里归纳了这样几条欧阳氏经典句子:1.所有瞬间是同一个瞬间。2.所有归宿是同一个归宿。3.所有的启示是同一个启示。4.刹那即生,刹那即灭。千秋功罪无非横笛一声,霜迹一片。5.风景是万物对形象的离开。6.石头没有更多的空虚让你点化成金。7.在另一种死亡里,花园就是一切。8.界限并不存在。[1]

人们早就领教过欧阳江河的词语机锋。他在这方面的才华毫无疑问。但诗歌说到底要表达人的感情,特别是具有公共性的感情。如果

---

[1] 参见游似《一些瞬间在另一些瞬间中被界定——微博读评欧阳江河〈悬棺〉》,2011年11月19日,见新浪博客:http://blog.sina.com.cn/s/blog_48e063480100zfyl.html。

文辞天花乱坠，情感冷如石头，这样的诗能有几人欣赏？

才华在这个时代并不短缺，短缺的是有思想的才华，短缺的是才华对现实的本质描绘和对生活的深刻把握。与晶莹的《泰姬陵之泪》比起来，《凤凰》显然要暧昧得多。两首诗几乎写于同一时期，情感立场完全不同。《泰姬陵之泪》是对"人类情感"的高度认同，是对"共通人性"的成功推介和渲染，而《凤凰》则试图对混沌暧昧的现实进行个性化的把脉，充满歧义、抗辩和悖论。前者如果浑然一体，后者多少有些貌合神离。

四、情感悬置与思想虚弱

令我无法释怀的是，《凤凰》有一种暧昧的情感和立场的迟疑，不痛快淋漓。北岛的诗之所以煽情，一个重要的原因是很少躲躲闪闪。欧阳江河的出现使我面临一个难题，我无法断定，诗歌到底是斩钉截铁、气壮山河好呢，还是曲折迷离、暧昧模糊好。或许在当下，暧昧才是一种更为天才的聪明？无论怎么看，试图从《凤凰》中找出情感相当困难。在第二节中已经举过一例。再来看这样一例："人是时间的秘书，搭乘超音速／起落于电话线两端：打电话给自己／然后到另一端接听。但鸟儿／没有固定电话。而人也在／与神相遇的路上，忘记了从前的号码。／鸟儿飞经的所有时间／如卷轴般展开，又被卷起。／三两支中南海，从前海抽到后海，／把摩天楼抽得只剩抽水马桶，／把鹤寿抽成了长腿蚊。／一点余烬，竟能抽出玉生烟，／并从水泥的海拔，抽出一个珠峰。"不能不让人想到"文字游戏"的概念。想表达什么？这些魔术般的词语搭配，分明有所用意，也分明是灵感的迸发，意象也不可谓不新、不妙。可意思到底是什么？恭维点说，我在眼花缭乱中获得了某种朦胧的轮廓，和含糊的肯定。可是，如果狠毒点呢？诗不是法院判决，但总不能说诗不是感情吧。通读《凤凰》，感情是被排斥的东西。"得给消费时代的 CBD 景观／搭建一个古瓮般的思想废墟，／因为神迹近在身边，但又遥不可及。／得给人与神的相遇，搭建一个／人之境，得把人的目力所及／放到凤凰的眼睛里去，／因为整个天空都是泪水。"好不容易出现了泪水，这一人类感情的载体之一，然而，有些突兀，缺乏铺垫，悲得毫无来由，不像《泰姬陵之泪》那样有足够的铺垫、酝酿，因此也就显得生硬。《凤凰》全诗，没有"我"。

有迷人的一面，也有狡猾的一面。一方面令人浮想联翩，另一方面又令人不知所云。该怪罪诗歌还是怪罪"我"自己？欧阳江河是一个敏感而丰富的诗人，优秀的诗人，然而也是一个"狡猾"的诗人。在情感方面，似乎很难与中国传统诗人的形象联系起来。他找到了对付世界的独特方法，他的玄学气质以及演技派路线，在这个消费升起、转轨未结、全球化时代如鱼得水。他以非常玄妙的、风格化的、机智到有些过分的表述方式获得了市场许可。他走出了一条修辞机会主义的小径。

《凤凰》是修辞的胜利，而不是情感和思想的胜利。

敬文东准确地发现了欧阳江河的修辞秘密。敬文东认为，"欧阳江河的诗歌书写始终处于互相辩驳、诘问和对抗的驳杂局面之中。在被称作'杰作'的《傍晚穿过广场》里，欧阳江河的驳杂达到了令人咋舌的高度：'如果我能用被劈开两半的神秘黑夜／去解释一个双脚踏在大地上的明媚早晨——／如果我能沿着洒满晨曦的台阶／去登上虚无之巅的巨人的肩膀，／不是为了升起，而是为了陨落——／如果黄金镶刻的铭文不是为了被传颂／而是为了被抹去、被遗忘、被践踏。'黑夜与早晨，虚无与明媚，传颂与遗忘，升起（那是日出的方式，火的肯定性）与陨落（那是日落的方式，黑暗的方向）⋯⋯否定性的词汇和肯定性的词汇，被暴力式地并置在一起，用的句式是虚拟的、选择性的，但在骨子里却毫不怀疑真正的时代事实会是什么"[1]。

敬文东认为，欧阳江河诗歌的复杂性是适合这个芜杂、让人理不清头绪而又各执一端的时代的特性的。"我的看法是：不平衡的造成归根结底来源于关键词二重性本身的不平衡。'你首先是灰烬，／然后仍旧是灰烬。'（欧阳江河《风筝火鸟》）有着否定性质的现实，在我们这个时代里，始终比肯定性质的东西要多得多。时代和生活的杂乱无章，否定性事物和肯定性事物的纠缠一团难以分辨，这是一方面；值得否弃的东西比值得肯定的东西存在着更大的波及面，这又是最主要的一方面。"[2]

时代的复杂性是诗歌表述复杂性的原因。敬文东给欧阳江河找到了一个很巧妙的唯物主义理由。这个理由非常扎实有力，但无法解决这样一个矛盾：为什么一首诗中"句式是虚拟的、选择性的"，但在骨子里"却毫不怀疑"，而在另一首诗中，同样的句式，却表达得暧昧模糊、疑窦丛生？

说白了，诗人没有清楚的想法是诗歌暧昧的决定性因素。

在《钟山》组织的三十年（1979—2009）十大诗人评选中，评委唐晓渡这样评价欧阳江河："其策略介于雄辩和诡论、连续的变奏和即兴的表演之间。他对'反词'的独到理解和处理，结合对音乐'对位'技法的挪用，使他的诗在语义层面充满似是而非、模棱两可以至根本悖谬的内在不确定性，而整体上又确切地发散着超语义的魅力。"[3]

谦谦君子的诗评家们总是小心翼翼地在怀疑的头上扣上一顶华丽的帽子。但这种装饰仍然改变不了欧阳江河"似是而非、模棱两可以

---

[1] 敬文东：《诗歌在解构的日子里》，北京：北京大学出版社，2008年，第132—133页。
[2] 敬文东：《诗歌在解构的日子里》，北京：北京大学出版社，2008年，第134页。
[3] 《十大诗人（1979—2009）：十二个人的排行榜》，《钟山》2010年第5期。

至根本悖谬的内在不确定性"。

找遍全篇，以下一段处理激烈感情："人类并非鸟类，但怎能制止／高高飞起的激动？想飞，就用蜡／封住听觉，用水泥涂抹视觉，／用钢钎往心的疼痛上扎。／耳朵聋掉，眼睛瞎掉，心跳停止。／劳动被词的膂力举起，又放下。"即使这样的自虐，也是一个旁观者的角度，缺乏设身处地的情感力量。下面的句子是感情最为外露之处："这颗飞翔的寸心啊，／被牺牲献出，被麦粒撒下，被纪念碑的尺度所放大。／然而，生活保持原大。"一个然而，很快就转回到冷静。情感相当节约、理智。旁观者，是《凤凰》最主要的情感主体形象。诗句总有这样一种效果：本来以为要上去，没想到却滑落下来；本来以高调的情感出场，但很快变成为炽热降温。大量虚拟理性的存在，使诗像一尊哲学木偶。一旦感情可以更进一步的时候，撤退了。诗一直在飞，与情感擦肩而过。飞的好处是视野开阔，气势恢宏，坏处是浮光掠影，蜻蜓点水。整首诗就是对城市工业时代的一个浮光掠影。那些被发现的年轻人、叛逆者、资本家、民工、造房者、小偷、建筑师、书呆子、临时工、艺术家、乡下人、城管、小官僚、债权人、对弈者，都像投射在天幕当中的一个个梦幻般的影子。当真正的当代问题被转移到"我是谁""大我""小我"这样的哲学概念名下之后，与现实的连接断掉了。原来可能深入下去的探询和质疑空泛虚无，仿佛在谈火星上的事情。"不知腐鼠和小官僚的滋味。"小官僚的滋味是什么样的滋味？没有下文。乡愁的滋味是什么滋味？余光中有下文。至于李贺的琴弦"弹断了多少人的流水和心肠"，则又拿古人说事："李贺的凤凰，踏声律而来，／那奇异的叫声，叫碎了昆仑玉，／二十三根琴弦，弹得紫皇动容，／弹断了多少人的流水和心肠。"求救于古人，绕开了现实。整首诗中，唯一一个深入描绘个人情感的，是汉朝人贾生："那时贾生年少,在封建中垂泪,/他解开凤凰身上的扣子,/脱下山鸡的锦缎,取出几串孔雀钱,/五色成文章,百鸟寄身于一鸟。"如果把这些词语节约下来,让那些书呆子、小官僚、城管、艺术家使用,效果该如何?只有欧阳江河自己知道,只有天知道。

举沈浩波一首《舞者》为例,做个对比。这首诗视野很小,但感情充沛,立场鲜明:

> 追光灯覆盖着舞者的灵魂
> 因不能逃避
> 而万般扭转的灵魂
>
> .
>
> 你们伸长脖子
> 爱上了她的身姿
> 和蹁跹的美
>
> .
>
> 一个少女
> 被强暴者覆盖时
> 那灵魂
> 也该是万般扭转的吧
>
> .
>
> 晶莹的舞池上
> 舞者努力的弹跃
> 自己曼妙的身体
>
> .
>
> 欣赏舞蹈的人们

有的已被这美

感染得落了泪

.

一条濒死的鱼

在冰冷的砧板上

最后的弹跳

它也有着

柔软的身体呵

.

我不是故意扫你们的兴

我们都有舞者的灵魂

我们都有少女的屈辱

我们都有

待宰之鱼的

绝望[1]

沈浩波一向以下半身著称,但这首诗是少有的上半身,且身心俱备,触动人的心灵。《凤凰》缺少这种动人的东西。

《泰姬陵之泪》的感情含量比《凤凰》大得多。前者是围绕人的日常感情来组织的,以"泪流"组织全诗:"泪水就要飞起来。是给它鹰的翅膀呢,/还是让它搭乘波音767,和经济奇迹/一道起飞?三千公里旧泪,就这么从北京登上了/新德里的天空。……我们能否借鹰的目力,看着落日/以云母的样子溶解在一朵水母里?2009年的恒河/能否以虹的跨度在天上流,流向1632年?""四百年了,泰姬用眼泪

---

[1] 沈浩波:《文楼村纪事》,银川:阳光出版社,2012年,第89—90页。

在吹奏恒河。/ 只是，泰姬，你吹不吹奏我都能听见你。黄河 / 也被吹入了这颗叫做泰姬的泪滴。/ 泰姬，你不必动真的刀剑，/ 几片落叶，已足以取我性命。"

这是写泪流最有才华的诗歌之一。同样有时空穿越，同样是跨文化视野，但情感立场相当鲜明，没有丝毫犹豫。为什么？因为诗中有"我"，而《凤凰》则无"我"。

情感悬置，思想虚弱，实际上是权威话语缺乏的表征。世界本无言，人赋予其意义。话语是一种权利。欧阳江河既要面对这个时代，表述这个时代，还无法给出明确的判断，这正是他的暧昧之处。他的暧昧就是诗歌的暧昧，小说的暧昧，影视的暧昧。可以看到，《傍晚穿过广场》，或者《泰姬陵之泪》，不存在这样的难题，感情立场非常明确。而当看到这个后工业时代的物质世界、被资本和权力异化了的世界时，复杂的现实令人无所适从。是镂空的废墟，还是起飞的图腾？是飞翔还是停驻？是绚丽辉煌还是贫乏枯燥？面对复杂丰富多元的时代，面对古老帝国的经济奇迹与资本异化，这位才子失语了。

敬文东这样描述20世纪90年代以来的诗歌特征："九十年代汉语诗人有可能把更多的精力，放在对凡庸日常生活的处理上。生活——毫无诗意的、包纳了吃、喝、拉、撒、睡在内的凡俗生活，始终是90年代汉语诗人写作中的秘密；它把诗人曾经高远的飞翔愿望强行拉回到了地面，让他们老老实实、脚踏实地、心平气和地面对它，并要求他们对它表态：有条件地拣起或放弃，承认或拒绝。"[1]

欧阳江河不会不明白这种状况，他想以写作提出反抗，他想飞，飞得更高。然而，羁绊非常强大。当他飞起来之后，发现远非想象得

1　敬文东：《诗歌在解构的日子里》，北京：北京大学出版社，2008年，第134—135页。

那么简单。他不是被工业废料束缚着，而是被工业废料背后的复杂关系牵绊着。

五、凤栖何处

《凤凰》究竟表达了什么？停留于表面的诊断并不过瘾。情感悬置、思想虚弱暴露了诗人面对当下的困惑、矛盾、犹疑、无奈与失语。让诗来下结论，有点儿像让公鸡下蛋。但作为读者，我愿意诗人更高明，特别期待诗人能有"朱门酒肉臭，路有冻死骨"那样的决断。

《凤凰》从第12节开始，节奏明显加快，仿佛历史在跑动。更强的时空穿越也是从此节开始："有人在二十一世纪，读《春秋来信》。／有人在北京，读《巴黎手稿》。／更多的人坐在星空／读《资本论》。／读，就是和写一起消失。"列宁、托派、政治局、郭沫若、毛泽东这些非常具有历史意味的符号，它们的集中出现，似乎预示着不同凡响的下文。然而，都是一闪而过，并无深究。这些叙述，只是为徐冰的雕塑出场而铺垫。主角是那一尊凤凰的雕塑。

《凤凰》的灵感来自徐冰的雕塑。欧阳江河在一篇文章中写道："在我看来，徐冰考虑了三方面因素：作为一个图纸上或二维平面的概念；凤凰是由工业废料品的搭起来的作品，徐冰考虑更多的是工业体量感，而不是雕塑本身的空间占有和暗示性。其次是考虑作品的构成材料，这些材料全都保持生活的原尺寸大小，比如搅拌机、钢筋骨架、水泥、安全帽以及各种工具。这些被触摸过的劳动工具还保留了劳动的真实性，也包含着对劳动的一种尊重，或者是礼赞，以及种种批判性的思考：劳动和财富的关系，现代和古代的关系，艺术和资本的关系。这些生活中原尺寸的物体，与工业的体量感合并后，触及了我想指出的第三方面的因素，将艺术品本身作一个夸大——以纪念碑般的史诗尺寸,构成反讽的、相互抵触的、过度的比例关系。这三种因素构成了凤凰的重量以及它的体量感。所以我们不能只是从雕塑的角度考虑。这与其说是雕塑,不如说是反雕塑。"[1]

徐冰原作既是诗的灵感来源,又是诗的思想禁地。雕塑凤凰催生了诗歌凤凰,又圈定了生命极限,那就是,诗歌凤凰不得不在悖论张力这一思想/修辞的疆域里打转。看见,却没有说出。

"凤凰彻悟飞的真谛,却不飞了。""一切都在移动,而飞鸟本身不动。/每样不飞的事物都借凤凰在飞。/人,不是成了鸟儿才飞,/而是飞起来之后,才变身为鸟。"

肯定之中有否定,有即无,实即空,这便是整个的逻辑。"让铁的事实柔软下来","与不朽者论价,会失去时间","慢,被拧紧之后,比自身快了一分钟。/对表的正确方式是反时间。/一分钟的凤凰,有两分钟是恐龙","那转身即逝的,成为一个塑造"。这些脑筋急转弯式的文字游戏,究竟有多少思想含量?总觉得和"祸兮福所依""道可道非常道""物极必反""乐极生悲"这样的人生体验相去甚远,也就是说,这些表述仅仅是表述,是空中楼阁,终究与生活体验关系不大。终究,凤凰变成了一场游戏,词语的游戏。"不是飞鸟在飞,是词在飞。/所谓飞翔就是把人间的事物/提升到天上,弄成云的样子。"诗人充当造物主,充当导演,现实不过是任意剪辑的画面而已。而什么是凤凰呢,凤凰就是人,人是凤凰的一个阶段,凤凰是外表,人是内心:"鸟类经历了人的变容,/变回它自己:这就是凤凰。/它分身出一个动物世界,/但为感官之痛,保留了人之初。"从第14节开始,焦点开始向雕塑本身聚集。直到最后一节将句号画在那个不飞的凤凰身上:

---

[1] 欧阳江河:《徐冰"凤凰"的意义重叠》,《艺术时代》2010年第15期。

"一堆废弃物，竟如此活色生香。/ 破坏与建设，焊接在一起"，"在天空中 / 凝结成一个全体"。至此，凤凰飞了一个圆圈，回到原点，极其类似于好莱坞大片的大团圆结局，尽管是带有反讽性的结局。

敬文东的提问对于《凤凰》来说同样有效："欧阳江河以绝对的语气抒写、陈述的这些事实，是否也是诡辩，或仅仅是出于一种策略？他揭示了时代吗？他揭示了正在变作历史的那段时间里发生的真相吗？……而关键在于，他的抒写，尤其是他的陈述，是否只是臆想的、虚拟的，因而只是一些虚假意识呢？"[1]

（原载《诗探索》2013年第4辑理论卷）

---

[1] 敬文东：《诗歌在解构的日子里》，北京：北京大学出版社，2008年，第138页。

离开风暴

——读安琪长诗集《你无法模仿我的生活》

当我花二十天时间读完这部诗集，我长出一口气。世界终于平静，我从风暴中走出。云开雾散，阳光灿烂，仿佛看完一部灾难大片。

安琪自己的分界是基本准确的。1994年到2002年，2002年到2011年，漳州诗歌和北京诗歌，这是两个内容和风格完全不同的时期。漳州时期，云雾惨淡、暗无天日、心潮澎湃、声嘶力竭；北京时期，云开雾散、风和日丽、心绪宁静、心态平和。近二十年里，安琪由巫向人，走出风暴，归于平静。

从一开始我就想从理论上给她归类，但发现出力不讨好。这是一本拒绝理论的诗集。整本诗集，近百首长诗，几乎无一首可以找出明确的主题，激情、偏执、怪异、旁逸斜出充满了整本书。当找到孤独这个词时，你发现了巨大的压抑，当欣喜地发现绝望的主题之时，你又看到愤怒在不远处眨着鬼眼。每一首的标题不过即兴而已，与其说是标题，不如说是点明灵感的来源，或是某种意志的恶作剧般的闪现。这个特点在漳州诗歌中表现得淋漓尽致。读到书的中部，我便对理论绝望了。既然是艺术，既然是感性和情绪，那么，就让我拿情绪来吧。从内部性质上框定既然不可能，那就从外部下手吧。我也依靠灵感，找到了情绪风暴一词。是个好东西，尤其对于安琪这样躁动不安、能量巨大、剧烈抖动的诗歌写作来说。

由于无法在理论上下手，日记式的读后感便帮了大忙。下面，就是我阅读的心路历程，看能否将这场风暴重新展示。

早期的诗歌有相对的纯净。注意，只是相对。其实，相对于许多诗人早期的诗歌而言，已经足够复杂。跟我早年读诗中的汪国真、席慕蓉、余光中、顾城相比，安琪甫一出手，便如悬崖瀑布，不是从头开始，而像从天而降。但尽管如此，读完此书，会感觉到，相对于她自己后来的风暴，前几部作品不过是暴风雨前的小雨点而已。开首之诗《干蚂蚁》，注重内在节奏，追求跳跃，呈现反叛和悲愤的主体形象。将这首诗拿出来，完全没有新手上路的那种稚嫩、犹豫、清澈，和拖泥带水、老老实实，它的语言直接表达的是意识和情绪，而这种情绪完全与众不同。"抓住远遁的幻影/那和永恒赛跑的/是一个鬼，抑或是/一头没有知觉的牛"，个人至上，心无旁骛，我为核心，完全把世界给忽略了。这些句子从一开始就充满了哲学意味，情绪感觉，典型的感觉中心主义。第二首《未完成》，仍然如此，"她看到生命是一只蜻蜓对光线的追随/她以此相询：究竟在你认定的光线中/什么才是真正的今天？"仿佛天生就活在天空之中，尘世的琐事、杂事、俗事一概不入法眼，而生活的唯一内容就是思考哲学问题和自我的感觉。

从头到尾读安琪的诗，所有的诗仿佛一首诗，第一句到最后一句，都是一句"精神是什么"。无法给她的诗确定主题，每首诗的标题也无法确解，都似是而非，朦朦胧胧，飘忽不定。说《未完成》，什么未完成？怎样就算未完成？没有结论，只有情绪在流动。说安琪的诗是意识流，恐怕没有人会反对。这首诗是一个受难者的主体形象，以诗为救赎。

第三首《节律——写给上帝的星期天》，抽象，高蹈，玄虚，可以看作其早期诗歌的总特点。她的每句话都令人煞费脑筋，"请允许我见一见风中的水，对面的水"，这是什么样的水？后文不再给出答案，安琪仿佛一只任意而飞的蜻蜓，只在你眼前一亮相，忽地绝尘而去，转到别的方向去了，留你在风中苦想。

我行我素，"语不惊人死不休"，叙述反其道而行之，思想极度自我与玄虚，这便是安琪漳州诗歌给我的印象。即使到现在，我见识过于坚、伊沙、尹丽川、赵丽华、肖开愚、欧阳江河、翟永明、西川等人的诗歌实验和创新，但安琪仍然让我有痛苦的感觉，就好像小学生遇到了人大附中的奥数题。完全是两个思路，两个风格，与众不同的情绪和意识流。

是不是生活消失得无影无踪？是不是安琪生活在一个特别的世界？没有，如果仔细分辨，我依然可以看到生活留给安琪的蛛丝马迹。尽管这种研究《红楼梦》所运用过的索隐式的考据方式用在诗歌当中十分可笑，可我依然有这种冲动，我的问题是：什么力量使这样一位女诗人如此排斥世俗世界中的世俗符号？还是说她一开始就生活在一种特殊的精神世界当中？这或许是个永远也得不到回答的问题，但它是我阅读安琪诗歌的头等问题。

在长达二十天的阅读中，每天我都想方设法寻找生活的影子，每首诗我都要寻找诗句与生活的对应，每分钟都有猜测：这个是不是她的生活动机？是不是她精神风暴的发源地？在她早期漳州诗歌中，精神风暴一词，最能描绘她的诗歌气质。经过一番仔细的爬梳、推理、猜测，我的结论基本是，生活轨迹在这里恐怕连百分之一都占不到，而那大量的乌云翻滚的情绪、感情、幻觉、精神闪电与思想火花，种种元素绞合在一起，构成了安琪早期诗歌的风暴中心。《节律——写给上帝的星期天》中第 2 辑，是否暗含着婴儿夭折的人生痛苦？如果是，那么这首诗是否可以认为是这种巨大打击下的精神呈现？如果是，在这首诗中，"我们的孤独是孤独的全部／我们醒了，醒在青草巨大的呼吸里"，这样的句子就有了明确的含义。后面的《相约》同样可以看成这种人生情绪的呈现："让唯一的生命白白流走／让热血闪耀，再归于寂灭。"特别是这一句"如平展着的 1994 年 11 月 2 日"，这个日期是什么样的日期？可否视为竖立于真实生活中的界碑？在《借口》中，提到了父亲，"我时常讶异于自己的漠然／父亲的一生是烟酒的一生，也是小姐的一生，失败的一生"。在《轮回碑》中，提到父亲："父亲／高度截取了生活的此在／他最令人惊异的激情在于他对酒／及与此相关的女人的贪婪。"在《失语》中，"我的女儿叫宇，我的女儿粗枝大叶"。后边《巫》又提到母女关系，"竖条杆一闪一闪的，母亲装作没看见／没办法，儿大不由娘"。而《加速度》一诗，我感觉是这本书中最集中地谈到家庭和身世的一首，或许是个人家庭史吧，写到了弟弟、姐姐、父母，"我的小弟高高地，高高地，飞下／一只黑蝙蝠"，"但是妈妈疯了／从下午 5 点，空气笼罩着不祥的征兆，愤怒几乎／使我咬碎心脏／天啊，我们的命／妹妹，就这样吧，该什么是什么。／爸爸总不回来／他的家在小姐身上。他醉了"。这些诗句总让我对一个人非同寻常的巨大灾变产生联想，将这种非同寻常的灾变与非同寻常的死亡意象和受难者的主体形象联系起来，否则，我的理解就将变得更加艰难，甚至不可能。《手工活》莫非是怀念同学？"每天总有人莫名其妙地死去／然后编成一队骨灰盒／我预感到苦难却没有半丝犹豫。"令我吃惊的是，死亡和每一首漳州诗都联系在一起，死亡意象构成安琪早期诗歌的重要意象，成为其黑暗生活情景的主要衬托。《双面电影》是看完某个西方电影后的心理感受？"那么多人的面孔旋转成一种声音。"

《石码小镇》可能是对故乡或祖居地的印象，容纳了大量幻觉和超现实的感受。《泉州记》是参观泉州时引发的联想和感慨。《死亡外面》是对漳洲变化的感受，许多混杂的感觉，写得冲动，不由自主，但不少地方依然具有诗歌尖锐的冲击力，直达事物深处。"我喜欢沉静的总统宴席/制度磨损的痕迹无声无息但我知道"，"如果一个钱眼能够装进所有肮脏的勾当，我已变得如此庸常"。特别是下边这一段，不单是对漳州，还是对当代城市的一个总体描述："到处是拼贴，楼房与大腿拼贴/广告与乞丐拼贴/公共厕所修建得比花生的老家还好"，"美容院写着：保证你的皱纹焕然一新"。这首诗写于2000年11月15日，新世纪之初。种种与现实生活可能联系之处，我都一一留意，但除了猜测她早期生活的种种不幸和灾难之外，还能有什么用呢？

从《不死，对一场实验的描述》开始，安琪开始了更为放肆的写作。她几乎进入了一种痴狂的状态，并与这种状态一起陶醉、沉迷、癫狂。这是一种合二为一的写作状态，诗即生活，生活即诗。在这些诗里，我很难想象她的日常生活是什么样的，很难想象她与诗歌写作有片刻的分离。"可是，灵魂空得无法缝补"，这种劈面而来、毫无铺垫却的确成为问题的诗句，令人猝不及防，我不得不思考她提出的问题，然而，从后面的展开中，又得不到答案，她只是发问，只是倾倒，只是疯狂地旋转，就像一个擎天立地的龙卷风的大问号，令人无法回避，又不知所从。一旦深入其中，便是痴狂、躁动、死亡幻觉等的风暴的搅动与裹挟。"我尝试吞食直升飞机的仰望/天啊，我的灵魂接近三分钟不朽/这是真的？这难道不是死亡善良的恶作剧？"

死亡的意象成为早期诗歌的最重要意象之一，它似乎构成安琪诗歌灵感的重要来源。"强忍住欲望凸显的泡沫，似乎已在单人房间里/自刎。它不够格！/此刻月明星稀，星光惨淡像屠宰场/你挺身而出挺好／你愿意让死亡死就死吧／急速变幻的语词发散着腐烂的霉气。"这也构成我理解安琪诗歌的重要线索。人和人是不一样的，思想和意识也是不一样的，尤其是潜意识。当我读完整本书时，我发现，安琪是一个早期思想特殊的人，或许她受到西方现代艺术的深刻影响，或许甚而受到基督教的影响，变形、幻觉、抽象、拼贴、并置、潜意识、超现实、上帝、末日、神、地狱等，具有明显西方文化色彩的符号大量出现。这或许与20世纪80年代以来的西方文化热、哲学热有关，与她的阅读经验有关。从她的诗歌中，我可以找到许多西方人的影子，达利、弗洛伊德、卡夫卡、萨特、加缪、博尔赫斯、艾略特，特别是庞德。对于庞德，我基本上阅读空白，无从谈起。甚至可以说，这本诗集是一个研究潜意识、幻觉的极佳对象，具有心理学和社会学标本价值。它真实地呈现了我们所忽略的、我们的传统文化不熟悉的那种心理状态。这方面的例子可以举成百上千个，有兴趣的朋友，相信可以找一整天，结果会觉得安琪是一个西方作者。此处仅举几例："建一座罗马只需一个字，拆毁它只有一个眼神"（《罗马是怎样建成的》）"幽灵要转过头，光线是它的食物"（《借口》）"水从汨罗江站起，一片屈原形状的水"（《孤独教育》），这简直是活生生的变形金刚，或是达利的画。

但这并不是说她的写作一成不变。从1999年《罗马是怎样建成的》开始，安琪的诗歌中有了强烈的现实性指向，她大量地插入现实性符号和议论，想象与现实之间的来回穿越，成为一个非常重要的现象。安琪开始改变早期诗歌过于拘泥自我意识的写作立场，也开始关注现实，不过是以她自己的方式。"汇款单，上班，直接经济损失，二十版，报纸，出厂。"（《罗马是怎样建成的》）《第三说》中的"有华人的地方就知道金庸／18岁是段好线条，适宜于长篇武侠小说"，这三句给我的印象极其深刻，令我没有想到的是，在以后的写作中，安琪发挥发展成一种套路，即夹叙夹议、想象与现实穿梭的新的合二为一写作。那种天马行空的自由真令人羡慕，也令人担忧。你惊讶于一个女诗人竟然有如此广阔的视野，如此狂放的思维，如此强悍的整合能力，你同时也时时会疑问，这样的诗它的主题在哪？它到底要表达什么？我会发现安琪制造了一种强大的离心力，我必须抛弃原有的诗歌观念和诗歌标准，才能将她的诗读下去。存在的就是合理的，大千世界，无奇不有，安琪的诗歌也是诗歌，我只能这么认为，她无法被忽视。她不押韵，她不主题，她不现实又现实，她不抒情又极度抒情。比如说吧，《第三说》最后三句"这还不是尾声／人与永恒，与一根星辰的手指，它的小指尖散发的静／内心的静把宇宙搬到窗台"，视野、气魄、境界、感情，和人对宇宙人生的体悟，达到了非常纯粹、非常透明的境界，单独拿出来，这是多么好的抒情诗呵，这灵感的才华，自己何曾有过？读这首诗，如在茫茫宇宙中散步，星光隐现在巨大的黑暗之中。

　　《张家界》包含了对现实非常尖锐的批判，不乏刀光一般倏忽而过的尖利。大量的时空穿越或者说拼贴，既带来灵感，也夹杂着伤害。《碎玻璃的世界》同样是争论激烈具有辩论形式和哲学意味的诗，从海德格尔到凯撒，再到博尔赫斯，从卡夫卡、到甘地、李白，这些古今中外的文化符号、大贤圣哲的出场。类似的还有《第七维》，无疑都是灵魂风暴的最好例证。这当然是20世纪90年代西方文化热在文艺领域的表征，但这种结论下与不下，了无区别。关键是，这首诗要表达的是一个东方中国人的心理世界，它与西方世界息息相通。这就是当代人的精神症状，一个时代的症状。我们深受西方文化的影响，自"五四"直到现在。许多"80后""90后"最喜欢的是哈里波特，而不是孙悟空；喜欢的是变形金刚，而不是孙悟空；喜欢的是莱昂纳多，而不是贾宝玉、张生。这没有什么值得焦虑的，关键是，一个人能有自己的自由，思想的自由，爱好的自由，而且这种自由和自己的生活相一致，与社会、他人没有特别的冲突。安琪试图以她倔强的写作证明，明确的思想和观念不是诗歌唯一的目的，诗歌以反映个人、抒发个人为宗旨，诗歌的确是最为个性化的东西，至于它的社会共鸣与隔世传诵，只不过是身外之物。只要一首诗真正表达了自我，受西方的影响又有何虑？写出了这样的诗句就是好样的、痛快的："抵抗你的仰慕者，特征之一：卡夫卡的高额／甘地的不食，李白的捉月／浪漫主义的行为方式通过一首诗一篇文得到统治／隶属于谁？没有谁对我举起天空的钥匙／当我想到温暖，我肯定是赶不上微弱的清晨。"这是纯粹诗歌的思维，情绪和图景，已经够丰富的了。

如果说压抑、死亡、灾难、绝望等负面的生活情景和经验是安琪诗歌的灵感来源，那么，大量的文化名人的出现，使我猜测，阅读构成其灵感的另一个重要来源。《越界》是个好例。这首诗有阅读所带来的灵感和刺激性反应。营造了一个受难者的形象，堪比但丁，惊天动地："在结疤的晚上感应神圣幻象的侵袭／直到雾倾注到宝瓶座星球，彩虹泛滥成审判体／痛苦支持我朝下倒悬／怀着无辜的霹雳编纂天空。"这些诗句让我看到的形象是，一位受难者在灵魂的大海上颠簸，黑夜涛声汹涌，世事凶险。整首诗都沉浸在基督教文化氛围里，主、神、天使、忏悔，这些符号构成一个西方式的图景。《孤独教育》或许是阅读格拉斯的结果，表达一刹那的灵感。灵感式的起句或是过渡句，或是大段的喷发，是安琪诗歌的重要特征，她的诗绝对务虚，既可以看作许多诗人论中所谓词语的缠绕，但更可以看作生活瞬间情绪的总爆发，是突然来临的情绪风暴。

《灵魂的底线》提出了多个问题，仿佛历史的审判。到这里，夹叙夹议、现实与虚幻相互穿越，登峰造极。"新闻的介入处在不断增长的监督里／其原因主要是：政府有十足的理由相信自己会犯错""农民们推着香蕉为被克扣的磅底无能为力／城市的发展以乡村的停滞为代价"，这样的句子，如果单独拿出来，会让我觉得更像新华社通稿或是《人民日报》的大批判文章。作者的长处实际上是紧接着下面这样的句子："一切都被系统地设计过，灵魂成为典型消费／物质粉碎时看起来比完整更令人心动。"这是一个典型的反讽，夹杂着足够的深刻和悲凉，正如许多当代新诗一样。我们可以看到，反映时代的堕落，和灵魂的沉沦，的确是当代诗歌的一个重大主题，而且是许多优秀诗歌的重要主题，我在左岸论坛举出过不少例子，如李亚伟的《国产戴安娜》，严力的《万岁》《顺手牵羊》等，但是，安琪不同之处在于，她的任何一首诗作都并非一个主题，而是多个话题的搅拌、风暴式的搅拌，搅得天昏地暗，鬼神同泣。而对于我这样的读者来说，就简直是泥牛入海，或如堕五里雾中。安琪不想受制于任何框定的界限，她来去自由，上天入地，古今穿梭，完全是一个骑着诗歌扫帚的哈里波特。我不得不说，以主题明确的思想来界定安琪，就像界定孙悟空或是美的边界一样，结果可想而知。多年的阅读经验告诉我，对于她这样的具有明显的后现代色彩的文本，我们最好祭出后现代的大旗。后现代在许多地方有些不合时宜，或者牛头不对马嘴，但在安琪处，是恰如其分。后现代不从本质上研究，而是从现象，从外貌上来界定。安琪放出的是诗歌风暴，是情绪龙卷风，这恐怕无人能否定。风暴，其他诗人也有，但他们或许是诗歌小旋风，诗歌波浪，或是情绪六级大风，但还不足以达到安琪这样的风暴级别。再拿《灵魂的底线》来说，当我试图找出答案，到底什么是灵魂的底线时，我发现，安琪论证的结论不是人间地狱，也不是东方意识形态牢笼，而恰恰是中国文化的胜利！"古埃及、古巴比伦、古印度，唯有中国一脉相传／越来越多的信息恰似昆虫有令人着迷的外表／我们一一翻阅，安全地降落在大屏幕雷达上／正当意外像舞蹈一样波动，时间的节奏已获得伟大的关注！"她也用了一个惊叹号！

还有诸多这样的风暴，夹叙夹议，现实与想象共舞，诗意来回穿梭。《九龙江》有明确的现实事物的嵌入，思路开阔，视野拓宽，又带有极强的个人体验和偏执性。"灾难会按比例分配？／光的热牌子许诺空头文件"，既能看到现实的烙印，又有强烈的个人意识。我非常欣赏下面一句"当窝菜和萝卜用矿泉壶洗澡／九龙江水哗哗地淌了一地"，气象非凡。《任性》可能是一次出游、一次聚会，有大量的议论，风趣轻松，妙语连珠，东拉西扯，生活本事、时代环境和流行话题三者，共同构成该作的动力。不少对话好像有生活原型，真实与虚构之间的沟壑故意取消，混搭的写法获得了一种快感。

夹叙夹议最突出的诗，就是她的一些游记诗。《东山记》情景融合，信手拈来，常常语出意表，比如第一句"头疼远远跑在头的前面"，这样机智却有生活体验和格言性质的诗，让人想起欧阳江河那个著名的问题"蛇的腰有多长"。现代新诗的长处的确已经不在韵律和节奏，而在反映现代生活的斑驳与心理的复杂，特别是那种纠缠不清的意识和情绪，古典诗歌的那种相对清晰的心理图景，我们已经很难再重复。

风暴的级别一再提升。《神经碑》是一首超现实的白日梦般的诗作，被迫害的、被压抑的情绪达到了极致，呈现出一个狂人式的自我主体形象。

《五月五：灵魂烹煮者的实验仪式》，带有明显的实验色彩。很难抓住具体的东西，基本上是灵魂的游走，精神的穿梭。那种倏忽东西、瞬间上下的情感穿越,让人无所适从。其主要的情感形象是受难者、被压抑者、被肢解者、狂人疯语。更为个性化、实验性的是集句,这种古老的写法被安琪大肆使用。《灵魂碑》是一次生活聚会所引发的联想,现实事件的不断嵌入,构成一种间离效果。"时间,2000—8。25—28,地点福建漳州",道辉、余怒、杨克这些诗人、诗句强行引入,仿佛不是在写一首诗,而是在表达一种彻底的情绪,说不上是反抗、破坏,还是发泄,大量的日常经验的扭曲呈现其中。

《轮回碑》是安琪诗歌实验的极致,是其最过分实验的代表作,是拼贴的总汇,是意识喷涌、时空交错、文本嵌入、形式混搭的集大成者。我们能够看到的诗歌实验,这里一切具备。会议邀请函、机关公文、儿歌、对话问答、医药处方、戏仿(庞德任文化部部长的任命书)等,生活有什么形式,写作就有什么形式,简直到了无法无天的地步。虽然思路庞杂,形式花哨,但的确在气质上有着惊人的内在依据,有着不可名状的逻辑贯穿。这实在是一个奇怪的文本。细想一下,它和当代新诗里的几个实验文本有多大区别?于坚的《0档案》,西川的《致敬》,洛夫的《石室之死亡》,欧阳江河的《悬棺》,或许它更接近于庞德和艾略特?我目前的阅读还无法做出结论,只好留待以后。对于类似的几组诗歌,我感到理论和阅读上的匮乏。

《星期日》是对历史的肢解性想象,有对于现实的巨大质疑和批判,"只要国家还正常运转,经济像疯了的妓馆越开越大/道德就有可能退居其次",这些深刻的议论不时从汪洋大海一样的情绪潮流中迸溅出来,同时对于老子、孔子等为形象代表的文化传统的彻底怀疑,具有一种明显的破坏性冲动,"完成诗句靠的是破坏性而非本性或个性/荣耀所要达到的像虚凉的亚洲/败落到欧洲脚下",作为诗歌,一种罕见的纵横捭阖,令我在世界广阔的虚空之中和眼前的一本诗集之间忽上忽下。诗歌有牵动人的能力，有时无法理会，有时绝不可能无动于衷。它的一两句会猛地打动你的要害，当前社会的要害，中国精神世界的要害。

风暴的呈现并非安琪的唯一，我总觉得她还潜藏着别的东西，未被发现或命名。《各各他》几乎是一首预言诗，包含了对世界的看法和恶象的扫描，"日晕月晕巡回于天／再有五十年就是大变了"，"整个东方仿如雕琢腐败的铜臭"，到此，我开始有一种强烈的感觉，安琪是一个女巫式的诗人。对了，正是"巫"这个命名。从一开始读她就觉得有某种巫气。她不但写感觉，还发出预言。许多作品中都有关于巫的字眼或意象。就在《各各他》中，她写道："我偶尔会和占卜的女巫说：／我非你，你非我，我亦你，你亦我。""巫"或许是破解安琪诗歌的一个密码。周作人说新诗不能太明净，如玻璃球，否则了无玩味的余地。可以想象，我们日常阅读的大部分诗歌都是以明净、明亮、明媚见长，而安琪则走向了反面，她追求晦暗，阴冷，漆黑。她的诗歌营造的环境，仿佛就是地狱，仿佛暗无天日，而我们习惯于看到太阳、花朵、春天、温暖。安琪提醒我们，存在一个相反的世界、相反的感觉。安琪让我想起一位作家——残雪。《黄泥小屋》《苍老的浮云》，这些文本当年曾困惑了我，现在我不怎么困惑了，虽然不能理解，但它是存在的。还是那句话，大千世界，无奇不有。安琪和残雪在精神经验上有某些共同之处，但是，比起残雪，安琪走得更远，视野也更广阔。安琪的诗歌世界是整个世界，古今中外，过去未来，上天入地，无所不包，无所不容，大到宇宙星辰，小到针尖上的魔鬼，中到西绪弗斯的石头。漳州时期的安琪是活在精神世界里的一个疯狂、绝望、敏感、反叛、尖锐、暴躁的女巫。她有着卡夫卡式的绝望，有着弗洛伊德式的情感体验，有着萨特式的透彻，又有着庞德式的庞杂。当然，我们还可以看到屈原式的悲壮与李白式的浪漫情怀,然而在色调上已经灰暗了无数倍。安琪是一个诗歌现代与传统的调和体。这个调和体,脱胎于神,更近于巫。在二十天的阅读当中,我除了想找到和还原安琪诗歌的现实依据之外,还想勾勒出她的精神气质,她与女巫之间的蛛丝马迹。尽管这种努力带有太浓的主观色彩。

让我们再回头看看"巫"的安琪吧。"我约好他潜入'风不止'/我非常喜爱这里的枝叶。/蛇和气球交配的图案让我有种悬空的欲想。""我过去为天空修脸,看见一滴硕大的老鼠尿液。/在空中,只有老鼠才能参与战争。""当我死了,诗是我的尸体。""我在我的时间中安眠,我将了不起地捕捉到阴郁的坟墓那一缕缕蠕动。/这使我显得不可捉摸?/我无法合理地成为另一个我。"(《轮回碑》)安琪有明确的分裂主体的自我想象和自我意识,但又明确地制造着主体的不确定性,这是巫的鲜明特点。即灵魂附体与精神正常之间的分裂。"人生短暂,有些事你很难说清/譬如现在,蚊子撩起长腿,文字却像断臂天使/你写出一行/世界就少一行/命都是有定数的。世间万事均是如此。"(《加速度》)"一只梦中的屋顶得到诗歌的维护/我迅速在脑中为它显身。"(《眼睛像看见眼泪一样》)例子已经够多,不过只是一种推测和联想。其中有一首诗名叫《巫》,我想从中找出更确切的答案,然而,除了能证明作者喜爱这个词之外,没有更多的收获。按诗中的意思,巫是一间咖啡屋,"我管它叫巫",这是掩饰还是随意?这首诗也并非主题诗,它谈到个人感情问题,或许是婚姻?同时,也有关于国际形势的议论,是第六感,还是深入的思考?我很难判断,但安琪有时的尖刻令人尴尬,也让人心虚。无论怎样,"巫"的形象虽然朦胧,却萦绕不去。

这个形象的改变,是她到了北京定居以后的事。但是,在诗歌中的表现，在此前就已经开始。2002年8月4日写于漳州的《武夷三日》就是起始。在风格、情绪上开始转变为豁达、平和。安琪开始原谅生活："和许多人一样／我如今安享平淡的生活"，"绝对有一天天的脱胎换骨正在实施"。此后的2002年10月7日的《野山寨》，平和、温驯、温暖，有了积极的意向："我时常看着他们选取了温暖这个词""我以此回答孙文涛：／我喜爱现在""生动的葵花子／挺拔的细叶杨"，这在安琪此前的诗歌何曾有过啊。直到《新诗界》《荆溪》《西峡》《西安》，这些诗都在心情转换和观念转换。我关注她的情感历程已经到了刻意的地步。然而，不得不说，安琪真是一个老实人，她想什么便说什么，怎么想便怎么说，需要怎样写就怎样写。不是她在写，而是她的情绪在写，精神在写。她肯定是不由自主，身不由己，否则的话，从1994年到2002年，长达近十年的痛苦怎么能如此持久？而如此长久的痛苦如何能在一夜之间烟消云散？除了从生活本身的转变、从情绪的转变来理解，我依然找不到别的理由。读完整本书，我最大的感觉就是，安琪在按内心写作，屈从于内心，毫不修饰、遮掩。我猜想，她可能有所放大，有所变形，甚至有所放纵，但漳州时期的情绪风暴却毫无疑问。

《诗是难的》提到了"拥挤的北京"，这是她第一次到北京吗？无关紧要，重要的是这样几句话，"我在瓮城里外三层的旷野上爱上一簇簇／整整洁洁的山菊／花；那么小小地亮着／挺拔着，仿佛窃窃私语／又仿佛无遮无拦的笑"。我长出一口气，这才是人世间的安琪，她终于由巫向人，从灵魂附体中醒了过来。她的感受我终于可以理解。她终于从云端、梦境、地狱，回到了现实、生活、人间。"有一处温暖的地方在你的北京／有一个诗的天堂在我的漳州"，这的确是安琪诗歌的历史分界句，在北京，开始了她的二人世界，平庸却温暖的日常生活，而漳州是带给她灵感和激情的暗无天日的魔巫之地。说心里话,我更喜爱北京的诗,明朗、纯净、温暖,最重要的是,它有了看透尘世之后的超越与明净。这种境界也是我近年来刻意追求的。北京的诗,风暴之后的诗,有对新生活的观察和热爱:"细细的孩子们的脚啊跑得/那么快,此刻阳光明媚/漂亮得像造出好心情的宽阔马路/干净公交车。"有对平静的体悟:"从秋天到冬天一个人一棵树/无论何时我都能在镜子中看到/此刻的美好。"有对爱情的深深陶醉:"如果我是雪我想做的第一件事就是/把你冻在我身上/把你的想冻在想我的那刻。"有对大自然的领悟和赞美:"南方北方,你我飞翔/天空辽阔,静静的天空朝霞在前/晚霞在后。"有对季节的喜爱:"春天到了,好雨知时节,春心从天降。"有对人生和苦难的大彻大悟:"我认识体积浓厚的云就该认识通体透明的光/我认识苦难就该认识幸福/我认识你就该认识你。"点几首喜爱的名字放在这里:《悲伤之诗》中的《干涸》,《无情书十二页》中的《第八页》、《夕晖园纪事》,《青海诗章》第一节《少年忧伤的黑白眼神》和第八节《贵德国家地质公园》,以及全书最后一首《悲欣交集》。

  一个诗人变了,由巫向人。躁动变成平静,诅咒变成祝福,阴暗变成光明,宇宙洪荒变成个人天地,毁灭变成重生。这难道是诗歌的不幸?我不这么认为,无论如何,这是一个人的蜕变,来得如此彻底,如此巨大,的确富于戏剧性。北京部分诗歌,安琪懂得了选择。其实这是我阅读本集另一个最大体会。诗歌不但要写真实,还要选择。如果前期诗歌泥沙俱下,有磅礴之势,那么后期诗歌,如高原澄湖,明净通透,呈彻悟之状。前段是私人的、阴暗的、非理性的,后期是公共的、明媚的、理性的。最重要的是,后期诗歌在技术上,在语言表达上，更重选择，更精致。

情绪的任性是诗歌的朋友，语言的任性可能是敌人。

（原载《文艺争鸣》2013年10期）

后　记

　　批评是寂寞的事业，也是富于挑战性的事业，需要批评者在没有教科书定论和文学史庇护的情况下，单枪匹马冲进纷繁杂沓的现场，对阵当下的创作；需要批评者从海量的作品中遴选、判断，进行个性的辨析。孤独，冒险，刺激。批评只能跟在创作的身后。在新媒体时代，批评者甚至还要面对声势夺人、扰乱军心的跟帖、弹幕、段子和视频。

　　然而，我还是心仪批评的寂寞，相信"德不孤，必有邻"，至少能跟作品对话。尤其是遇到令人心动的文本，一吐为快，这个时候批评就成了苹果，酸中带甜。批评是对批评者莽撞气盛的一种见证方式，瞧，在众声喧哗的时代，你总算没有沉于喑哑，虽然声音很低。

　　这是我第一本文学评论集，自近十年来的百余篇评论中选出，包括对诗歌、小说、非虚构等多种体裁作品的评论。关于新诗的评论多一些，除了探讨百年新诗的建设问题之外，还延伸到文学传统、大众文化、新媒体传播等方面。所有入选文章都公开发表过，所以要感谢那些发表拙作的报刊编辑老师和朋友们给予我的巨大鼓励。

　　感谢中国文艺评论家协会、中国文联文艺评论中心和中国文联出版社，感谢2024年《啄木鸟文丛》出版计划评审专家的慧眼相识，感谢中国文联文艺评论中心艾超南老师和中国文联出版社编辑张凯默老师的精心编校，所有这些谋面和未曾谋面的老师朋友们的辛勤劳动和关爱支持，都促成了这本书高质量的面世，令我感到幸福。

2025 年 4 月 29 日于八大处